내가 혼자 달리는 이유

내가 혼자 달리는 이유

레이첼 앤 컬런 지음 ⏐ 이나경 옮김

위즈덤하우스

추천의 글

이 이야기는 아직 자신의 정체를 알지 못하는 슈퍼우먼들과 슈퍼맨들의 사연과 비슷합니다. 미지의 세계로 한 걸음 내딛는 순간, 이들은 자신이 누군지 깨닫게 됩니다. 그런데 아주 많은 사람들에게, 그 미지의 세계는 바로 '달리기'입니다.

레이첼은 달리기 덕분에 제 몸을 둘러싼 사적인 싸움을 솔직히 터놓고 탐색하게 됩니다. 레이첼은 사회의 기대와 인간관계에서 느끼는 부담감을 독자와 나눕니다. 기나긴 시간을 들이고 수많은 시도를 해야만 바로잡을 수 있는 인생의 혼란도 공유합니다.

우리의 공감과 웃음을 자아내고, 가슴 저리게 하는 세상살이의 어려움이 바로 여기 적혀 있습니다.

우리는 누구나 레이첼처럼 힘든 과정을 겪어보았고, 레이첼의 글 덕분에 혼자가 아님을 알게 됩니다. 그녀의 솔직한 이야기 덕분에 우리가 가야 할 길을 찾고 자신이 누구인지 깨닫게 됩니다.

온갖 결함에도 불구하고, 우리 역시 초능력을 갖고 있음을 자각하게 됩니다.

2018년,
애나 프로스트
트레일 러닝 및 울트라 러닝 참가자

차례

일러두기

· 본문 속의 단위는 독자들에게 보다 친숙한 단위로 변환하여 표기했습니다.

· 소수점 아래의 숫자는 소수 첫째 자리까지 표기했습니다.

1마일 → 약 1.6킬로미터

1피트 → 약 30.5센티미터

1인치 → 약 2.5센티미터

예쁜 틸리에게.
이유가 되어주어서 고마워.

프롤로그

나는 런던행 기차를 타고 있다. 이틀 후 열리는 마라톤 대회 참가자들이 대화하는 것을 듣고 있다. 앞쪽의 몇 명은 들은 이야기가 많았다.

"······맞아, 폴라 래드클리프(런던 마라톤 대회에서 세 번 우승 경력을 가진 영국의 육상 선수─옮긴이)가 이번에는 우리 일반 참가자랑 같이 뛴다더라. 볼 수 있을지도 몰라!"

그 대화에 개브와 나는 마주보고 웃었다. 폴라가 발레복을 입거나 하마 변장을 한 주자들[*]에게 추월당할 가능성은 거의 없으니까.

　나는 화장실에 가려고 줄을 선 어떤 남자 옆에 서 있다. 그는 마라톤에 처음 나가는 사람이다. 잠시 이야기를 나누다 보니 우리 둘 다 지난 일주일 내내 일기예보에 집착한 것을 알게 되었다.

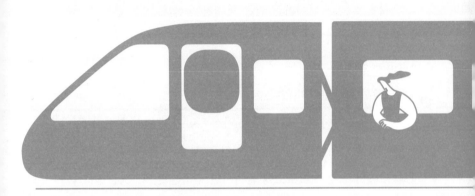

　"일요일에는 폭우가 온다고 했죠?"

　날씨 이야기는 어색한 분위기를 푸는 데 효과가 있다. 그 다음에 나올 질문은 뻔하다.

　"저, 런던 마라톤에 나가본 적 있으세요?"

● 런던 마라톤에서는 기부행사나 축제의 가장행렬처럼 이색적인 변장을 하고 뛰는 사람들이 많다─편집자 주

"아뇨. 처음이에요."

그는 헤드라이트 불빛에 깜짝 놀라 얼어붙은 토끼 표정으로 대답한다.

"지난주에 처음으로 37킬로미터 대회에 나갔는데, 괜찮은 것 같았어요."

나는 '훈련 조절'이라는 말은 꺼내지 못한다. 경험 없는 사람들의 경우, 대회 직전에는 훈련 양을 줄여야 몸이 최상의 상태에 도달한다고들 한다.

다행히 화장실이 비었다.

런던에 도착하면 우리는 주로 엑스포로 가장 먼저 향한다. 런던 동부의 엑셀 컨퍼런스 센터에서 마라톤 행사 전에 열리는 대형 전시회다. 열차가 킹스 크로스에 들어서면 우리는 벌써 오이스터 카드(런던 지하철 카드—옮긴이)를 손에 쥐고 다음 여정을 준비한다.

지하철에는 사람들이 가득한데, 일요일의 대회로 온 게 분명한 이들도 많이 보인다. 당연히, 경험 많고 노련한 마라톤 주자들도 있다. 전형적인 표식이 몇 가지 있다. 적당히 낡은 운동화와 달리기 분야에서 '낡은 시크함'을 드러내는 아이템들.

"네? 이거요? 에이, 그냥 오래된 건데, 손에 잡히는 대로 걸치고 나온 거예요!"

머리끝부터 발끝까지 작년의 버진 런던 마라톤 브랜드 로고(VLM)가 붙은 제품을 걸치고, **"어이, 나 좀 봐요! 마라톤에 나가려고**

왔다구요!"라고 이마에다 문신이라도 한 것 같은 사람들은 지나치게 노력형이다. 그들은 무심한 듯 멋지게 보이는 법을 모른다.

내 흥미를 끄는 것은 다른 이들이다. 그들은 무슨 사연을 갖고 있을까? 평생 달리기를 했을까? 그들도 달리기 덕분에 살아났을까? 얼마나 자신 있을까? 일요일에 나를 앞지를 수 있을까? 경험상, 그건 아무도 장담하지 못한다.

한 남자와 그의 파트너가 지하철에 타는 것이 보인다. 그는 분명 마라톤 참가자다. 꼭 필요한 낡은 운동화를 신고 있다. 여자는 아니다. 꽃무늬 드레스에 샌들을 신고 있다. 너무 섣부른 추측이란 걸 나도 안다. 어쩌면 그녀는 자기 연령대 코스 기록을 깰 생각으로 참가하는 걸지도 모른다.

지하철에 설 자리밖에 없다. 나는 몸을 살짝 숙이고 낡은 운동복의 시크한 남자에게 예의 바르게 말을 건다.

"다들 일요일 대회에 나가시는 건가요?"

그의 기분이 어떤지 진심으로 궁금하다.

"아 네, 맞아요. 그럼요."

그는 내가 말을 건 것에 놀라고, 내가 '텔레파시'로 자신이 마라톤에 나가는 것을 알아챈 데엔 더 놀란 표정이다. 너무나 알아보기 쉽건만.

우리는 금세 서로 초보자가 아닌 것을 확인하고 마라톤에 대한 애정으로 하나가 된다.

"네, 몇 번 해봤어요."

나는 마라톤 참가 횟수를 묻는 질문에 답했다. 그는 내가 달리기 근처까지 오는 데 걸린 15년의 여정에 대해서는 전혀 모른다. 어떻게 알겠는가? 나는 그의 사연이 궁금하다. 그의 머릿속에서 제멋대로 날뛰며 부정적인 말만 쏟는 침팬지를 길들이는 데 달리기가 도움이 되는지? 그도 과거에 프로잭(우울증 치료제─옮긴이)과 오랜 관계를 맺었는지, 아니면 나와 달리 그에게 달리기는 치료 수단이 아닌지? 나는 조금 더 깊이 파고 들어간다.

"그럼 기록을 정했어요?"

도저히 참지 못하고 물었다.

"뭐, 그런 셈이에요. 3시간 25분을 목표로 하고 있어요. 올해로 2년째 3시간 30분 이하를 목표로 하고 있는데, 이번이 세 번째 시도예요. 작년에 여기서 3시간 32분을 기록했어요. 아까웠죠."

그는 나직이, 절제하면서도 살짝 거만함을 풍기며 말했다. 그의 아내는 꽃무늬 드레스를 입고 옆에 서 있다. 그녀는 어느 모로 보나 달리기 과부가 된 말없는 아내로 보인다.

"잘됐네요! 그렇다면 코스 어딘가에서 만날 수도 있겠네요."

나는 미소를 지으며 응수한다. 그는 놀란 표정을 짓고 나는 불쾌해하지 않으려고 노력한다. 그는 내게도 같은 질문을 하고, 내 자존심은 내게 즐겨보라고 말한다.

"음, 지난 10월에 요크셔 마라톤에서 낸 기록 정도가 목표예요.

3시간 16분이요."

3과 16이란 숫자가 내 입에서 나오는 것을 들으며 그 시간 동안 마라톤을 완주한 것이 정말로 나인지, 아니면 꿈을 꾼 것인지 스스로 의아하다.

"아니면 작년에 여기 런던 마라톤 기록 정도, 3시간 22분이요. 둘 중 어느 쪽이라도 좋겠어요!"

나는 편안한 목소리로, 자기밖에 모르는 재수 없는 여자처럼 보이지 않으려 노력하며 말한다.

"와, 정말요? 빠르군요!"

방금 내가 그의 모닥불을 꺼버린 듯 그는 살짝 실망한 표정으로 말했다. 나는 문득 정신을 차리고 너무 잘난 체했나 생각한다. 다시 그 기록을 낼 수 있으리란 믿음과 내 연약한 자아가 교차한다.

"네, 하지만 이번에는 그때처럼 몸 상태가 좋을지 모르겠어요. 당일에 무슨 일이 벌어질지 모르잖아요?"

버진 런던 마라톤 엑스포는 한편으로는 영감과 가능성, 기대감을 전달하고 다른 한편으로는 홍보와 과장광고, 상업주의를 표방하는 곳이다. 원하는 것만 골라 취할 수도 있지만, 광고에 쉽게 말려들 수도 있다. 돈이 순식간에 사라진다.

"우리 신제품 비트루트 바를 먹어보세요. 다른 뿌리 식물이 도달하지 못하는 부위에 질산염을 전달한답니다." ······ "우리 고 탄수화물 에너지 바에는 세 가지 종류의 탄수화물이 들어 있습니다. 대부분의 에너지 바에는 두 가지밖에 없지만…….”

세 번째 탄수화물이 정말로 큰 차이를 만들까? 글쎄.

팝업 매장 주위를 돌아다니며 폴라 래드클리프나 모 패러(소말리아에서 태어난 영국의 장거리 육상선수―옮긴이)처럼 되기를 선망하는 이들처럼, 나 역시 백만분의 1초라도 빨리 뛰게 해줄 수 있다는 온갖 과장광고와 약속에 마음이 약해진다.

체내 수분 공급을 돕는 코코넛워터, 허벅지에 예쁜 문양을 만들어주는 알록달록한 서포트 반창고, 탄성이 좋아 더 쉽게 뛰어오르게 해주는 운동화, 심박, 달리기 리듬, 그리고 화장실에 가야 할 때를 수심 1킬로에서도 알려주는 첨단 기술의 손목시계 같은 것들은 필요없다. 나는 목욕도 좋아하지 않는 사람이다.

달리기 용품은 끝이 없다. 시계 옆에는 새로 출시된 ‘기능성’ 양말과 최신 통기성 매쉬 소재로 만들어 코어 체온을 기적적으로 조절해주며 미 항공우주국의 달 모듈에서 실험을 거친 최고급 상의가 진열되어 있다. 양말은 보통 양말과 비슷하게 생겼고 상의는 평범한 상의와 너무나 비슷하며, 시계는 멋지게 보이지만 달리는 도중에 장치를 조작하다가는 전봇대에 부딪치고 말 것이다.

결국, 얼마 안 되어 복합 마라톤 백화점에 대한 내 저항치도 한계에 다다르면 틸리에게 줄 런던 마라톤 기념품 곰 인형을 집어 들고 계산원에게 번잡하게 해서 미안하다고 열심히 사과한 뒤 맑은 공기를 조금이라도 쐴 곳을 찾아 나간다.

여기까지 어떻게 온 건지 의아하다. 대체 어떻게 내가 이렇게 되었을까? 어떻게 여기 참가하게 되었을까? 가끔 여기까지 오게 된 여정을 돌이켜보면 가슴이 벅차오른다.

이제 한숨 돌리고…….

운동화 끈을
매며

　내 인생은 상충되는 내용이 지나치게 많이 담긴 책이나, 작가가 주인공을 정하지 못해서 만일에 대비해 여러 선택지를 넣어둔 연극 같다는 생각이 종종 들었다. 나는 각각의 선택지에서 다른 인물을 맡았고, 같은 배역은 하나도 없었다. 앞으로도 얼마나 더 많은 배역을 맡게 될지 아무도 모른다.

　나는 모든 인물의 삶을 살았고, 그 인물로서 숨 쉬었다.

　건강하지 못한 몸을 가지면 어떤 기분인지 알고 있다. 목적에 맞지 않고, 제 구실을 하지도 못하고, '세상이 정한 대로' 생기지도 않은 쓸모없는 몸에 갇힌 느낌 말이다.

　내 신체 사이즈와 생김새에 수치심을 느끼는 기분, 그것도 청춘의 절정기에 느끼는 그런 기분이 어떤지도 알고 있다. 러닝머신에서 달린 지 10분도 안 되어 폐는 터질 것 같고 다리는 꺾일 것 같은 느낌이 어떤지도 알고 있다.

"뚱뚱하다"는 말을 들을 때 어떤 기분인지도 알고 있다. 동료들과 파트너들이 외모에 대해서 조롱하고 이런저런 지적을 할 때('허니 몬스터'도 뼈아픈 농담 중 하나였다), 땅이 스르르 입을 벌려 나를 통째로 집어삼켜주기를 바라는 기분도 알고 있다.

필사적으로, 어떤 대가를 치르더라도 칭찬받고 싶은 기분을 알고 있다. 잔인하고 못된 사람과 사귀며 이미 연약한 자존감이 점점 더 짓밟혀 닳아가는 느낌을, 그런데도 그런 사람이라도 사귀는 것에 감사해야 한다고 생각할 때 어떤 기분인지 나는 알고 있다.

줄어들고 싶은 마음, 오로지 더 작아지고, 예뻐지고…… 남의 눈에 띄지 않고 싶은 마음을 알고 있다.

달리기 시작하는 것, 그래서 "넌 할 수 없어. 쓸데없는 바보짓을 하는 거야"라고 외치는 몸과 마음의 장애물을 넘어서기가 얼마나 어렵게 느껴지는지도 알고 있다.

학교에서 크로스컨트리 경주에 나가 항상 꼴찌에서 두 번째로 들어올 때의 기분, 노력에도 불구하고 구제불능이라고 놀림받는 기분이 어떤지 알고 있다.

망할 운동화를 신기가 얼마나 싫은지를 알고 있다. 특히 이른 아침, 아무리 천천히 조깅을 해도 터무니없을 정도로 힘들고 지루해서 한 걸음, 한 걸음이 지겹고 비참할 때 말이다.

사실, 나는 매일 밤마다 가련한 내 자신만 아니라면 아무라도 좋으니 다른 사람이 되게 해달라고 기도하는 것이 어떤 기분인지도 알고 있다.

하지만

하프 마라톤 50여 회, 마라톤 8회, 다양한 거리와 지형에서 총 500회 이상 대회에 참가해 무사히 달리기를 마친 기분이 어떤지도 알고 있다. 내겐 경이로운 달리기 기록이 점점 늘어나고 있다. 그것은 내 인생에서 가장 행복하고 가장 믿을 수 없는 경험이자 추억이다.

가능하리라 생각도 못해본 달리기 능력을 갖게 된 것이 어떤 기분인지, 4시간이 훌쩍 넘었던 마라톤 기록이 3시간 16분으로 줄어들 때 어떤 기분인지, 2시간 넘는 하프 마라톤 기록이 단 90분으로 줄어들 때 어떤 기분인지도 알고 있다.

내 연령대 안에서 숱한 상을 받는 것이 어떤 기분인지, 나만의 작은 승리와 기록 덕분에 지역 신문에 내 이름과 사진이 게재되는 것이 어떤 기분인지도 알고 있다.

심지어 대회에서 우승하는 것이 어떤 기분인지도 알고 있다. 지난해 결승점에 처음으로 들어온 여성이 되는 경험을 해보았으니까. *내가! 대회 첫 여성 우승자가 되다니!* 37세에 말이다. 만약 내가 십 대의 내게 앞으로 이런 일이 벌어질 거라고 말한다면, 그 시절의 나는 어이없다고 웃음을 터뜨릴 것이다(참고로 그녀는 나와 달리기를 해도 이기지 못할 것이다).

가련한 17세의 내가 늘 갖고 싶다고 기도하던 몸(현실적으로 따져봐도 그녀는 이 정도면 충분히 만족했을 것이다)을 가지면 어떤 기분인지, 십 대 때보다 청바지(허리가 고무줄이 아닌)가 더 잘 어울리는 게 어떤 기분인지 알고 있다.

내가 해낸 일이 너무나 자랑스럽고, 딸의 눈동자를 바라보며 그 안에 자부심을 가진 엄마로 비쳐 있는 기분이 어떤 것인지도 알고 있다.

바라는 게 있다면, 딸아이가 내가 보지 못한 것을 보는 것이다. 가련한 것이 아니라, 가능한 것을 보기를.

1부

구워지지 않은
케이크

4세

    나는 집 앞에 서 있다. 부모님은 아빠의 조그만 화물 승합차에 짐을 싣는다. 이사 갈 채비 중이다.

    고개를 들어보니 옆집의 미친 셰퍼드가 크고 높다란 울타리에 자꾸만 몸을 부딪치는 것이 보여 몸을 움찔한다. 그것이 우리와 그 개 사이의 유일한 방어벽이기 때문이다. 광견병에 걸려 침을 질질 흘리면서 우리를 전부 산 채로 잡아먹으려는 개를 막아줄 울타리 말이다. 개가 짜증에 차서 미친듯이 짖어대는 소리와 목재 패널 울타리에 몸을 쉰 번째로 부딪쳐 쿵쿵거리는 소리가 들려온다.

고개를 드니 침이 질질 흐르는 턱이 울타리를 넘어와 걸려 있다. 점점 더 다가오는 것이 느껴진다. 우리가 미처 아빠 차에 올라타고 탈출하기 전에 그 개가 울타리를 부수고 달려와 우리를 감자 와플처럼 전부 먹어치울 게 분명하다. 나는 엄마가 얼마 전 마트 행사 상품을 사면서 공짜로 얻은 주방 세제 스펀지(엄마는 청소광이다)를 꽉 쥔다. 엄마 아빠가 어서 차에 짐을 실었으면 좋겠다.

나는 네 살이다.

우리가 이사 들어가는 집에서는 오줌 냄새가 난다. 카펫은 1970년대 버스 좌석과 비슷한 '모던한' 회오리와 동그라미 무늬가 있긴 하지만 색깔은 다양한 똥색이다.

도착한 뒤, 제인 언니와 나는 빙빙 돌며 잡기 놀이를 하면서 부엌, 거실, 식당을 돌아 다시 부엌으로 돌아온다.

"신발 벗지 마. 아무것도 만지지 말고."

엄마가 거실에서 외친다. 왜 그러는지 알 수 있다. 부엌의 낡은 리놀륨 바닥에 신발이 쩍쩍 들러붙고, 오줌 냄새가 점점 더 심해져서 밖으로 나갈 수밖에 없다.

정원은 넓고 풀이 마구 우거져 있다. 내 귀에 닿을 만큼 자란, 팔다리를 간지럽히는 풀 사이를 헤치고 돌아다닌다. 아빠가 날 안아 올리자 앞이 더 잘 보인다. 아래 작은 과수원에는 사과나무가 있고 아담한 암석정원이 있는데 아빠가 새로 장만한 바베큐장까지 멋진 징검다리가 되어줄 것 같다. 사방에 들판이 보인다.

이것이 엄마 아빠가 꿈꾸던 집이다. 우리에 갇힌 악마 개에게서 달아나 '전원'으로 이사를 온 것이다. 우선 똥색 카펫을 내다버리고 정원의 풀을 베어 잔디밭 비슷하게 만들고 나면, 우리는 들판을 가로질러 뛰어다니면서 하루하루를 보낼 것이다. 과수원에서 사과를 따고 방갈로 전체를 에워싸고 있는 덤불에서 구스베리를 딸 것이다.

내 방 창문에서 풀을 뜯는 소들이 보인다. 그중 한 마리는 우리 정원 담장에 대고 바보처럼 턱을 긁고 있다. 여긴 마치 천국 같다. 아니, 언젠가는 그렇게 될 것이다. 여기에선 엄마가 슬퍼하지 않을 것이다. 그리고 입에 거품을 문 셰퍼드도 없으니 안전할 것이다. 아마 그래서 여기로 이사 온 것이 아닐까? 어쩌면 엄마는 여기서 또 다른 슬픔을 발견할지도 모른다.

내게는 선의로 가득한 조울증 어머니와 호감 가는 성격이지만 주어진 상황에 어쩔 줄 모르는 채 열심히 일하는 아버지가 있다. 그들은 스테이크와 커스터드처럼 어울리지 않는 한 쌍이다. 언니 제인은 일곱 살이다. 언니는 발레리나다. 나는 아니다.

나는 예민한 아이다. 모든 것을 보고 듣는다. 모든 것을 느끼기도 한다. 보지 못하고 넘어가는 것은 아무것도 없다. 엄마는 내게서 엄마의 슬픔을 감출 수 있다고 생각하지만, 그렇지 않다. 우리 새 거실에서 사라지지 않는 고양이 오줌 냄새처럼, 슬픔은 엄마에게서 떨어지지 않는다. 엄마의 슬픔도 우리와 함께 이사를 온 것인지 궁금하다. 그것이 이 새 집으로 옮겨왔는지, 예전 집, 아이를 잡아먹는 광견

병 걸린 개 옆집에 남아 있는지?

나는 엄마를 행복하게 해주려고 노력한다. 본질적으로 내성적이고, 절제되고, 순종적인 성격에 따라, 나는 규칙을 철저히 지킨다. 나는 '말썽쟁이'와는 너무나 거리가 멀다.

내가 엄마에게 바라는 것은 행복해지는 것뿐이다. 진짜로 행복해지는 것, 내가 장난감 저울로 장난감 사탕 무게를 재며 만족하는 것을 보고 웃는 척하는 것 말고, 그저 엄마 스스로 행복하고, 엄마 자신에게 만족하는 것. 엄마가 그렇지 않다는 걸 안다. 엄마가 슬픈 게 싫다.

이사와 동시에 학교에 입학했다. 엄마의 까만 알레그로 차를 타고 작은 마을 주차장으로 들어가 놀이터 옆에 선다. 저기, 대형 미끄럼틀 바로 뒤가 내가 다닐 학교다. 이유는 모르겠지만, 그곳이 나를 엄마에게서 떼어놓을 것 같아 내키지 않는다.

엄마의 반짝이는 알레그로를 말없이 타고 가는 동안, 두려움이 점점 끓어오른다. 불안한 마음으로 뭔가 나쁜 일이 벌어지기를 기다리고 있다. 내 자리가 끈적이고 창문에 김이 서리기 시작한다.

"자, 레이치. 갈 시간이야."

엄마는 차에서 내리라고 손짓하며 애절한 목소리로 내게 사정한다. 나는 움직이지 않는다.

엄마가 차에서 내린다. 나는 반짝이는 뒷좌석 시트에서 앞자리로 넘어간다. 엄마는 내 자리 쪽으로 걸어온다. 나는 곧바로 차문을 잠근다. 우선 운전석, 다음에는 내 자리. 만반의 준비를 해야 하니까. 내가 이리저리 뛰어다니며 문을 다 잠그는 동안 엄마는 어이없다는 표정으로 서 있다. 엄마는 다른 문을 열어본다. 내가 이미 잠갔다. 이제 창문에는 김이 잔뜩 서렸고 내가 불안해서 뀌어대는 방귀 냄새가 지독하다. 나는 소맷부리로 창문을 닦는다.

공포가 엄습한다. 엄마가 돌아서서 학교를 향해 걸어가는 것이 보인다. *엄마가 어디 가지? 뭘 하는 거지?* 적어도 형 집행이 잠시 보류되었고, 나는 김이 잔뜩 서린 차창 속 안전한 자리에서 조금 더 버틸 수 있다.

너무나 고요한 몇 분이 지나고, 두 사람이 다가오는 것이 보인다. 가녀리고 연약한 사람, 저건 엄마다. 하지만 엄마와 함께 오는 괴물은 대체 누굴까? 덩치가 산더미만 한 여자가 우리 차로 다가오고 있다. 그녀는 떡 벌어진 체구로 천천히 묵직한 걸음을 옮긴다. 엄마는 겨우 뒤따라오고 있다. 그들이 결국 차에 다가오고, 나는 꼼짝도 못한다. 어쩔 수 없이 안전한 인큐베이터에서 끌어내려진다.

괴물이 나를 어깨에 걸머지고 학교 쪽으로 돌아서는 동안 엄마는 소리 없이 지켜본다. 심장이 너무 빨리 뛰어 몸에서 튀어나올 것 같다. 발버둥과 몸부림으로 저항해보지만, 소용없다. 엄마를 보니 엄마가 울고 있다. 무기력하게 어쩔 줄 모르는 것 같다.

"미워, 이 바보 뚱보야!"

학교 쪽으로 나아가는 동안 나는 괴물의 푹신하게 부풀어오른 옆구리를 작은 주먹으로 마구 때린다.

불행히도, 나는 초등학교 입학 날 바텀리 교장 선생님을 이렇게 처음 만난다.

또한 내 자신의 연약함과 엄마와 나 사이의 병적인 상호의존증도 이렇게 처음 알게 된다. 그때 처음으로 공포에 질린 느낌과 더욱 염려스럽게도, 엄마의 불안을 흡수하는 것도 알게 된다.

5세

언니 제인은 학교에서 인기가 많다. 언니는 친구도 많고 발레복이 잘 어울린다. 네이션 브라운이 내 샌드위치에 똥이 들어 있다면서 놀리면 나는 언니한테 이른다. 언니는 내 편을 들어주지만, 언니에게 짐이 되고 싶지 않다. 언니가 운동장에 친구들과 있을 때, 혼자 속상해서 언니에게 달려가면 마치 '야, 이번엔 또 뭐니, 레이첼?'이라는 듯 크게 한숨을 쉬기도 한다. 나도 언니처럼 되고 싶고 나 혼자 네이션 브라운을 상대할 수 있었으면 좋겠다. 샌드위치에 똥이 들어 있지도 않았는데.

우리는 해마다 엄마, 아빠, 친할머니와 함께 위트비로 여행을 간다. 아빠는 내가 작은 핑크색 원숭이 클립을 사서 초록색 수영복에 붙이게 해준다. 마음에 든다. 수영복을 입은 내 모습이 언니와 왜 그렇게 다른 걸까? 내 수영복은 초록색이고 언니 것은 파란색이다. 언니가 나보다 나이가 많고 키도 크다는 건 알지만, 그래도 언니 옆에 서면 내 다리는 소시지처럼 보이는데, 이유를 모르겠다.

며칠 전 학교에서 정신을 잃고 의자에서 쓰러졌다. 무슨 일이 벌어질 것처럼 머리가 어지러웠지만, 남에게 말할 겨를이 없었다. 어른들은 그걸 '소발작'이라고 부른다. 그런 일이 일어나면 나는 할머니 집으로 보내진다. 할머니 집에 가면 할머니는 항상 빵을 굽고 있다. 보통 과일 스콘이나 초콜릿 빵이다. 할머니는 코코아를 만들어주시고, 진짜 데어리 밀크 초콜릿도 넣을 수 있게 해주신다(내가 제일 좋아하는 거다). 코코아에 넣은 초콜릿은 사라져서 끈적거리는 바닥으로 가라앉는다.

따뜻한 코코아를 마신 뒤에 스푼을 핥아먹는 게 좋다. 할머니는 제인 언니에게는 코코아를 만들어주거나 빵 반죽 남은 것을 핥아먹게 해주지 않는다. 할머니는 언니를 "아름다운 발레리나"라고 부르고 "우아하고" "기품있다"고 하신다. 왜 내게는 그런 말을 안 해주시는 걸까?

나는 발작 때문에 수영을 할 수 없다. 물속에서 일이 생길지도 모르니 위험을 감수할 필요가 없다는 것이다. 나는 아무렇지도 않다. 수영을 좋아하지도 않으니까. 수영은 했다 하면 감기에 걸리거나 수

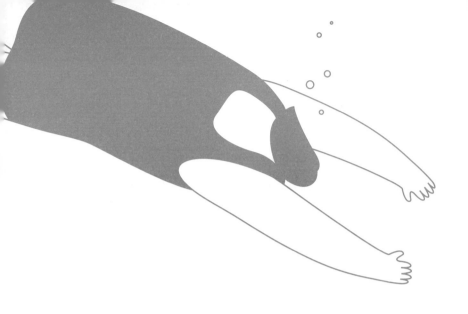

영장에서 오줌이 마려우니까. 언니는 수영을 좋아한다. 돌고래처럼 헤엄치고 인증서와 배지를 수도 없이 받아서 엄마가 그걸 파란 수영복에 붙여주셨다. 언젠가 나도 아주 짧은 거리를 수영하고 인증서를 받을지 모르지만, 잠수해서 가짜 벽돌을 찾는 법을 배우는 데도 한참 걸릴 것 같다.

　가끔은 언니가 불쌍하다. 언니는 발레와 수영을 잘하지만 엄마 아빠는 나와 내 발작에 더 관심을 갖는 것 같다. 지난주에 또 병원에 다녀왔다. 어떤 아주머니가 내 머리에 역겨운 젤리를 잔뜩 바르더니 여기저기에 전선을 붙였다. 그 다음 기계에서 반짝이는 불빛이 났고 나는 기계가 윙윙거리는 소리를 내는 동안에 가만히 앉아 있어야 했다. 젤리가 머리에서 떨어지지 않으면 그 꼴로 학교에 가야 할까 봐 울음을 터뜨렸다. 불빛이 마음에 들지 않았다. 주로 빨강과 초록 불빛이었는데, 너무 빨리 반짝여서 머리가 아팠다.

병원에서 나왔을 때 엄마는 지친 모습이었다. 집에 도착하자 엄마는 병원에서 진료를 착하게 잘 받았다고 〈누구게?〉라는 새 보드게임을 주셨고, 내가 먹는 자주색 알약을 놓고 아빠랑 말다툼을 했다. 내 방에서 엄마 아빠가 싸우는 소리를 들었다.

"약은 끊기 시작하는 게 좋겠어, 데니스. 그놈의 의사들이 뭐라든지 상관 안 해. 반 알로 줄이고 상태가 어떤지 보자고……."

"글쎄, 케이. 우리보단 의사가 더 잘 알잖아. 이번에 한 검사 결과가 나올 때까지 기다리는 편이 낫겠어. 그래도 당신은 당신이 원하는 대로 해버리겠지. 내가 뭐라고 하든지!"

아빠는 최근에 교회에 많이 간다. 아빠는 내 발작과 자주색 알약에 어쩔 줄 모르는 것 같다.

지난 일요일 아침, 엄마 아빠 침대에서 엄청나게 높이 뛰며 놀다가 붙잡혀 주일학교에 갔을 때도 두 사람의 모습은 평소와 마찬가지였다. 엄마는 교회 가는 걸 그다지 좋아하지 않는 것 같지만 아빠는 거기 노인들을 좋아한다. 엄마는 아무하고도 이야기하지 않는다. 엄마는 끝나면 곧바로 나오지만 아빠는 현관에 남아 친절한 노인들과 "설교가 참 좋았다"든가 여기 와서 "힘을 얻는다"는 이야기를 나눈다. 그들은 주름이 자글자글한 손으로 아빠 팔을 잡아주고 고개를 한쪽으로 갸우뚱하며 슬픈 눈으로 아빠를 쳐다본다. 그게 어떻게 아빠에게 힘을 주는지 잘 모르겠다.

교회가 끝난 뒤 스파이트 씨 부부가 우리 집에 커피를 마시러 온다. 차에서 내리자마자 제인 언니는 핑크색 발레복을 입고 뾰족한 구두를 신고서 부엌에서 피루엣*을 하며 돌아다닌다. 나는 버본 과자를 먹으면서 언니를 구경한다.

그들은 차를 몇 잔 마시면서 비스킷을 먹었고 엄마는 내내 부엌에서 차를 준비하느라 바쁜 척했다. 엄마가 뭘 했는지 모르겠지만, 나와서 우리와 함께 앉지 않았다.

그들이 떠나기 직전, 제인은 마지막으로 멋진 회전을 선보였다. 스파이트 씨는 박수를 치면서 이렇게 말했다.

"와, 아름다운 발레리나의 아름다운 발레로군요. 브라보!"

부부는 마주보고 미소를 지으며 고개를 끄덕였다. 스파이트 씨는 바지 주머니에 손을 넣더니 반짝이는 금색 파운드 동전을 꺼내 언니의 손바닥에 놓더니 놓치지 않도록 꼭 쥐어주었다.

"신예 발레리나에게 이 정도는 드려야지!"

스파이트 씨는 활짝 웃으며 이렇게 말했다.

나는 마지막 남은 버본 과자를 우적우적 씹고

• **피루엣** 발레에서 한 발을 축으로 팽이처럼 도는 춤 동작 — 편집자 주

있는데, 스파이트 씨 부인이 나를 쳐다보았다.

"……그리고 이 아가씨도 빠뜨려선 안 되겠네요."

그녀는 힘없이 웃으며 말했다.

"네게도 작은 선물이 있단다!"

상냥한 목소리였지만, 어딘가 조금 어색했다. 나는 씩 웃으며 옷에서 비스킷 가루를 털고 반짝이는 파운드 동전을 기다렸다.

그런데 그녀는 광택도 없고 흠집투성이인 10펜스 동전을 건넸다. 그건 반짝이지도 않았다.

언젠가 언니처럼 반짝이는 파운드 동전을 받을 만큼 잘하는 게 내게도 생길지도 모르겠다.

어쨌든, 버본 과자는 맛있었다.

나는 '조용하고 분별 있는 아이'였다. 학교에서 다른 아이가 체육 매트를 거는 걸 도와주려다 도리어 엉망이 된 탓에 엉덩이를 맞은 일은 있었지만, 그 이외에 내 기록은 깨끗했다. 거위 한 마리가 나타나도, 나서서 "저리 가!"라는 말 한마디 하지 않았을 것이다.

내가 잘하는 일도 있었지만, 타고난 솜씨, 흥미, 재능을 보이지 않는 분야도 분명해졌다. 스포츠와 신체 활동이 그런 분야였다. 솔직히 나도 흥미가 없었다. 그리고 당연히, 어떤 스포츠에 참가하게 되면 나는 참 형편없었다. 기대하는 사람도 없었다.

"안아줘, 아빠. 다리가 아파."

몇 발자국 걷지도 않았다.

"이리 와, 아가."

아빠는 이렇게 말하고 나를 안아 어깨에 올려주곤 했다. 나는 아래를 내려다보고 우리 옆에서 걸어야 하는 언니를 비웃곤 했다. 매번 그랬다. 그렇게 말하면 한 발자국도 더 걸을 필요가 없었다. 눈물 한 방울만 내비치려고 하면 내 얼룩덜룩한 팔다리는 더 이상의 고생을 면했고, 아빠는 내 꼭두각시가 되었다. 아마 이것이 내가 기억하는 최초의 심리 조작이자 운동 회피 계략일 것이다. 그 방면으로 능숙해졌다.

아마도 그런 까닭에 나는 다섯 살 때부터 '집안의 두뇌'라고 불리게 되었다. 이것이 나에 대한 터무니없는 칭찬인지, 아니면 우리 가족에 대한 철저한 모욕인지 솔직히 잘 모르겠다. 우리 가족은 내가 훗날 가장 좋아하게 된 책《마틸다》에 나오는, 맥주를 들이키며 텔레비전만 보는 웜우드 가족과는 전혀 달랐으니까.

나는 항상 독서와 글쓰기를 좋아했다. 언어를 좋아했다. 문장의 리듬과 흐름, 그것이 함께 모여 자기만의 세상을 만드는 방식이 좋았다. 하지만 그렇다고 해서 학교나 단조롭고 일차원적인 교과서에 흥미를 가졌다는 뜻은 아니다. 나는 이야기책을 좋아했다. 그래서 거기서부터 나에 대한 상당히 큰 오해가, 매우 일찍부터 생겨났다.

내가 가만히 앉아서 책만 보는 영재라는 오해 말이다. 사실 나는 그런 아이가 아니었다. 배우는 속도가 빠르긴 했고, 특히 이야기를 읽고 쓰는 부분에 있어서는 그랬지만, 내가 트래블 체스나 커넥트 4 게임에서 아빠를 자주 이겼다고 해서 멘사와 관련이 있다거나, 타고난 지능이 높다고 '교사들과 조용히 상의'할 정도는 아니었다는 것이다. 사실 그보다는 네이선 브라운 놈이 "샌드위치에 똥이 들어 있다!"라고 외치며 하루에도 백 번씩 나를 쫓아다닌 것을 커크 선생님과 상담하는 편이 나았을 것이다. 어쩌면 어른들은 내가 그 나쁜 자식과 영리하게 평화 협정을 타결할 수 있다고 생각했을지도 모른다. 하지만 나는 달아나 운동장 구석에 숨어서 울었다(그렇다, 나는 딱 그 정도로 영리했다).

햄스터 조지를 운동용 바퀴와 펜트하우스 휴게실이 딸린 4층짜리 대저택에서 키우는 것을 비롯해, 애완동물을 키우는 것부터 최신형 아미가500 컴퓨터(그때는 1989년이었다)를 갖는 것까지, 나는 부러울 것 없었다. 하지만 우리 집에는 영영 사라지지 않는 슬픔이 가득했다. 사방에서 그걸 느꼈다. 내 방 창문에서 보이는 풀 뜯는 소처럼, 슬픔도 또렷이 보였다. 처음 이사 왔을 때 코를 찌르던 고양이 오줌 냄새처럼, 슬픔의 냄새를 또렷이 느낄 수 있었다. 몇 년 동안 방치해놓은 잡초가 무성히 자라 다리를 간지럽히던 정원처럼, 그 슬픔은 실재하는 것이었다.

나는 엄마가 슬프다는 사실이 싫었다. 우리가 삶 속에서 엄마의 유일한 기쁨이라는 사실이 싫었다. 엄마가 오로지 언니와 나 때문에 존재하고 싶어하는 것을 나는 원하지 않았다. 하지만 엄마는 가끔 그렇다고 했다. 우리의 행복이 가장 중요했다. 엄마의 행복은 상관없었다. 우리가 신이 나서 뛰어다니기만 한다면, 엄마의 행복은 중요하지 않았다.

우리는 그렇지 않았다.

우리에게 엄마의 행복이 상관없지 않으리란 것을, 그럴 수가 없다는 것을, 엄마는 이해하지 못했다. 그런 큰 부담의 무게를 누가 지고 싶겠는가? 나는 자주 어떤 무게감을 느꼈지만, 아이라서 그 정체를 깨닫지도, 이해하지도 못했다. 얼마나 무거웠는지 지금도 기억난다. 짜증이 나고, 가끔은 엄마에게 화가 나기도 했지만, 이유를 알 수 없었다. 엄마가 슬프다는 걸 알면서 내가 어떻게 행복할 수 있을까? 그 슬픔은 귀가 먹먹할 정도의 정적이었고, 그만 멈추고 싶었다. 너무 시끄러워 귀가 아플 지경이었다.

사람들과 함께할 때 엄마는 눈에 띌 정도로 어색해했다. 휴잇 부인이 부르는 마지막 찬송가가 끝나자마자 교회에서 달려 나가는 것부터, 학교가 끝나면 마지막 순간까지 차에서 기다리다가 달려 나와 놀이터에서 나를 데려가는 것까지, 엄마가 사교를 적극적으로 회피하는 것이 사람들 입에 오르내렸다. 다른 엄마들과 어울리고 수다 떨며 소일하는 일은 전무했다. 젠장, 그 당시에는 아이폰이라는 편리한 오락거리도 없어서 '다른 일에 바쁜' 척할 수도 없었다. '직장에서 온 중요한 이메일'이나 '세계 긴급 재난을 알리는 메시지'(사실은 유튜브에서 〈형제여 어디 있는가?〉를 보거나 이베이에서 다이슨 헤어드라이어 가격을 확인하고 있다는 것을 우리도 다 알지만)를 확인하느라 바빠 다른 사람들과 어울리지 않는 것처럼 보일 수가 없었던 것이다.

엄마는 온갖 야유회, 행사, 파티, 심지어 평범한 사교 활동에서도 성공적으로 빠져나갔다. 가족 모임을 한참 전에 계획하는 경우에는 (아버지 쪽 가족은 매우 사교적이었다) 엄마는 모임 당일에 갑자기 심한 편두통에 시달리곤 했다. 파티는 한 번도 들어보지 못했고, 친구들이 찾아오는 일은 없었다. 학교 운동장에서 잠시 잡담을 나누는 일만으로도 당황스러운 상황이 벌어졌다.

아빠가 가장 힘들었다. 아빠는 자영업을 시작하기 전까지 국제적인 인쇄 엔지니어링 회사의 전시장 매니저로 일했다. 한번은 상사가 아빠에게 댄스와 노래로 가득한 영국 본부 개업식에서 '사랑스러운 부인과 딸들이' 시장에게 꽃다발을 전해주면 좋겠다고 부탁했다. 아빠는 그 초대에 당연히 들떴고 기분이 좋았다. 제인과 나는 "귀엽지 않니?"라고 묻는 것 같은 하늘색 원피스를 입고 하얀 구두도 신었다. 구두에는 예쁜 굽까지 달려 있었다! 흥분 정도로는 그때의 기분을 제대로 설명할 수도 없을 지경이었다.

'정상적인' 아내라면 당장이라도 매니큐어를 예약하고 1980년대 태닝 살롱에서 건강한 피부색을 만들었을 것이다. 그 행사를 핑계로 화려한 신상품 코트에 큰돈을 쓰고, 살짝 펌이 풀린 머리를 되살려낼 당연한 이유를 구할 것이다. 하지만 우리 엄마는 그렇지 않았다. 정확하게는, 엄마는 아빠에게 갈 수 없다고 말했다. 엄마는 미리 경고했다. 그곳에 가는 것이, 남의 눈에 완전히 노출된 말 그대로 쇼에 참석하는 것이 불안의 안전 지점을 훨씬 넘어서는 일이라고.

그래서 가엾은 아빠는…… 자기 엄마를 데려가야 했다. 그렇다,

할머니가 그 자리에 서주었다. 고맙게도. 그랬던지라, 머리를 새로 하고 멋진 피부색으로 완벽하게 매니큐어를 한 아름다운 아내 대신, 그날 아빠 옆에는…… 친할머니가 있었다. 미세스 다웃파이어와 투씨*의 중간쯤 되는 우리 할머니가.

크리스마스는 특히 괴로웠다. 사회 불안 장애를 겪는 내성적인 조울증 환자에게 연중 가장 힘든 때일 것이다. 마라톤을 두 번 연거푸 나막신을 신고 달리는 것과 같은 감정의 고행이 아닐까.

아빠는 금요일에 주로 스쿼시를 함께 치는 친구가 있었다. 크리스마스 이브에 (아마 적어도 아빠 자신이 사교에서 고립되었다는 느낌을 덜기 위해서라도)스쿼시 친구 버나드와 지나치게 당당하고 잘난 부인을 초대해 술을 마신 적이 서너 번쯤 있었다. 엄마에겐 지옥이었다. 엄마가 시계를 보며 시간을, 분과 초를 세는 것을 알 수 있었다. 물론, 크리스마스가 되길 기다리는 건 아니었다. 그들이 돌아가고 엄마만의 안전한 세계로 돌아갈 수 있는 시간을 기다리는 것이었다. 시시한 잡담이나 무의미한 수다가 없는 세계로. 사회적으로 용인할 수 있는 '기준'을 지키지 않아도 되는 곳으로. 엉터리 같은 코미디 일화에 애써 웃어주지 않아도 되는 곳으로.

아빠가 급하게 껄껄 웃는 소리가 무겁고 어색한 침묵을 깨뜨리는

---

* **미세스 다웃파이어와 투씨** 둘 모두 코믹 영화의 여장남자 캐릭터들이다 — 편집자 주

것을, 나는 방에서 듣곤 했다. 다른 사람들은 분위기를 띄우는 데 술이 도움이 되었겠지만, 엄마는 레모네이드만 마셨다.

과거 20세기 초, 칼 융이 심리 유형을 나누는 이론을 세웠는데, 내향적인 사람과 외향적인 사람이라는 개념을 만들어냈다. 그는 우리 모두 이 두 가지 범주 중 하나에 속한다고 설명했다.

간단히 말하면, 내향적인 사람은 내적인 세계(즉, 우리의 가련한 자아)에 집중하는 반면, 외향적인 사람은 주위의 외부 세계에 더 끌린다는 것이다(〈X팩터〉 참가자들과 〈로열 버라이어티〉* 쇼 공연을 생각해보라). 인생이 그렇듯이, 그 무엇도 어느 한쪽에만 완전히 해당되는 것은 없고, 마이어스와 브릭스는 훗날 이 이론을 발전시켜 우리는 모두

---

* 〈X팩터〉는 스타를 발굴하는 가수 오디션 프로그램이며 〈로열 버라이어티〉는 영국 왕실에서 주최하는 자선공연으로 둘 다 영국 전 국민을 대상으로 인지도가 높은 행사다―편집자 주

그 중간의 어디쯤에 존재한다고 주장했다. 나는 이러한 발상이 마음에 든다. 나는 이 등급의 어딘가 중간쯤에 위치하는 반면, 가장 내향적인 쪽 가장자리에는 분명 엄마가 있을 것이다.

내 자신이 중간쯤 해당할 것이라고 생각하고 있긴 하지만, 사실나는 내향적인 쪽에 가깝고 거기 만족한다. 많은 사람들에게 에워싸이고 싶지도 않고, 그럴 욕구도 없다. 조용한 몇몇 사람 사이에서 편안함을 느낀다. 바쁜 삶 속에서 혼자만의 시간을 갈망한다. 그러나마이어스-브릭스의 이론이 보여주듯이 나의 이런 성향은 바뀌기도한다. 가끔은 아이 학교 엄마들과 유쾌한 잡담을 나누고, 직장 동료들과 수다를 떨어대며 사교의 여왕처럼 굴 수도 있다. 이건 배워서습득한 기술이다. 생존 기술이라고 불러도 좋다.

때론 테스코에 장보러 갈 생각만 해도 죽을 만치 괴로워지기도한다. 빵 코너에서 체육관에서 사귄 여자와 마주쳐서 '정상적'이 뭔지는 몰라도 정상적으로 행동해야 하는 게 무섭다. 나는 양쪽 극단의성향에 모두 적응했지만, 놀이터에서 나누는 잡담류에 저항력이 매우 낮다는 것도 아주 잘 알고 있다. 그것을 극도로 싫어하지만, 그 세상에 존재할 수는 있다. 엄마는 이 모든 상황에서 견디기 힘들어했고…… 그건 엄마 잘못이 아니었다.

여기서 기억해야 할 사실은 내향적인 것이 정신 건강에 문제가있다는 뜻이 **아니라는 것**이다. 내향적인 성격이 양극성 정동장애(혹은 과거에 '조울증'이라고 부르던 장애)와 늘 함께 다니는 것은 아니다. 정도와 관계없이, 내향적인 사람에게 무슨 문제가 있는 것은 아니다. 이 사실을 납득하는 데 오랜 세월이 걸렸지만, 그렇다. 여러분! 혼자만의 시간을 즐기는 것은 얼마든지 좋다. 토요일 밤에 시끄러운 노래방에 나가고 싶지 않은 것, 폐쇄공포증을 일으키는 우울한 쇼핑센터에서 당혹감을 느끼는 것, 박싱 데이 세일(12월 26일 영국 상점들이 실시하는 대대적인 세일—옮긴이) 때 그곳을 어떻게든 피하려는 것은 아무런 문제도 아니다.

그러나 양극성 정동장애 또는 '병적인 우울증'은 전혀 다른 문제다. 그것은 어떠한 성격적 특징과도 다른, 별개의 것이다. 그것은 질병이다. 어떤 성격의 사람이든, 그 병에 걸려 고통당할 수 있다. 그리고 그 병에 의해 정체성을 상실할 수 있다(⟨페이스 오프⟩*의 존 트라볼타와 니콜라스 케이지를 생각해보라). 마크 라이스-옥슬리는 우울증 회복 과정을 기록한 자서전 《레몬 나무 아래서》에서 이렇게 설명한다.

"이튿날이 너무 황량하게 느껴져서 토요일일 리가 없다. 마치 누군가 비 오는 스위치를 켜고 펍에 가버린 것처럼, 비가 끊임없이 내린다. 나는 계속해서 어쩐지 초조하다……. 마치 너무 괴로워서 내가……. 어쩔 셈일까? 갈 곳도 없고, 할 일도 없는데."

어쩌면 엄마는 세상 누구에게도 보이지 않고, 가능한 한 작은 공

---

* ⟨페이스 오프⟩ FBI와 범죄자가 서로의 얼굴을 이식하게 되면서 입장이 바뀌게 되는 줄거리의 영화(1997년)—편집자 주

간을 차지하고 싶어하는 것을 내가 모르리라 생각했을 것이다. 어쩌면 엄마는 라이스-옥슬리가 정확히 설명해준, 소리 없이 매일 치르던 전쟁을 내가 알아차리지 못했을 거라고 확신했을 것이다. 하지만 나는 모두 알고 있었다. 엄마의 고통을 느꼈고, 그건 나의 고통이 되었다. 이건 '내향적'인 기질과는 무관한 일이었다.

엄마가 갑자기 아마추어 연극 수업을 듣거나, 학부모회에 가입해서 목청 높은 슈퍼맘이 되거나, 엄마들을 모아 동물 모양의 달걀 덮개를 손뜨개로 만들어 학교 여름 축제에서 팔거나, 코믹 릴리프 자선 모임에서 콩알 통 속에 앉아 있기를 원한 것이 아니다. 그저 엄마가 자신의 모습 그대로 편안하기를, 자신이 밟고 있는 작은 땅 위에서 당당하기를 바랄 뿐이었다.

사람들은 '기운'이나 '분위기'에 대해서 이야기한다. 나는 그것이 존재한다는 걸 안다. 엄마 주위에서 받는 느낌은 숨 막히는 불편함, 어색함, 당혹감이었고, 도저히 이해할 수 없는 지루한 슬픔이었다.

요즘 우리는 다행히 숱한 정신 건강 문제에 대해서 터놓고 이야기하고, '우울증'이라는 용어는 별 생각 없이(완전히 오해되어 오용될 수 있는데도 불구하고) 회자되는 경우가 많다. 하지만 이런 분명한 부작용을 제쳐두고 나면, 지금은 예전보다 우울증의 고통을 인정받고 지지받기가 쉬워진 것도 사실이다. 즉 상황이 나아지고 있다. 아무도 우울증에 대해 비판하지 않고 따뜻하게 배려하는 유토피아에 산다는 말이 아니라, 가장 기본적인 수준에서 그런 상태가 실제로 존재하며,

삶의 어려움을 감추기 위해 써먹는 허구의 질병이 아니라는 것을 인정하는 것만으로도 예전보다는 커다란 진일보라는 말이다.

엄마에게는 그런 지지가 없었다. 엄마는 그 당시 할 수 있는 일을 했을 뿐이다. 엄마에게 어떤 선택이 있었을까? 1982년에 엄마가 누구에게 마음을 털어놓았을 것이며, 어떤 대답을 받았을까? 진단명은 무엇이었을까? 슬픔? 정신병? 엄마가 그 일이 자신에게 부정적인 영향을 미치고, 승진 협상에서 '약점'으로 이용되지 않으리라는 확신을 갖고서 직장 상사와 의논할 수 있었을까? 지금 우리와 마찬가지로, 당시 엄마도 대답을 알고 있었다. 그런 건 불가능했다.

나는 마음속 깊이 자리 잡은 자아에 대한 불안을 엄마에게서 물려받았다고 믿는다. 속일 수 없는 유전인자이니까. 엄마의 고통을 지켜보면서, 이미 예민한 내 자의식은 더욱 강해졌다. 엄마가 자존감을 보여주지 못하는데, 솔직히 말해 내게 무슨 희망이 있겠는가? 나는 마이어스-브릭스의 내향·외향 척도에 있는 성격 특징을 보여준 것일까, 아니면 날마다 나를 에워싸고 점점 더 미칠 듯이 잔인하게 공격하는 엄마의 정신 질환을 흡수하고 투사하고 있었을까?

타고난 것이든지, 습득한 것이든지, 혹은 두 가지 모두였든지, 나는 똑같은 특징을 내보였다. 아주 어린 나이에도 내 머릿속에는 '자아'에 관한 생각뿐이었다. 내가 남에게 어떻게 보일까, 바보처럼 보일까, 부족하게 보이지 않을까, 그게 어떤 모습이든지 상관없이 두려웠다. 두렵고 불안한데, 그게 무엇 때문일까? 사실, 다른 이유는 없었다. 그저 나라는 사실이 두렵고 불안했을 뿐.

내겐 아무런 부족함이 없었다. 하지만 그것은 케이크 없는 장식일 뿐이었다. 내 케이크는 구워지지 않았고, 심지어 오븐에 들어가지도 않았다. 아무리 좋은 의도를 가진 사람들이 많아도, 그리고 아무리 멋진 기회가 가득해도, 아이의 본래 가장 내밀한 욕구는 아무도 알아차리지 못할 수 있다. 굽지 않은 케이크에는 장식을 할 수 없다. 누굴 탓하거나 훈계하려는 게 아닌, 사실일 뿐이다.

내가 아는 유일한 세계, 힘겨워하는 엄마 곁에서 성장하는 과정은 나를 손상시켰다. 두렵고, 내가 부적격이라는 생각에 무거운 마음으로 지내면서, '삶'이라는 것을 살아가는 타인을 지켜보기만 하는 것이 내게는 일상이 되었다.

그게 바로 우울증의 증세다. 믿어주기 바란다. 나는 아니까.

"이거 입으면
뚱뚱해 보여, 엄마."

6세

    언니는 발레리나다. 언니는 깍지콩처럼 생겼다. 길고 곧은 몸매가 유연하고 부드럽다. 언니가 새로 배운 발레 기술을 부엌에서 선보일 때면 나는 종종 감탄하며 구경한다. 엄마가 깨끗하게 닦아놓은 리놀륨 바닥에서는 오줌 냄새 대신 표백제 냄새가 난다. 또, 이제는 끈적이지도 않는다. 제인은 싱크대 위로 다리를 쭉 뻗었다가 우아하게 바닥으로 내린다. 배불뚝이 나는 감탄하며 구경한다. 아무도 안 볼 때 빵에서 크림을 긁어먹은 탓에 손가락이 끈적인다. 내 몸은 발레와 거리가 멀다. 나는 '튼튼하고' '건강하며' 그밖에 **뚱뚱하다**는 말을 미화해서 쓰는 모든 표현에 어울린다. 여섯 살이면 그 때문에 비난받을 나이가 아니고, 솔직히 나는 먹는 것이 좋다.

엄마는 내가 좋아하는 활동이 누군가의 뒤에 숨기, 스푼 핥기라는 데서 일찌감치 문제를 발견했다. 나는 그런 것이 취미활동으로서 문제가 있다고 생각하지 않지만(나는 불쌍한 빨간 털 고양이에게 딸기 쇼트케이크 모자 씌우기도 좋아한다) 엄마는 내게 취미를 만들어주는 데 전력을 다한다.

"클렉 선생님 수업에 같이 가서 언니처럼 발레를 배우면 어떨까?"

엄마가 제안한다. 나는 이미 가고 싶지 않다. 우선 내가 좋아하는 파란색과 갈색이 섞인 코듀로이 멜빵바지를 입지 못하니까. 언니는 발레리나로 타고났다. 나는 아니었다. 나는 여섯 살에 그걸 확실히 알고 있다. 그런데 엄만 *왜 모를까?* 하지만 이번 검투사들의 '의지 대결'에서는, 나이가 중요하다. 나는 여섯 살인 탓에 패배한다. 언니의 분홍색 발레복을 빌려야 한다.

"아아. 네게 참 잘 어울려, 레이치! 예쁘구나!"

엄마가 회유한다.

우리는 발레 교실 앞에 차를 세우고 안으로 들어간다. 보통은 교실에 들어가도 기분이 나빠지지 않지만, 이번에는 평소처럼 말없는 관찰자 역할이 아니다. 이번에는 내가 관찰당하는 것이다. 그건 끔찍하다. 교실로 들어가니 핑크색 옷을 입은 비쩍 마른 아이들과 짙은 화장을 한 엄마들로 가득하다. 이 옷을 입은 내가 우스꽝스럽게 느껴진다. 평소처럼, 가장자리에 앉아서 구경하고 싶다. 선생님이 다 가오더니 내 손을 잡고 함께하자고 한다. 나는 울기 시작한다.

나는 다르다고 느낀다. 여섯 살이긴 하지만 나도 형태에 대해서는 좀 안다. 다른 아이들은 위아래로 직선 모양이다. 나는 동그랗다. 그래서 내가 입은 분홍색 발레복은 다르게 보인다. 내 발레복은 배주위가 팽팽하게 당긴다. 아이들의 발레복은 그렇게 당기지 않는다. *왜 나는 그들과 모양이 다를까?* 궁금하다. *왜 내 동그란 모양이 좋은 게 아닐까?* 길고 가늘고 위아래로 늘어난 모양이 훨씬 더 인기 있다. 혹시 내 모양에 뭔가 문제가 있을까? 어쨌든, 나는 그게 싫다. 나도 길고 가는, 인기 있는 모양이 되고 싶다.

"집에 갈래, 엄마."

흑흑 흐느끼며 이렇게 조른다.

"하지만 한번 해보지도 않았잖니, 레이치. 다른 애들과 함께 해보고 어떤지 느껴보면 어떨까?"

"그렇지만 이거 입으면 뚱뚱해 보여, 엄마. 여기 다시는 안 올 거야. 여기 오라고 하지 마. 바보 같아. **싫어. 제발, 훌쩍, 집에, 훌쩍, 가면 안 돼?**"

내가 너무 괴로워하는 게 분명하니 엄마는 견디지 못한다. 엄마 가슴이 찢어지는 게 보인다. 엄마는 내가 자신처럼 슬퍼하는 걸 원치 않는다.

"그래, 레이치. 집에 가자. 당연히 여기 안 와도 되지. 할 수 있는

게 얼마나 많은데."

그렇게 언니가 예쁜 분홍 소녀들과 함께 피루엣과 아라베스크˚를 하는 것을 본 뒤 우리는 다행히 집으로 온다.

"좋아. 피시 앤 칩스랑 과자 먹을 사람?"

엄마가 쓴웃음을 지으며 나를 쳐다본다. 나는 언니의 발레 카디건으로 콧물을 닦으면서 엄마를 마주보고 웃는다. 오전 시간은 시작할 때보다 훨씬 더 즐거워졌다.

게다가 집에 가면 아직 텔레비전에서 빅 대디의 레슬링을 하고 있을지도 모른다.

7세

나는 제일 친한 친구의 생일 파티에 왔다. 아이들 파티를 열기에는 특이한 곳이다. 크고, 어둡고, 우중충한데 유리병이 가득한 기

• **아라베스크** 한쪽 발로 지탱해 서고 다른 쪽 발은 뒤로 드는 동작 — 편집자 주

다란 바와 냉장고가 있다. 사방에 병이다. 예쁜 병이 거꾸로 매달려 있고 유리문 뒤에는 작은 병이 가지런히 놓여 있다. 빈 병이 바 옆의 커다란 상자에 버려져 있다.

어두운 밤 무서운 골목길 같은데, 이곳은 실내다. 문 위에는 반짝이는 소용돌이 글씨체로 '메인 스트리트'라고 적혀 있다. 주말에 어른들이 놀러 오는 곳 같다. 아빠가 스쿼시 친구 버나드 아저씨와 맥주를 마시는 곳처럼. 아빠가 올 때는 더 재미있는 곳이길 바란다.

여기저기 작고 동그란 테이블이 놓여 있지만 그걸 치우고 샬럿의 푹신한 핑크색 미끄럼틀 성을 놓았다. 이렇게 크고 어둡고 퀴퀴한 곳에 그게 놓여 있으니 이상하다.

여긴 우리들과, 돌아다니며 컵을 치우고 바 뒤에서 끊임없이 챙그랑거리는 소리를 내는 지루한 표정의 어른 두엇밖에 없다.

나도 내가 나이에 비해 크다는 건 안다. 어른들은 늘 내가 "체격이 좋다"고 말하고 나는 우리 반 여자아이 대부분보다 훨씬 크다. 샬럿과 그 애의 두 동생은 작고 금발머리다. 사람들은 그들에게 "귀엽다"고 하고 "사랑스럽다"고 한다.

나는 방금 커다란 핑크색 성에서 내려와 동그란 테이블 옆에 서 있다. 널따란 은쟁반에 놓인 핫도그를 집어 든다. 뛰는 건 재미있었지만, 배가 고파진다.

엄마들이 몇 명 모여서 주고받는 잡담이 들려온다. 어른들의 대화를 듣는 것이 재미있다. 어른들이 무슨 이야기를 하는지 최대한 빨리 알아맞히는 게임을 머릿속으로 해본다. 나는 그 게임을 아주 잘한다. 아마도 거실의 간유리 문에 기대앉아 엄마 아빠가 이야기하거나 말다툼하거나 아무 말 없이 걸어 다니기만 하는 것을 들으며 연습을 많이 한 덕분일 것이다.

친구 엄마의 말소리에 집중한다. 그 엄마는 깔깔 웃어대며 핑크색 립스틱을 바른 엄마와 수다를 떤다.

"하하하, 아까 봤어요?"

그 엄마는 어깨 길이의 곱슬머리를 뒤로 휙 넘기며 마녀처럼 웃더니 담배를 한 모금 더 빤다. 담뱃갑에는 실크컷이라고 적혀 있다.

"우리 조그만 알렉산드라가 휙 날아갔다니까요! 그 애는 아주 작은 점 같아요. 항상 그랬어요."

다른 엄마가 대답한다.

갑자기 마음이 불편하고 불안해지지만, 영문을 모르겠다. 그들의 수다를 좀 더 듣고 있으니 가슴에서 심장이 쿵쿵거린다. 그들이 나를 보고…… 웃는다는 걸 깨닫고, 입맛이 뚝 떨어진다.

그들은 내가 미끄럼틀 성에 뛰어오르면 다른 작은 여자아이들이 튕겨나갔다고 생각한다. 예쁜 금발들이 휙 날아서 어둡고 냄새나는 실내를 가로질러 갔다는 것이다. 그런 일은 일어나지 않았는데? 내가 다른 아이를 날려 보낸 건 아닌데?

나는 샬럿의 엄마를 좋아하기 때문에 더 혼란스럽다. 샬럿의 엄마가 내게 일부러 못되게 굴거나 상처를 주진 않을 것이다. 그들은 내가 어른의 대화를 듣고 있는지, 내 청력이 그렇게 좋은지 모를 것이다. 나는 굳어버린 것처럼 우뚝 서 있다. 입안에는 핫도그가 아직 있지만, 씹지 않았다. 느껴지는 것이라곤 심장이 빠르게 뛰는 것과 뺨이 뜨겁다는 것뿐이다.

더 이상 싸구려 핫도그도, 멍청한 핑크색 성에서 뛰는 것도 싫다. 갑자기 어둡고 지저분한 실내도 싫고, 실크컷 담배의 더러운 악취도 싫어진다.

집에 가고 싶다. 키득거리는 마녀들과 예쁜 금발들에게서 벗어나고 싶다.

집에 가면 적어도 날 비웃는 사람은 없으니까.

나는 발레를 지독히 못했다. 학교에 다니는 것은 해적에게 잡혀 널빤지를 걸어 바다에 빠지는 처벌과 마찬가지였다. 심지어 걸스카우트 브라우니단도 불쾌했다. 대체 왜 교회 예배당 한가운데서 그렇게 끔찍한 갈색 포대자루 드레스를 입고 모여 앉아 '배지' 얘기를 하며 가짜 독버섯을 뛰어넘는 시늉을 하는 것인지 알 수 없었다. 그 무엇도, *정말이지 그 무엇도 난 이해할 수 없었다.*

그런 조직적인 활동을 내가 도저히 참을 수 없이 경멸하는 것이 분명해지면, 어른들은 내게 위로의 뜻으로 아이스크림을 건네고 텔레비전을 보여주었다. 어쨌든 나는 파란색과 갈색 코듀로이 멜빵바지를 입고 돌아다니는 게 훨씬 더 행복했다. 엄마가 주기적으로 벗겨갔던 그 옷. 적어도 내 동그란 몸은 그걸 입으면 더 행복했다.

또한 우리에게 각각 주어진 꼬리표에 언니가 예민하게 구는 것도 점점 더 의식하게 되었다. 나는 '튼튼하고 똑똑한 아이'였고 언니는 '발레는 참 잘하지만 공부에는 소질이 없는 아이'였다. 어쩌면 내가 신동이 아니었듯이 언니는 프리마 발레리나를 원치 않았을지도 모른다. 그래, 그런 말들에는 우리의 강점에 대한 약간의 진실이 있긴 했다. 하지만(하지만을 강조함) 이런 일을 뜻해서는 안 되었다. 내가 텔레비전으로 나이젤 맨셀이 그랑프리에서 레이싱하는 것을 보는 것 이상의 신체 활동은 할 수가 없다고 믿으며 자라거나, 언니가 스스로 지능이 떨어진다고 여기며 토슈즈를 신고 빙빙 도는 것 이외에는 특별한 재주가 없다고 믿게 되는 일 말이다.

둘 다 진실과는 너무나 거리가 멀었음에도.

내 부모님은 스포츠가 자신이 누군지, 어떤 사람이 될 수 있는지 발견하는 방편이 될 수 있다고 생각조차 하지 않았다. 그건 '내게 맞는 일'이 아니었고, 마찬가지로 그들에게 맞는 일도 아니었다. 사실, 어린이는 어느 특정한 방향으로 밀어주는 것보다는 매일 자라면서 흡수하는 것에 훨씬 더 큰 영향을 받는다고 생각한다. 라이프스타일의 삼투압 작용이라고나 할까…….

엄마를 변호하자면, 엄마는 '라이프스타일 삼투압 작용'을 위해 열심히 노력했다. 내가 어릴 적 엄마가 피아노로 쉽게 치던 모차르트의 걸작을 통해 나의 숨은 재능을 발견할 수도 있었을 것이다. 하지만 숱한 레슨 끝에 〈젓가락 행진곡〉을 마스터하고 〈워킹 인 디 에어〉

를 가지고 고군분투하고 나자, 그럴 가능성은 점점 희박해졌다. 나는 피아노 레슨에 가면서 울기도 했다. 실마리는 거기 있었다. 아마 할머니 피아노 선생님이 두려워한 학생은 나뿐이었을 것이다.

매주 화요일이면 나는 텔레비전 앞에서 〈위험한 생쥐〉를 보며 탄수화물이 가득한 간식을 실컷 먹다가 엄마의 로버200에 태워졌다 (우리는 슬픈 기억이 많은 알레그로를 새 차로 바꿨다). 내가 부루퉁해서 입을 다물고 있으면, 엄마는 무의미한 그날의 일과에 대해 대화를 나눠보려 애썼다.

"엄마, 내가 스타이너 선생님 집에 가는 거 싫어하는 거 알지? 그 집 현관에서 할아버지 냄새랑 젖은 개 냄새가 나. 음계 연습도 안 했고, 지난주에 배운 거 기억도 안 나. 가긴 가지만, 나중에 과자 줘야 갈 거야. 과자 뭐 있어?"

"오, 레이첼. 음계가 중요한 건 아니란다. 그리고 어쨌든, 냉장고에 사라 리 더블 초콜릿 퍼지 케이크가 있어. 집에 돌아가면 그거 줄게."

엄마는 어쩔 수 없이 나의 속임수에 속아주며 힘없이 말했다.

이것이 달콤한 고칼로리 디저트와 나 사이의 보상 관계의 시작이었다. 나는 엄마를 상대로 이런 전략이 갖는 힘을 빠르게 습득했으며, 엄마는 그런 손쉬운 협상이 장차 어떤 손해를 가져올지 전혀 몰랐다. 협상은 이런 것이었다. 나는 초콜릿과 설탕 맛의 과자를 무제한 공급받는 대신 취미를 찾아주려고 애쓰는 엄마의 기분을 맞춰주었다.

엄마는 거기 속아 넘어왔다.

요즘 우리에겐 어린이 프로그램, 교외 클럽, 그 밖에도 '내 아이에게 어떤 잠재된 재능을 키우라고 장려할 것인가?'라는 질문에 도움을 줄 새로운 아이디어가 수없이 많다. 오히려 반대의 문제도 존재한다. 우리 아이를 어느 수업이나 활동에 데려가지 않을 것인가? 아기 발레부터 체조, 태권도, 해양 스카우트까지, 저마다 장점이 있다. 하지만 내 어린 시절에는 요즘 부모들이 느끼는 '뭐든 좋으니 클럽을 골라야 한다'는 딜레마는 존재하지 않았다.

솔직히 말하면 나는 지나치게 부자연스러운 그런 접근법을 좋아하지 않는다. 어떤 아이들은 클럽에 가입하거나, 유니폼을 입거나, '리더 따르기'라는 놀이를 구성하고 조직하고 싶지 않을 수도 있다. 내 발레는 그래서 시작도 하기 전에 끝난 것이다.

이 점에 있어서는 발전이 있었다. 파크런(매주 토요일 오전 전 세계의 여러 공원에서 이루어지는 5킬로미터 달리기 행사—옮긴이)이라는 현상은 오늘날 내 부모님과 같은 사람들에게 진정한 해결책을 제공해주었다. 매주 정해진 시간에 어른들에게 5킬로미터 달리기 행사를 열어 전국적인 열풍을 일으킨 후, 파크런은 2킬로미터 거리의 주니어 파크런으로 확장되었다. 이 행사는 나처럼 멜빵바지를 입은 코흘리개에게 운동화를 신고 자신만의 건강한 육체를 발견해볼 수 있는 기회를 정기적으로 제공한다.

그 아이들에게는 조울증 엄마가 있을지도 모르고, 가족 유전자 어딘가에 셉 코(영국의 중거리 육상선수이자 정치가—옮긴이)가 숨어 있을지도 모른다. 부모들이 특별히 운동을 잘하거나 현대의 아도니스처럼 눈부신 본보기가 아니어도 된다. 그저 자식을 동네 공원에 데려올 정도면 충분하다. 경쟁적인 부모는 재능 넘치고 천재 같은 자기 자녀를 응원하며 함께 달릴 수도, 스타벅스 부모들은 우유를 넣은 라테를 들고 옆에 서서 구경만 해도 된다. 아무 상관없다. 중요한 건 아이들이 그곳에 와서 달리는 것뿐이다.

최선의 아이디어는 단순한 것이다. 단순하지만 뛰어난 것. 그래서 파크런에 감사한다. 파크런이 80년대에도 있었으면 얼마나 좋았을까.

은빛 담요를 두른
영웅

9세

    어맨다 워커는 자기 엄마가 런던 마라톤에서 받은 은박지 담요를 학교에 가져왔다. *와! 쟤 엄마가 런던 마라톤에 나갔대!* 나는 그게 뭔지, 무슨 뜻인지도 모르지만 흥미를 느꼈다.

    커크 선생님이 구겨진 은박지 담요를 펼치더니 칠판 앞에서 아이들을 향해 들어 보였다. 아주 크고 주글주글하고 반짝였다. 우주비행사가 목욕을 하고 그걸로 몸을 감쌀 것 같았다.

    반 아이들에게 어맨다 엄마의 마라톤에 대해 궁금한 점을 질문하라고 한다. 나는 물어보고 싶은 것이 굉장히 많지만, 겁이 나서 손을 듣지 못한다. 잭 패터슨이 제일 먼저 질문을 했다.

"런던은 멀어요?"

잭은 행사 자체보다 멋진 이름의 장소에 더 큰 관심을 갖고 있다.

"그렇단다, 잭. 런던은 영국의 수도란다. 여왕님이 사시는 곳이지."

커크 선생님이 상냥하게 대답한다. 어맨다가 커다란 안경 뒤에서 당황해 어쩔 줄 모르는 표정을 짓자 선생님이 나선 것이다. 아이들은 여왕님이란 말에 "우오오오오" 하고 합창하지만, 곧 진정한다. 크레이그 크로슬리가 다음 질문을 한다.

"학교 정문에서 주차장까지보다 더 멀리 달린 건가요?"

"응, 그럴 거야."

어맨다가 이렇게 대답하고 커크 선생님을 쳐다보자, 선생님이 그렇다고 고개를 끄덕인다.

나는 학교 정문부터 엄마 차가 서 있는 곳까지 경로를 머릿속에 그려본다. 세상에, 그건 아주 멀다. 집에 가서 엄마에게 그 이야기를 한다.

"어맨다가 자기 엄마가 달리기할 때 쓴 커다란 은색 담요를 오늘 학교에 가져왔어요, 엄마."

엄마는 커다란 냉동실에 몸을 절반쯤 가린 채, 다른 데 정신을 팔고 있다. 냉동 감자칩을 찾느라 이리저리 뒤지고 있다.

"정말? 그게 어디서 났대?"

엄마는 감자칩 봉투와 씨름이라도 한 듯 숨을 몰아쉬면서 한참 뒤에 대답한다.

"엄마가 런던 마라톤에 나갔대요. 아주 먼 곳 같아요. 여왕님이 사는 데도 지나갔다고 했어요!"

나는 신이 나서 대답한다.

"와! 멋지구나. 정말 먼 거리일 거야. 그렇게 멀리는 걸어가지도 못할 텐데!"

엄마는 조금 웃는다.

나는 엄마가 운동화를 신은 걸 한 번도 보지 못했다. 운동화가 있긴 할까? 엄마는 학교 정문에서 주차장까지 달리지 못했을 것이다. 물론, 나 역시 달리지 못했다는 데 치즈 양파 맛 스페이스 레이더스 감자칩 한 봉지를 건다.

"피자랑 감자칩 먹을 거지, 레이치?"

엄마는 온갖 아이스크림 상자들 사이를 뒤져 감자칩을 찾아낸 수고가 헛되지 않다는 듯이 이렇게 묻는다.

"주세요, 엄마."

내 관심은 갑자기 궁전 앞을 지나며 여왕에게 손을 흔드는 일에서부터 치즈가 보글보글 끓어오르는 맛있는 요리로 넘어간다. 그것을 맛있게 먹는다. 피자와 감자칩이 좋다.

나는 어리고 무지해서 어맨다의 엄마가 해낸 일이 얼마나 대단한지 알지 못했다. 여성이 마라톤에 참가하는 것도 쉽지 않았다. 이전에는 *(훨씬 더 '유식한' 다른 성에 의해)* 여성이 달리기를 할 수 있는 최

장 거리는 200미터라는 결정이 내려지기도 했다. 그보다 더 먼 거리는 '너무 격렬하다'고 간주되었기 때문이다. 물론, 그 모든 것은 우리 여성을 위해서였다.

캐서린 스위처는 여성이 마라톤을 하기에 '너무 연약하다'는 개념에 최초로 도전한 유명 주자였다. 그녀는 1967년 보스턴 마라톤에서 (불법으로)달렸다. 'K 스위처'라는 이름으로 남성인 척 등록한 것이다. 그 행사를 기록한 흑백 텔레비전 영상에서 경주 감독관이 코스로 들어가 그녀를 밀어내려고 하는 모습을 볼 수 있다.

이후 20년 동안 여성은 마라톤 거리의 장벽을 넘고자 계속 노력했다. 수십 년 간 여성 마라톤은 인정받지 못했지만, 1984년 마침내 여성 마라톤이 올림픽 공식 종목이 되었다.

어맨다의 엄마는 선구자였다. 그때는 여성의 장거리 달리기에서 역사적인 돌파구가 생긴 지 몇 년밖에 지나지 않은 때였다. 그녀는 오로지 할 수 있다는 이유로, 마라톤 거리에 도전하고 그것과 싸워 이겨낸, 소수의 평범한 슈퍼우먼 중 한 사람이었다. 여성이 마라톤 경주에서 남자들 손에 쫓겨난 시절로부터 많은 발전이 있었지만, 우리에겐 아직도 '여성도 할 수 있습니다'라는 격려와 인정의 주문이 필요할 때가 너무나 많다.

좀 더 쉽게 설명하면, 1981년 런던 마라톤을 완주한 참가자 가운데 여성은 5퍼센트도 안 되었다. 몇 년 뒤 어맨다의 엄마가 참가했을 때도 이 수치는 별로 높아지지 않았을 것이다. 이에 비해 2014년에는(여전히 남성 비율이 높긴 했지만) 완주한 참가자 중 37퍼센트가 여성이었다(나도 그중 하나였다).

어맨다의 엄마가 마라톤을 몇 번이나 달렸는지, 왜 달렸는지 종종 궁금했다. 기록은 얼마였는지, 그 시절 마라톤에 참가할 만큼 용감했던 몇 안 되는 선구자 여성으로 사는 것은 어땠는지 궁금하다. 어맨다도 자라서 엄마처럼 마라톤에서 달려보라는 격려를 받았는지 궁금하다. 어맨다에게도 달리기가 생명줄이 되었을까?

그리고 어맨다나 어맨다의 엄마가 그 시절 그것이 얼마나 큰 성취인지 알고 있었는지도 궁금하다. 안 된다고 반대하던 사람들과 싸워 "그거 알아? 여자도 할 수 있다고!"라고 말하며 조용히 눈에 띄지 않게 저항하던 여성으로 사는 것 말이다.

그 해 출발선에 서서, 구겨진 우주비행사의 은박지 담요를 어맨다가 반 아이들에게 보여주도록 해준 어맨다 엄마께 경의를 표한다.

어쩌면, 정말이지 어쩌면 이 일이 내 마음속에 처음으로, 언젠가 나도 런던 마라톤에 참가해 여왕의 궁전 앞을 달릴 수 있다는 생각의 씨앗을 뿌려주었을지 모른다. 언젠가 나도 우주비행사의 은박지 담요를 가질 수 있을 거라는 생각의 씨앗을.

그러니 고마워요, 어맨다 엄마.

2015년 5월

틸스가 오늘 아침 파크런에서 달린 뒤 나는 엉엉 울고 말았다. 신파 엄마냐고? 센티멘털한 얼간이냐고? 그렇다. 사실이다. 하지만 어쩔 수 없었다. 나는 30년 전 나와 거의 똑같은 판박이를 보았던 것이다.

틸스는 그때의 나랑 너무 비슷하다. '잘하지 못할까', '빠르지 못할까', 그저 '못할까' 염려한다. 이제 겨우 다섯 살이지만, 예전의 나를 붙잡고 놓아주지 않던 두려움과 공포를 똑같이 느끼고 있다.

아침에 눈뜨자마자, 틸스가 염려스러운 얼굴로 "하지만 오늘 두 바퀴를 못 돌면 어떡해요?"라고 물었다.

내 불안으로 가득한 어린 시절을 돌이켜보며 어떤 기분이었는지 기억한다. 나는 아이에게 이렇게 말한다.

"그건 염려 마, 틸스. 해보면 되는 거야. 해볼 용기를 내는 것만으로도 충분히 잘한 거니까."

아이 이마의 주름이 살짝 펴지지만, 그래도 확신이 없다는 것을 알 수 있다.

틸스는 내 손을 잡고 출발점에 선다. 주위에는 온통 알록달록한 옷을 입은 아이들과 라이크라 운동복 차림의 엄마와 경쟁적인 아빠들이 있다. 아이가 조용해진다.

그리고 출발한다.

우리는 아직 손을 잡고 있고, 아이가 달린다. 조그만 핑크색 운동화가 움직이며 아이가 앞으로 나아가고, 아이는 눈앞의 과제에 집중한다. 공원 두 바퀴, 총 2킬로미터다. 첫 번째 언덕에 다다르자 아이가 헉헉거리는 소리가 들린다.

"목말라요, 엄마. 목이 말라."

아이가 숨을 몰아쉬며 울 것 같은 표정이다. 물건이 가득 든 배낭에서 물통을 꺼내자 아이는 잠시 걸음을 멈추고 물을 한 모금 마신다.

"괜찮아, 틸스. 너한테 맞는 속도로 다시 달리다가 힘들면 천천히 가."

이렇게 말하면서 아이가 어떻게 할지 궁금하다.

틸스는 다시 달리기 시작한다. 다리가 작은 피스톤처럼 움직이며 공원 주위를 내달린다. 아이는 열심히 집중하고 있다. 다시 안정적으로 다섯 살의 리듬을 찾는다. 그리고 아이는 내게, 하지만 사실은 자신에게 말한다.

"할 수 있어요, 엄마. 할 수 있어!"

그 모습에 나는 자랑스러워 가슴이 터질 것 같다.

"그래, 틸스. 할 수 있어. 넌 정말로 할 수 있어!"

나는 아직 아이 손을 잡고 있다. 아이의 다리가 여전히 힘차게 움직인다. 아이는 아직도 집중하고 있고, 숨소리를 들어보면 작은 몸이 허락하는 한 최선을 다한다는 것을 알 수 있다.

"거의 다 왔어, 틸스! 이제 저기만 돌면 돼. 마지막 하이파이브 맨이야. 계속 가자, 거의 다 왔어!"

틸스는 하이파이브 맨과 손바닥을 마주친 뒤 내 손을 놓는다. 양팔을 흔들며 결승선에 닿는다.

우리는 선을 지나고, 나는 온갖 감정에 휩싸인다. 아이는 자신과 자신의 성격에 대해 방금 무엇을 증명했는지 알지 못한다. 나는 너무나 잘 알고 있다. 아이는 두려움을 이길 수 있음을 스스로에게 증명한 것이다. 정말로 두 바퀴를 달릴 수 있다는 것을. 정말로 출발점에 설 만큼 용감하다는 것을. 자신이 정말로 빠르고, 정말로······ 충분하다는 것을. 내가 왜 그렇게 감격하는지 아이는 모른다.

"그만 울어요, 엄마."

아이는 마치 부모가 부끄러운 십 대처럼 말한다.

"미안, 틸스. 어쩔 수가 없어! 오늘 네가 너무 자랑스러워서."

우리는 차로 돌아가고, 나는 그렇게 격한 감정을 느끼는 내자신이 좀 한심하다.

"자, 그럼 오늘 파크런 재미있었니, 틸스? 너 정말 잘했어!"

지나치게 칭찬하지 않으려고 애쓰면서 나는 이렇게 말한다.

"응, 좋았어요!"

아이는 아직도 달리느라 발갛게 달아오른 뺨에서 머리를 쓸어 넘기며 말한다.

"나도 파크런 배지 받았어요!"

아이 나이였을 때 내가 느끼던 불안이 어땠는지 기억한다.

아이가 벌써 그것과 싸우는 법을 배우고 있다니, 감사하다.

2부

불안 도망자들

13세

1991년 5월

아, 엄마는 왜 저렇게 불행할까? 사는 거 자체가 싫은 것 같다. 나도 엄마랑 같이 쓰러지긴 진심 싫다. 엄마를 많이 사랑하지만, 어떻게 해야 좋을지 알 수가 없다.

엄마는 일주일에 이틀 오후에만 일하기로 했다고 오늘 알려주었다. 잘됐다. 어쩌면 엄마 스스로 문제를 해결해야 할 것 같지만, 엄마는 그걸 너무나 못한다! 오늘밤엔 엄마가 너무 괴롭고 우울해 보였다. 엄마의 그런 모습을 보고 있으면 몹시 슬프지만, 난들 어쩌라고?

엄마랑 아빠가 다시 결합했으면 좋겠다. 우리보다는 엄마를 위해서. 엄마와 살기가 힘들다는 걸 아니까 아빠가 가엾기도 하다. 아빠와 마찬가지로, 나도 엄마를 어떻게 도와야 할지 모르겠다. 안다면 무엇이든 할 텐데.

엄마가 오늘 날 데리고 브릭하우스에 갔다. 햄스터 조지에게 깔개가 더 필요했다. 집에 돌아와 엄마는 내가 평소처럼 테이크아웃 피자를 시키고 텔레비전을 보게 해줬다. 제인 언니랑 이달의 남자 친구가 방에서 노는 소리가 들렸다.

어째서 남자들은 프리마 발레리나보다 좋은 인성을 찾지 않을까? 나는 제인보다 훨씬 더 재미있는데, 제인은 나보다 청바지가 잘 어울리고, 제인의 청바지에는 고무줄도 들어 있지 않다. 어쨌든 질투도 지겨우니 그만두고, 퍼지 큰 거 한 봉지, 홈메이드 캐러멜 쇼트브레드 한 쪽, 린트 초콜릿 큰 거 하나를 먹었다. 아침이 되면 박테리아처럼 두 배가 될 거 같다.

잡지책에서 사진을 오려 새 다이어리 앞에 붙이고 라이오넬

리치 앨범을 들으면서 울었다. 열세 살 소녀에게 이것 말고 다른 재미있는 일이 없다고 생각하면 참 슬프다.

빅 뉴스: 방금 엄마가 내 방으로 와서 이렇게 말했다.

"오, 레이치. 난 정말 돼지가 된 것 같아."

헐! 그럼 나는 뭐란 말이지? 엄마는 내가 본 돼지 중에서 제일 말랐다.

아마 정말 커다란 스콘을 먹은 것 때문에 그러나 보다······. 지난주에.

아빠는 엄마가 매우 지적이고, 단조로운 일상과는 한발 떨어진 초연한 사람이라 생각했다. 아빠는 엄마가 자신이 만난 어떤 사람과도 다르다는 사실을 좋아했다. 엄마는 대단히 완강하고 집요했고, 아빠와의 다툼은 시작하기도 전에 끝내버렸다. 엄마는 제 아무리 비논리적인 주장이라도, 아빠가 어리둥절하고 멍한 상태일 때 관철시켜버렸다.

아빠가 몰랐던 것, 그리고 아빠가(두 사람 다 마찬가지였다) 알 수 없었던 것은, 엄마에게 병이 있다는 사실이었다. 엄마는 정신적으로 불안정했다. 대단히 집요한 성품은 종종 자학으로 변하곤 했다. 비논리적인 결정과 그로 인한 충동적인 반응은 그냥 쌓여가지 않았다. 나는 어린 아이였지만 알고 있었다. 내가 십 대일 때 상황은 더 나빠지기만 했다. 회오리 무늬의 복도 바닥에 앉아 거실 문에 등을 기대고서 엄마 아빠가 싸우는 소리를 들었다.

"당신이랑 논리적으로 대화할 수 있는 사람은 없어, 케이. 그렇지? 항상 옳은 거 아니면 틀린 거지. 당신 말을 듣지 않으면 절대 아니라는 거잖아!"

아빠가 엄마에게 이렇게 외치곤 했다. 그리고 아빠 말이 옳았다.

또한, 옳은 것보다는 틀린 것이 훨씬 더 많았다. 엄마가 느낀 외로움과 세상과 동떨어진 느낌은 필요 이상으로 깊은 상처를 남겼다. 나는 그것을 느꼈다. 엄마 머리 위에 떠다니는 짙은 먹구름은 반기지 않는 곳까지 퍼져 나왔다. 나는 그 구름이 우리를 그냥 내버려두고 돌아오지 않기를 바랐다.

엄마는 아름다웠다. 지금도 아름답다. 엄마는 자연스럽고 절제된, 섬세하고 예쁜 외모를 가졌다. 어린 시절 사진을 보면 엄마는 항상 날씬했지만, 엄마가 자기 모습이 싫다면서 다 없애버려서 그때 사진은 몇 장밖에 없다.

어느 순간부터, 엄마는 건강하게 날씬한 상태에서 마른 상태로…… 그리고 깡마른 상태로…… 보기 괴로울 정도로 변해갔다. 돌이켜보면 그것은 엄마의 정신 질환과 심한 자기혐오, 남의 눈에 띄고 싶지 않은 욕구가 합쳐진 탓이다. 그 결과가 장애 섭식이다. '섭식 장애' 대신 이렇게 부르는 것은 엄마에게는 거식증이나 폭식증이라고 편하게 이름 붙일 섭식 장애가 없었기 때문이다. 엄마는 겨우 존재하고 기능할 만큼, 매우 제한적으로 조금만 먹었다. 딱 그 정도였다.

보통 주말이면 엄마가 우리 모두를 데리고 여기저기 다녔고 당연히 식당에도 갔다. 엄마는 항상 함께, 우리처럼 정상적으로 먹는 척했지만 사실은 그렇지 않았다. 엄마가 먹지 않는다는 걸 나는 알았다. 엄마는 스콘 같은 작은 것을 시킨 뒤 그걸 천천히 찌르고 누르면서, 우리가 3코스 요리를 다 먹어치웠을 때쯤, 아주 작은 부스러기를 포크로 집어 들고 있었다. 나는 그런 엄마를 보며 짜증이 나서 이렇게 외치고 싶은 걸 참곤 했다.

"엄마, 제발 그냥 좀 먹어! 그게 뭐가 그렇게 어려워!"

엄마는 동면이 끝나고 봄이 오기를 기다리는 곰처럼, 오랫동안 아무것도 먹지 않았다. 며칠이 지나도 엄마는 비스킷 두어 개와 끝없이 마시는 홍차만으로 연명할 수 있는 것 같았다.

내 생각에, 가능한 한 작은 공간을 차지하고 싶은 엄마의 무의식적인 노력이었던 것 같다.

그것은 효과가 있었다.

내 나이 열세 살 때, 우리 가족은 자연스럽게 사라졌다. 엄마의 정신 건강 문제와 기적을 일으킬 수 없는 아빠 덕분이었다. 제인 언니는 '성년'이 되어 최악의 상황을 모면했다. 그래서 그 기간 동안은 주로 우리 둘, 나와 고통 받는 엄마가 함께 있었다. 그리고 엄마는 최소한의 양만 먹으면서도 남을 먹이는 데 최선을 다했다. 적어도 나에 대해서는 그랬다.

엄마는 온갖 시간외근무를 했지만, 항상 내가 잘 먹도록 해주었다. 식사를 손수 준비해 내가 귀가할 때 먹도록 알루미늄 호일에 싸놓곤 했다. 양도 엄청나게 많았다. 내가 만약 갱도에서 14시간씩 일했다 하더라도 한 접시를 다 비우는 것이 힘겨웠을 것이다. 그러고도 엄마는 다이제스티브와 홍차로 연명하면서 장애를 감추기 위한 케케묵은 변명으로 "바쁘다"고 했다.

다이제스티브는 엄마의 식생활에서 떼어놓을 수 없는 부분이었고, 어느 해 겨울 우리는 할인 마트에 크리스마스 쇼핑을 하러 갔다. 당연히, 제인과 나는 카트에 설탕이 가득 든 쓰레기를 원하는 만큼 던져 넣을 수 있었다. 어쨌든, 크리스마스니까!

"엄마, 이 초콜릿 과자 좀 사도 돼요? 그리고 치즈케이크는요? 냉동할 수 있어요?"

나는 이미 답을 알고 있으면서도 물었다.

"그럼, 물론이지. 카트에 담으렴."

엄마가 당연히 대답했다.

엄마는 맥비티의 플레인 다이제스티브가 48통이나 든 대용량 상자를 자기 몫으로 골랐다. 식사가 필요한 사람이 어디 있어? 엄마는 도토리를 모아놓은 다람쥐마냥 그것만 있으면 봄까지 염려 없었다.

내 겨울은 음식과 함께하는 길고도 힘겨운 여정이었다. 그 후 몇 년 동안 음식은 내 가장 친한 친구이자 위로자였으며 피난처가 되었다……. 그와 동시에 나를 구속하고 고문하고 복수하는 존재이기도 했다. 음식이 내게 친구인 척하는 것뿐이라는 것을 알고 난 뒤로, 나는 그것과 어울리기를 그만두었다. 하지만 음식과 맺은 관계에 대한 나의 이해는 등락을 거듭했다.

때로 나는 패배감에서 벗어나지 못하고 제대로 먹을 수가 없었다. 가끔은 엄마가 되기도 했다. 엄마처럼 나도 겨우 존재할 만큼만 먹는 법을 배웠다. 거기까지였다. 그래도 배가 불렀다.

어쩌면 엄마도 그랬을 것이다. 말 그대로, 음식을 먹을 여유가 없었던 것이다.

엄마의 정신 건강이 점차 나빠지는 동안, 아빠는 엄마의 상태가 악화되는 것을, 마음속 나쁜 악마를 그나마 통제하고 있던 엄마의 손힘이 점점 더 빠져가는 것을 알았을 것이다. 하지만 아빠가 전혀 몰랐을 가능성도 충분히 있다. 아내, 사랑하는 여자가 망가졌다는 사실을 받아들이고 싶지 않음과 동시에 엄마가 속임수의 대가라는 사실에 자신도 모르게 굴복한 게 합쳐진 결과다.

엄마는 최선을 다해 아빠에게 슬픔과 장애 섭식을 감췄다. 나는 다 알고 있었다. 나는 관찰하고, 지켜보았다. 나는 예리한 학생이 마술사의 속임수를 관찰하듯이 엄마를 연구했고, 비밀을 알아냈다. *바쁘게 산다. 항상 바쁘다. 다른 사람들을 먹인다. 그들에게 집중한다.*

그들이 음식이 잔뜩 쌓인 자기 접시에 집중하고 있는가? 시선을 분산하라. 관심을 옮겨라. 바빠 보이라. 항상. 바빠야 한다. 그러다가, 결국 부담을 더 이상 견딜 수 없게 되면, 아빠를 밀어내는 것밖에 방법이 없다. 아빠는 눈앞에서 그 과정을 모두 보았다. 엄마의 속임수는 효과가 있었다. 아빠는 엄마가 겪는 고통의 깊이나 넓이를 전혀 알지 못했다.

그것이 단순히 받아들이고 싶지 않아서였을까?

아빠는 엄마가 쇠약해지는 과정을 몰랐던 것처럼, 내가 날마다 겪는 내면의 갈등도 몰랐다. 아빠가 받아들이기에는 너무 고통스러웠던 걸까? 내가 십 대에 접어들 때 아빠와 엄마가 헤어졌고, 아빠가 안전한 거리에 떨어져 가장 밑바닥의 상황을 안 봤기 때문에 무슨 일이 벌어지는지 이해가 부족했다고 설명해야 할까? 나로선 그렇게 생각해야지 어쩔 수 없다.

그 결과 아빠는 나의 달리기를 이해하지 못한다. 전에도 그랬다. 나는 아빠를 받아들이는 법을 배워야 했다. 마찬가지로, 나도 아빠가 오래된 모터바이크 엔진을 만지고, 일요일 오후에 자동차들이 빠른 속도로 트랙을 78번이나 도는 일에 집착하는 것을 별로 이해하지 못한다. 하지만 아빠는 부르지도 않은 침팬지 떼가 잘 정리된 이성의 정원을 망가뜨리고, 예쁜 꽃이라곤 한 송이도 없는 어둡고 더러운 진흙구덩이로 만들려는 것을 막아낼 방편으로 이런 활동에 참가하는 것은 아닐 것이다. 거기에 아빠와 나 사이의 차이가 있다.

아빠는 딸들에게 애정을 갖고 있지만, 겁이 많고 짜증을 잘 내는 사람이고, 달리기에 대한 나의 열정을 겁낸다. 내가 어린 시절에 엄마만 졸졸 따라다니고 '소발작'을 일으켰기 때문인지, 아니면 아빠에겐 내 달리기가 위험한 활동이며 자학이라고 여기기 때문인지, 잘 모르겠다. 어쩌면 아빠는 1970~80년대 초 주방 싱크대 너머까지 달리는 것은, 연약한 여성에게 '너무 위험한 일'이라던 주장을 *실제로 귀담아* 들었을지도 모른다. 그렇지만은 않기를 진심으로 바랄 뿐이다.

이혼 전에 아빠는 금요일 저녁마다 친구와 스쿼시를 치러 사라지곤 했다. 이것의 가장 좋은 점은 아빠가 돌아올 때 마스 초콜릿 바를 가져오거나, 버즈 네스트 중국 식당의 돼지 완자 요리와 뜨겁고 바삭바삭한 감자칩 봉지를 들고 문을 열고 들어서서 그 냄새로 나를 흥분시켰던 것이다. 아빠는 1시간 반 동안 스쿼시 코트에서 뛰고 난 뒤라서 그걸 먹어도 되었을지 모르지만, 나는 아니었다. 나는 카탈로그에서 이동식 주택의 권장 소비자 가격을 보면서 아이스크림을 먹고 있었다. 아빠는 그 사실을 모르는 것 같았고, 나는 어쨌거나 게걸스럽게 먹어댔다.

아빠는 걷는 데도 상당히 열심이었다. 아빠와 몇몇 사람들은 상당히 힘든 유럽식 하이킹 휴가를 보내곤 했지만, 나는 거기 관심을 가져보라는 권유를 받지 못했다. 왜일까? 모르겠다. 어쩌면 어릴 때 게으르고 떼를 잘 부려 어딜 가든 안아달라고 계속 징징거리고 울어

댔던 탓에 아빠가 지친 것일지도 모른다. 대신, 나는 멀찌감치 떨어져 아빠의 활동을 지켜보았다. 어쩌면 내가 사춘기에 접어들면서 아빠는 내게 더 재미있는 활동이 있으리라 여겼을 것이다.

그렇지 않았다.

어떻게 아빠는 내가 눈앞에서 점점 더 부풀어오르는 것을 보지 못했을까? 어떻게 내게서 사라지지 않는 지루함을 감지하지도, 슬픔을 보지도 못했을까? 어째서 아빠는 내게 붙여준 '영리한 아이'라는 표식이 장기수감형처럼 느껴진다는 것을 몰랐을까?

나는 영리하고 싶지 않았다. 행복하고, 자유롭고 싶었다.

가끔 아빠가 나를 보면 엄마와 엄마 주위에서 사라지지 않는 검은 안개와 똑같은 것을 본다고 생각할 수밖에 없다. 그렇다. 엄마와 나는 인생에서 똑같은 길을 걸었고, 똑같은 싸움을 겪었다. 그것은 아빠를 두려움과 슬픔으로 채웠을 것이다. 하지만 아빠는 언제나 달아날 수 있었다. 차를 몰고 나가면 나와 엄마의 깊은 절망에서 벗어날 수 있었다. 멀어지면 아빠에게는 작은 위안이 있었다. 무지의 행복이라고 사람들이 부르는 것이다.

내가 아는 것은, 기름 범벅이 된 돼지고기 완자를 아무리 먹어 치워도 해답은 나오지 않는다는 것이다.

2015년 6월

오늘은 목요일 밤 클럽 달리기를 하는 날이다. 우리는 도로에서 벗어나 어떤 숲속을 지그재그로 달려 산을 오르기 시작했다. 나는 고개를 숙이고 속도를 늦췄다. 거북이걸음의 할머니식 등산 페이스는 안정적이지만 꽤 효과적인 것 같다.

천천히 이름 모르는 어떤 남자 옆을 지나쳐가는데, 그가 사람들 모두에게 들릴 만큼 크게 말했다.

"당신은 뛰어올라가도 괜찮을 것 같은데요. 몸이 가볍잖아요!"

자기는 그렇게 못하는데 내가 가파른 산길을 쭉쭉 올라가자 진심으로 화가 난 목소리였다. 나는 부드러운 가짜 미소를 지으며, 적절한 수준의 가짜 농담으로 받아쳤다.

'건방진 인간 같으니.' 나는 속으로 생각했다. '당신이 뭘 안다고.'

내 방 라디에이터에서 녹아가던 마스 초콜릿 바의 기억이 머릿속을 스쳐 지나갔다.

괴로운 체육수업

14세

1992년 6월

수학 시간에 망할 의자가 부서졌다. 믿을 수가 없었다! 게다가 더 나쁜 것은, 그때 반 아이들이 아무 소리도 내지 않았던 것이다. 나는 너무 창피해서 죽을 것 같았다. 모두 나를 비웃었을 것이고, 내 얼굴이 불붙은 것처럼 뜨거웠으니, 분명 새빨개졌을 거다. 정말 무거운 뚱보가 된 것 같다.

엄마와 아빠가 간식으로 피시 앤 칩스를 먹으러 해리 램스던 식당에 데려갔는데 줄이 너무 길어서 근처의 햄버거 집에 갔다. 나는 치즈버거랑 밀크셰이크를 시켰다. 치즈버거에 소스를 너무 많이 뿌려놓아서 역겨웠다. 맛있는 디저트를 시켜야 할 것 같아서 니커버커 글로리(아이스크림을 겹겹이 쌓아 만든 디저트—옮긴이)를 시켰다. 나왔을 때 보니 녹은 아이스크림 속에 미끈거리는 멜론 볼이 잔뜩 떠다니는 거였다. 쓰레기 같으니!

엄마는 식욕이 없는 듯 접시 위에 감자칩 몇 개만 이리저리 밀고 있었다. 한마디로, 식사는 엉망이었다. 이제 청바지 단추가 잠기지 않고, 속도 불편하고 퉁퉁 붓는 느낌인데, 맛도 없다니!

오늘은 내내 불행했다. 수업에서 더 자신 있게 질문에 대답하고 싶지만, 사람들이 날 비웃는 게 두려워서 부끄럽기만 하다. 사람들이 비웃는 게 아니라는 생각도 들고(망할 의자가 부서졌을 때는 빼고!) 이런 터무니없는 생각을 그만둬야 한다는 생각도 든다.

내일은 훨씬 나아지길 바란다. 그리고 그 엄청나게 역겨운 식사를 하고도 잠이 오길 바란다! 으윽!

나는 불안으로 점철된 사춘기 내내 일기를 썼다. 물론 오글거리고, 신파가 가득하고, 십 대에 어울리는 무의미한 글들이다. 하지만 일기를 보면 무엇이 되어야 할지, 어떻게 되어야 할지 알지 못하는 상태로 신체와 정신, 세상에 갇혀 있는 소녀의 모습이 보인다.

항상 타인의 인정을 구하고 확인을 찾고, 인기 있는 아이가 좋아해주기를, 멋진 애들이 말 걸어주고 파티에 초대받기를, 남자 아이가 나의 시시한 존재를 알아봐주기를 바라는 모습. 그 모든 것의 기초는 찾고, 갈망하고, 추구하는 것이다. 무엇을? 누구를?

자신감이 점점 줄고 내가 점점 더 자신 속으로 퇴행하고 물러나면서 내 세계는 축소되기 시작했다. 내가 갇힌 '영리한 아이'라는 상자 안에서 답답함을 느끼며, 나는 끊임없이 텔레비전을 보며 혼자서 달콤한 것을 먹는 걸로 공허한 시간을 채웠다. 내 일부가 사라진 것처럼 허전했지만, 그게 무엇인지는 알 수 없었다.

중등학교를 거쳐 대학으로 가는 편도티켓 덕분에 목적지는 알고 있었지만 내 자신에 대해 너무나 몰랐기에 마음속에서 혼란이 일었다. *나는 누구일까? 나는 무엇이 될 수 있을까? 나는 어떤 사람이 되기를 **원하는** 걸까?* 아무런 대답도 알지 못했다. 대신 나는 몇 장의 종이로 정의될 것이다. '자격증'이라는 작은 종이 몇 장이 사람들에게 나에 대해서 알아야 할 모든 것을 전할 것이다. 나는 그것을 모를 것이고, 그것은 나를 대표할 것이다. 사람이 서 있던 자리에 서류들이 서 있을 것이다. 더 이상 레이첼이 누군지 깊이 파고 들어갈 필요도 없다. 종이 몇 장이면 충분할 테니까.

하지만 내겐 충분하지 않았다. 앞으로도 충분하지 않을 것이다. 나는 다른 어딘가에서 위로와 안식을 찾아야 했다. 그리고 당연히, 뱃속 가득차는 위로를 구하기에 음식은 가장 쉽고 편리한 방편이었다. 좋은 맛을 느끼면 기분도 좋아졌다. 보통 달콤하고, 초콜릿이 든, 폭신하고, 말랑한 것이었다. 사과 하나를 먹고 배고픔을 느끼거나 씨 없는 포도로 식욕을 다스려보려고 애쓴 기억조차 내겐 없다.

아주 빠른 속도로 통제 불능이 되었고 엄마의 사랑은 문제를 더 살찌울 뿐이었다(어설픈 말장난을 용서하시라). 그 당시에도 엄마가 내게 부족한 무언가를 보상해주려고 열심히 노력하는 것이 느껴졌다.

엄마는 내게 설탕 가득한 과자를 먹어치우지 말라고 조언하거나 내 식사량을 보통 어른의 양 정도로라도 줄일 엄두를 내지 않았다. 겨우 1시간 전에 구워놓은 쿠키가 다 어디로 갔는지 묻지도 못했다. 한번 앉은 자리에서 사라 리 초콜릿 퍼지 케이크 절반을 뱃속에 쑤셔 넣고 싶은 이유가 무엇인지 묻지도 못했다. *케이크 절반을!* 그 시절을 돌이켜보면 공포가 느껴지고, 어떻게든 그 욕구를 절제하고 멈출 수 있었던 것에 감사하게 된다.

심지어 마스 초콜릿 바를 먹는 법을 만들어내기도 했다. 내 방 작은 텔레비전 앞에 앉아 초콜릿 양옆을 베어 먹고, 맨 아래 누가와 맨 위의 끈적한 캐러멜을 드러내곤 했다. 조심스럽게 캐러멜 층을 먹고 그 다음에는 누가를 먹기 시작했다. 끈적이는 손가락으로 누가를 동그랗게 만들면 반죽 놀이를 하는 것 같기도 했다. 새로 생겨난 누가 볼을 천천히 음미하면서 그 시간에 텔레비전에서 방송하는 무의미한 쇼를 멍하니 바라보곤 했다.

특히 실험 정신이 발동했던 어느 날, 평소처럼 초콜릿 바 포장지를 벗긴 뒤 바로 옆의 거대한 라디에이터에서 열기가 뿜어져 나오는 것을 느꼈다. 마스 초콜릿 바가 녹으면 어떨지 궁금했고, 그것이 얼마나 무작위적이고 이상하고 기괴한 짓인지 생각할 겨를도 없이 초콜릿 바 하나를 하얀 라디에이터에 얹었다. 몇 초 지나자마자 뜨뜻하고 끈적이는 퍼지가 녹아 내 손에서 뚝뚝 떨어졌다. 돌이켜보면 역겹기도 하고 우습기도 하지만, 극심한 지루함과 자포자기의 심리 상태를 모두 드러낸 행동이었다.

비슷한 이야기가 끝도 없이 있다. 음식은 만족감을 주었다. 음식은 내게 사이비 위로와 집중력 그리고 슬프지만 목적의식도 주었다. 하지만 사실 음식이 한 일은 내 상실감을 강조하고 고립을 점점 더 심하게 만든 것뿐이었다.

십 대 후반으로 가는 시기는 고통스러웠다. 슬픔으로부터의 피난처를 공허한 칼로리에서 찾을수록, 나는 점점 더 무거워지고 점점 더 괴로워졌다. 괴로울수록 나는 점점 더 먹는 것에서 위로를 찾아 의존했고, 이미 외톨이였던 나는 점점 더 고립되었다. 그래서 자랄수록 내 세계는 더 줄어들었다. 악순환은 그렇게 계속되었다.

15년간 학습 끝에 내 마음과 몸은 달리기에서 위안과 안식을 찾게 되었다. 달리기가 내게 집중력을 선사한다. 달리기는 지나치게 생각이 많은 머릿속을 비우고 쉬며 광기를 잠재우는 곳이다. 그 시절, 그런 역할을 해준 것은 내 가장 친한 친구, 음식이었다. 음식은 끊임없이 나를 실망시켰지만, 나는 항상 그것을 다시 찾았다.

내가 발견한 줄 알았던 즐거움은 즐거움이 아니었다. 그것은 나를 가두는 감옥이었다.

2015년 11월
인터파이낸셜 서비스 크로스컨트리 대회, 런던

작년처럼, 우리는 런던에 내려왔다. 짧고 가파른 비포장도로를 달리는 까다로운 대회에 참가하기 위해서다. 이 대회는 금융 부문에서 해마다 개최하는 크로스컨트리 대회이며, 주요 금융

기관이 전부 참가한다. 개브의 직장인 로이드 은행도 여기 참가해서, 우리는 오늘 이 회사의 멋진 연두색 조끼를 입고 달렸다.

대회는 두 개로 나뉜다. 여성 경주는 런던의 리치몬드 공원을 한 바퀴 도는 5.6킬로미터 거리이고, 남성 경주는 두 바퀴 9.3킬로미터 거리다. 거리만으로는 아주 쉬워 보이지만, 그렇지 않다. 코스가 놀라울 정도로 어렵다. 굉장히 힘든 언덕들이 있는데, 거리가 짧아서 매우 빠른 페이스를 요구한다.

특히 여성 경주가 더 그렇다. 차츰 속도를 내거나 리듬을 탈 시간이 없다. 처음부터 빠른 속도로 언덕을 오르기 때문에 힘들다. 결승점이 다가오면 가슴이 따끔거리고 메스꺼워지기 때문에 이런 코스는 해보면 안다. 1킬로당 1분만 천천히 달리면, 이 거리의 몇 배쯤이라도 달릴 수 있지만, 그 조금만 빨리가 엄청 고통스럽다.

믿을 수 없지만, 우리 로이드 여성 참가자 셋이 2등 단체상을 받았고, 1등 베테랑 단체상을 받았다(베테랑은 대회 시점에서 35세를 넘긴 이들에게 수여하는 상이다. 우리는 '노인' 취급을 받는다!). 올해는 작년에 받은 것만큼 메달이 반짝이고 멋져 보이지 않지만 그래도 어렵게 받았다.

비록 지치고 배도 고팠지만, 우리 몇 명은 나오기 전에 단체 사진을 찍었다. 다른 사람들은 이미 맥주와 커리를 먹으러 갈 계획이었지만, 개브와 나는 룸서비스 음식과 맥주를 들고 마스터셰프를 보며 쉴 생각뿐이었다. 우리도 늙는가 보다!

요즘 참가하는 크로스컨트리 대회 경험이 십 대 때와 이렇게 달라졌으니, 현실 감각이 사라지는 것도 어쩔 수 없다. 그 시절에는 '우승자'와 '레이첼'이라는 단어는 절대 나란히 있을 수 없었으니까.

15세

1993년 7월

오늘 학교에서의 하루는 괜찮았던 것 같다. 오전은 나름

괜찮았다. 점심시간도 좋았다. 학교 근처 과자점에서 일을 도와주고 찍어 먹는 초코와 프레즐 한 봉지를 공짜로 얻었다.

하지만 오후는 엉망이었다. 하키 시합이었는데, 처음부터 난처한 지경에 빠졌다. 장비를 절반도 갖추지 못했고, 헌터 선생님은 내가 "게을러 빠졌다"고 혼냈다. 선생님은 조에게 "내가 어디서 빠져야 하는지" 알려줘야 한다고 말했다. 나랑 제일 친한 친구한테 그런 식으로 말해도 되는 건가? 멍청이 같으니. 어쨌든, 나는 결국 하키도 할 줄 모르고 스포츠를 싫어하는 여자아이들과 모였고, 우리는 좀 키득거렸다. 죄다 너무 못했기 때문이다. 헌터 선생님은 어쨌든 우리를 무시했다(조에게 내가 얼마나 쓸모없는지 말한 다음에 말이다).

그래도 아직 속이 상한다. 어째서 제인 언니는 하키 팀에 뽑히고 나는 못 뽑힌 걸까? 언니에게 질투가 난다. 그러면 안 된다는 걸 알지만, 어쩔 수 없다. 언니는 자기가 얼마나 운이 좋은지 모른다. 나는 언니 옆에 있으면 쓰레기 같다. 사람들이 내게 "허니 몬스터"라고 부르는 것도 이상할 게 없다. 내 기분도 딱 그렇다!

그냥 생각난 건데, 앞으로 이 글을 누가 읽을지 모르겠다. 애인이나 남편?(참 그렇기도 하겠다!) 어쩌면 어른이 된 다음에 엄마가 읽을지도 모르겠다. 그때가 되면 내 외모는 지금 같지 않기를 바라지만, 적어도 나는 성격이 괜찮다고 생각한다. 어쩌면 이 일기장을 보면서 지금 여기 있는 루저를 보고 깔깔 웃을지도 모른다.

이제, 초콜릿 콘플레이크 빵을 만들어서 먹고 숙제를 좀 더 해야겠다. 여기 앉아서 얼굴에 난 여드름이나 보며 자기 연민에 빠지는 것보단 나을 테니까.

체육은 학교 시간표의 작은 일부였으나, 필요악이었다. 그렇지만 쉽게 피할 수 있었다. 팀 스포츠에 별 재능도 없고 흥미도 없던 나는 배구나 하키 팀을 뽑을 때 저마다 여러 포지션을 외치고 경쟁하는 순간이 두려웠다.

가장 요란하고, 가장 인기 있는 아이가 항상 배구에서 센터 포지션을 얻는 것 같았다. 그저 우연일지 모르지만, 내 개인적인 경험으로 볼 때 그들은 작고 귀여우며 금발인 경향이 있었고, 유리창이 깨져라 비명을 지르는 독특한 재능을 갖고 있었다. 한편, (나처럼)조용하고, 더 쓸모없는 평범한 애들은 골 디펜스 등의 남은 자리를 가져갔다. 그런 포지션을 무시하는 것이 아니다. 골 디펜스 포지션도 제대로 하면 온갖 기술과 능력이 필요할 거라고 믿지만, 나는 그런 것을 알지도, 갖지도 못했다. 어쨌든, 나는 센터를 맡은 적이 없었다. 단 한 번도.

내가 드물게 골 디펜스 자리를 맡게 되면 상대 팀이 보이는 곳에서 계속 높이 뛰며 양팔을 흔들어야 했다. 그저 키가 크고 튼튼한 체격에 (비록 아주 짧은 시간이나마)점프할 능력만 있으면 충분했다. 여자아이들의 비명소리와 끊임없는 고함소리에 미칠 것 같았지만, 나는 최선을 다해 깡충거렸다. '팀을 실망시키는' 것이 두려워서.

그러고 나면 학교 탈의실에서 옷을 갈아입어야 했다. 또 한차례 나의 자기혐오를 인정할 기회였다. 사라 리 초콜릿 케이크와 아이스크림에서 위안을 찾은 결과, 옷 솔기가 미어지려고 한 때부터 특히 그랬다. 이미 또래보다 키가 컸던 나는, 거인이 되었다. 배구를 하는 반 아이들보다 덩치가 훨씬 컸다. 나는 어색하고, 불편하고, 무겁게 느껴졌고, 어린 나이에 비해 나이가 한참 많아 보였다.

몸이 무거운 것뿐만 아니라, 내면의 증오를 짐처럼 짊어지고 다녔다. 몸이 더 작고, 키도 더 작고, 더 귀엽고, 더 날씬하고, 더 가볍고, 더 예쁘고, 더 행복했더라면.

내 자신이 아니었더라면.

스포츠나 피트니스, 운동을 계속할 수 있었더라면.

나는 내 몸을 증오했다. 내가 보기에 다른 아이들과 사이즈도 모양도 다른 몸은 자의식을 굉장히 건드렸으며, 하우스별로 이루어지는 끔찍한 크로스컨트리 대회를 피하기 위해 무엇이든지 하고 싶었다. 나는 체형을 그대로 드러내는 못생긴 회색 운동복 반바지를 입고, 매년 사람들 앞에서 창피를 당하며 끝에서 두 번째로 들어왔다. 운동복은 너무나 지독하고 상스러워서 포르노로 분류되어 금지되기 직전의 반바지였고, 심리적인 학대라는 주장이 끝없이 나와 국가 교육 시스템에 실제로 긴박한 위협이 되었을 것이다.

내 하우스는 워터하우스였다. 우리는 매점에서 차례가 될 때까지 기다렸고, 내 닭살 가득한 허벅지는 쓸데없이 딱딱한 운동복 반바지 밑으로 제멋대로 튀어나와 있었다. 젠장. 우리 차례다. 출발.

나머지 학생들은 풀밭 둑 위에 서서 각 하우스가 돌아가며 내가 불쌍한…… 회색 엉덩이를 흔들며 잔인할 정도로 훤히 보이는 코스를 도는 광경을 구경했다. 거리는 1.6킬로미터 정도, 길어야 3.2킬로미터였다. 끝없이 구불구불하고 높낮이가 다른 놀이터들은 거의 다 시야에 들어왔다.

앞에서 말한 운동복 반바지를 입고 느꼈던 따가운 수치심이 지금도 생생하다. 내 엉덩이와 뚱뚱한 상체가 가려주는 구석이라곤 없는 회색의 포르노 복장에서 튀어나와 있는 꼴을, 학교 전체가 지켜보는 공포가 생생하다.

나는 머릿속으로 이런 주문을 되뇌었다. '아, 젠장, 시작이네……. 아직 한 바퀴도 안 돌았는데 벌써 지쳤어. 그만 달려야지. 이제 600미터 왔는데 나디야(그 애는 두 번째 총소리가 들린 후로 말없이 반항하며 거의 걸었다)만 빼면 내가 여기서 제일 느려. 정말 싫다! 이게

나한테 무슨 도움이 된다는 거야?'

나는 학교 아이들 전체가 나만 쳐다보며 가련한 코미디 쇼가 시작되기를 기다리고, '스포츠'나 (더욱 나쁘게는) '오락'의 이름으로 타인의 고통을 즐기고 있다고 확신했다. *네로 황제의 검투사 경기가 이런 것이었을까?* 우리가 모두 알고 있듯이, 아이들은 잔인해질 수 있다. 그들은 타인의 약점을 빠르게 알아차리고, 그것을 이용하고, 약자를 상대로 소리 없는 승자가 된다. 사실 내 경우는, 대부분의 아이들이 신경 쓰지 않았을지도 모른다. 검투사 경기는 내 머릿속에서만 벌어진 것일지도 모른다. 어쨌든, 그건 잔인하고 고통스럽게 느껴졌다. 몸도 마음도.

곧 다가올 고통에서 벗어날 어떤 기회라도 있었다면 나는 부여잡으려고 했을 것이다. 맨손으로 운동장 흙을 파서 뜨거운 지구 중심으로 들어가라고? 문제없다. 할 수 있다. 일주일 동안 오렌지를 입에 물고 한쪽 다리로 서서 벽을 쳐다보고 있으라고? 좋다. 그것도 진지하게 생각해볼 것이다. 그러나 그런 기회는 주어지지 않았고, 그래서 달려야 하지만 달아날 곳은 없었으며, 뼈아프게도 숨을 곳도 없었다.

지금까지 얘기는 운동이 싫은 백만 한 가지 이유 중 하나였다. 강해지는 느낌, 힘을 얻은 느낌, "여성도 할 수 있다"고 의욕을 불어넣는 주문과 운동을 연결시키지 못했다. 나는 운동을 하면서 굴욕과 창피를 겪었고, 나는 쓸모없는 존재라고 느꼈으며, 온갖 부정적인 것들을 연상했다.

운동은 기껏해야, 스포츠에는 젬병이지만 공부만 열심히 하는 아이라는 내 역할을 강화해주었다. 나는 활동 방면으로는 '소질'이 없었다. 운동은 내 머릿속에 스포츠, 피트니스, 달리기에 대한 온갖 부정적인 것들을 채워주었다. 나는 그 어떤 것에도 참가할 능력이 없다고 생각했다.

그래서 시도조차 두려웠다.

지금 나는 이런 생각을 갖고 있다. 내가 만약 달리기에 익숙해졌다면, 내 몸이 단 1~2킬로미터라도 꾸준히 자신 있게 달리는 데 적응하며 성장했다면, 그래. 나를 검투사 경기를 보러 온 관중 앞에 세워보라. 나의 경계심에 도전하고 내 마음속의 두려움과 맞서 정면으로 승부하게 하라. 하지만, 나를 그 경기장에 아무 무기도 없이 보내지는 말라.

달리기를 '적'이라고만 가르쳐놓고선, 내가 그 경험에서 어떤 긍정적인 것을 발견하기를 기대할 수 없을 것이다.

2015년 7월

방금 체육관 러닝머신에서 내려왔다. 젠장, 힘들었다. 컨디

션이 좋을 때도 속도를 올리기는 힘들다. 더 빨리 달리기 위해서는…… 더 빨리 달려야 한다!

오늘은 헤드폰을 썼다. 내 생각에 집중하고 싶지, 벨트가 너무 빨리 돌아가 다리가 겨우 따라가는 동안 발이 러닝머신을 내리찧는 소리에 신경 쓰고 싶지 않다. 가끔은 체육관에서 사람들이 내가 미친 듯이 빠른 속도로 내 엉덩이를 걷어차며 달리는 것을 보고 무슨 생각을 할지 궁금하다.

음악은 옆에서 힘을 거의 안 들이고 러닝머신에서 걷고 있는 두 여자의 달콤한 목소리도 걸러주었다. 둘 다 손잡이를 꽉 잡고 어젯밤에 본 〈이스트엔더스〉에 대해 수다를 떨고 있었다.

어째선지, 내가 처음 러닝머신에 올랐을 때 기억을 떨쳐버릴 수가 없다…….

그것을 감추라!
크고 헐렁한 것을 걸쳐라!

16세

나이가 들면서 좀 더 자유가 생겼고 우리는 피트니스 활동들을 찾아 멀리 나가볼 수 있었다. 믿음직한 친구 조와 나는 버스를 타고 시내로 나가서 큰 레저 센터 내 90년대 스텝 클래스에 들어가거나 자연 채광이 차단된 체육관을 돌아다닐 수 있었다. 조와 나는 체육관을 선택했다. 나는 거기라면 남의 눈에 안 띄기가 더 쉬울 거라고 영리하게 판단했다.

나는 커다란 티셔츠에 라이크라가 아닌 레깅스를 입고서 러닝머신에 내키지 않는 발걸음으로 올라갔다. 바로 앞에 악의적으로 놓여 있는 전신 거울 속에 비친 우리 두 사람을 보았다. 조는 나보다 훨씬 더 작았지만, 너무나 상냥하고 세심한 친구라 내가 괴물처럼 느끼게 만든 적이 없었다. 조는 러닝머신의 속도를 안정적인 조깅 속도로 높였다. 나도 머뭇머뭇 그렇게 했다.

"아이고, 힘들다, 조!"

그렇게까지 힘든 것이 충격이었다. 시작한 지 2분밖에 안 되었다. *젠장, 우리가 정한 10분을 버틸 수 있을까?* 이미 가쁜 숨이 공기를 충분히 들이쉬지 못하는 것이 느껴졌다.

"조……."

나는 헉헉거리면서 겨우 말했다.

"나 이제, 헉, 걸어야, 헉, 되겠어."

이건 내 고통 받는 16세의 몸이 감당할 수 없는 일이었다. 나는 단 6분 만에 몹시 가쁜 숨을 몰아쉬며 거의 움직이지도 않는 러닝머신에서 뛰어내렸다.

"와, 정말 힘들다, 조. 달리기는 나한테 안 맞는 것 같아."

조도 아니라고는 하지 않았다.

우리는 체육관에서 나와 자동판매기로 갔고, 거기서 나는 30펜스짜리 여름채소 컵 수프를 사서 위안을 받았다.

나는 열여섯 살이었다. 체중은 76킬로그램이었다.

국민 의료 보험에서 제공하는 온라인 BMI 계산기에 따르면, 나는 내 또래 여자아이들 중에서 92퍼센트에 해당했으며 과체중이었다. '골격이 크다'거나 '튼튼하다'거나 '성장기'라거나 '통통하다'거나 그 밖의 예의 바른 미화법에 해당하는 몸이 아니었다. 온라인 페이지에서 조금 더 내려가면 '십 대의 건강한 식습관'에 관한 조언이 있었다. *십 대가 단 것에서 위안을 찾는 습관을 피하는 법이 있으면 어땠을까? 십 대의 자존감이라든가?* 어쩌면 이런 얘기가 더 유용한 조언이 되었을 것이다.

마찬가지로 염려스러운 것은, 내가 러닝머신에서 단 10분도 보통 속도로 달릴 수 없다는 사실이었다. 십 대의 나이에 내 신체는 그랬다. 그것은 앞으로 내 기억에서 사라지지 않는 기준이 되었다. 나는 열여섯 살 때 러닝머신에서 **10분 동안** 꾸준한 속도로 달리지 못했다고 항상 이야기할 수 있었다. 그보다 더 나쁠 수는 없었으니까.

그래서 나는 이 고통스럽고 비참한 대실패에서 손을 떼고, 나만의 운동 체계를 만들었다. 일반적인 커리큘럼에서 벗어난, 운동과 조금이라도 관련이 있는 것은 혐오하고 적극적으로 피하는 방향에 바탕한 것이었다.

시내의 버스 정류장에서, 나는 정류장 근처의 빵집에 들러 싸구려 빵 두 개를 사곤 했다. 조와 나는 그 다음에 레저 센터로 슬슬 걸어갔고, 거기서 조가 진짜 체육 활동과 비슷한 것에 참가하는 동안, 나는 사라졌다. 나는 새로 발견한 자동판매기를 찾아간 뒤 어두운 구석에 앉아서 끔찍하지만 위안이 되는 소금 범벅 수프에 흰 빵을 찍어 먹었다. 거기서 달아나 집에 가는 버스를 탈 순간만을 기다렸다.

남의 눈에 보이지 않길 간절히 바랄수록, 나는 점점 더 불어났다. 그 시절 사진을 보면 젊음을 낭비한 것이 슬퍼진다. 나는 사진 속에서 학교 친구들 옆에 항상 구부정한 자세로 서 있곤 했다. 몸을 줄여 최소한 작은 크기가 되고 싶은 것처럼 말이다.

훗날 스스로에게 해로운 믿음과 싸울 수 있음을 수없이 증명한 이후에도, 이런 생각을 완전히 떨쳐낼 수는 없었다. 런던 마라톤 대회를 시작하면서 한번은 이렇게 생각한 것도 기억난다.

'네가 무슨 권리로 여기 온 거니, 레이첼? 이걸 할 수 있다고 생각하다니? 네가 어디서 왔는지 기억해, 레이첼. 네가 누군지 기억하라고.'

2015년 4월

오늘은 목요일, 런던 마라톤이 끝난 지 나흘째다. 틸스를 학교에 내려주고 달리기를 시작했다. 운동장에서 그렇게 짧은 반바지에 유난히 밝은 색의 무릎 양말을 신은 엄마는 또 나뿐이었다!

아주 천천히 달릴 계획이었다. 다리는 아직도 운동화라는 말만 들어도 후들거리고 쑤셨다. 머릿속으로 그린 코스는 12.8킬로미터 정도였다. 처음 절반은 다행히 구불구불한 내리막이고, 그다음에는 평지, 그러고 나서 운하를 따라 다시 익숙한 마라톤 훈련 코스를 돌아오는 것이었다. 나는 기운 빠지는 출퇴근 차량 정체에 갇혀 있거나 소독약 냄새 풍기는 사무실 책상에서 영혼을 망가뜨리는 대신, 내가 정한 대로 자유롭게 달릴 수 있는 것이 너무나 감사했다.

운하 길을 따라 천천히 달리다가 예전에 지리를 가르치던 글래드웰 선생님이 다가오는 것을 우연히 보게 되었다. 선생님은 스포츠에 열심이었고, 체육 교사 일도 종종 함께 했는데 스포츠에 특별한 재능을 보이는 아이들에게만 관심을 갖는 것 같았다. 선생님은 나처럼 스포츠 저능아로 분류된 아이들에게는 시간을 낭비하지 않았다.

"안녕하세요, 글래드웰 선생님!"

나는 세월이 지났지만 선생님이 나를 알아보는지 내기하듯 인사를 건넸다.

"안녕! 얼굴이 기억나는군. 잘 지내나?"

내 생각이 옳았다. 선생님은 내가 인사를 건네자 살짝 놀란 표정이었고, 우리는 잠시 멈춰 이야기를 나눴다.

"잘 지내요, 감사합니다. 다리 풀러 나왔어요. 일요일에 런던 마라톤에 나가서 아직 힘들거든요!"

"아, 그렇군. 대단한걸. 어떻게 됐나?"

선생님은 정말로 충격받은 표정으로 물었다. 나는 글래드웰 선생님 같은 사람에게는 기록이 전부임을 알고 있었다. 내 기록을 말했다.

"3시간 17분이라! 오, 훌륭하군!"

선생님은 주름이 많아진 얼굴에 감출 수 없는 놀라움을 드러내며 말했다.

"그럼 몇 주 전에 〈이브닝 커리어〉의 대회 보도에서도 자넬 본 건가?"

"음, 네. 아마 그러셨을 거예요."

나는 갑자기 너무 자아도취에 빠진 것이 아닌가 의식하면서 말했다.

"어느 대회인지는 모르겠지만, 최근에 몇 번 뉴스에 나왔거든요."

선생님은 달리기 클럽에서 보낸 시시한 대회 관련 기사를 보았을 것이다.

우리는 대회와 페이스, 기록, 속도, 거리, 목표 등에 대해 몇 마디를 더 나눴다. 나는 이제 '달리기 용어'를 확실히 잘 안다. 선생님은 놀란 표정을 감추지 못했다.

"체중도 좀 줄었군. 상당히 날씬해졌네. 그렇지 않나?"

선생님은 너무나 당연한 소리를 했다.

"네, 그럴 거예요. 세월이 꽤 흘렀으니까요. 그렇죠?"

나는 이런저런 추억과 괴로운 체육수업을 떠올리면서 이렇게 대답했다.

우리는 몇 마디 더 이야기를 나누었고 나는 가던 방향으로 달렸다(정확히는 다리를 절뚝이며 걸어갔다).

그 시절, 내가 가련한 십 대였을 때는 스스로 정한 한계를 넘고, 달리기를 발견하는 데서 기쁨과 행복, 자신감을 얻을 수 있다는 것을 왜 몰랐을까? 그걸 알았더라면, 훨씬 더 일찍 달라졌을 텐데.

글래드웰 선생님이 오늘 내가 달리기로 이룬 성취를 인정해 준 것은, 선생님 같은 사람들에게 내가 보이지 않는 존재였던 시절로부터 지금까지의 여정을 증명한 것이다.

나는 이제 보이지 않는 존재가 아니다.

17세

　그건 피할 수 없는 수순이었다. 우린 십 대 소녀였고, 너무나 순진했고 인정받고 싶었다. 우리는 열일곱 살이었고, 멋진 애들은 죄다 주말이면 시내로 나갔다. 새로운 시대가 밝아오고 있었고, 10년 넘게 닫히지 않을 수문이 개방되는 순간이었다.

　신나는 삶을 살고, 사람을 만날 기회였다. 비록 우리는 지루한 우리 자신을 견디기 힘들다 하더라도 말이다.

　'목표: 신나는 삶을 찾아라'가 막 시작되는 참이었다. 모터바이크와 사이드카처럼 뗄 수 없는 사이였던 내 친구 조와 나는 핼리팩스의 캣츠 바 나이트클럽에 가볼 계획이었다. '클럽'과 거기서 시작되는 숱한 가능성을 처음 경험하는 것이었다. 그래서 자유와 흥분, (특히 중요한)사랑을 찾고, '신나는 삶'을 우리 것으로 만들고 싶었다.

　그렇다면 숨 막히게 지루하고 외롭고 쓸쓸하게 보낸 지난 시간에 보람을 느낄 수 있을 것이다. 금요일 저녁에 〈에브리 세컨즈 카운츠〉를 보면서 냉동 치즈케이크를 소리 없이 먹어치우는 일은 더 이상 없을 것이다. 월요일 아침 "주말에 놀러 나갔니?"라는 질문을 받았을 때, 멋진 애들에게 아무 할 말이 없는 처지도 이제 끝이었다. 나는 미리 적어놓은 대본대로 열심히 연습한 대답을 하고 싶어 견딜 수 없었다.

　"응! 맞아, 놀러갔어. 대단했어. 엄청났다니까. 너무 근사하고 멋진 밤이었어. 정말로. 너는?"

나는 또래 아이들보다 이미 거대한 이점을 갖고 있었다. 거대한 이점이라고 한 것은(말장난을 용서하시라) 말 그대로, 열일곱이었던 나는 옷 입는 센스가 없는 순진한 서른다섯처럼 보였기 때문이다. 나는 체중과 체형 덕분에 쉽게 성인 취급을 받을 수 있었다. *내겐 신분증 문제가 없었다!* 다른 아이들은 온갖 '만약'이라는 긴급 사태에 준비해야 했고, 펍이나 클럽에 입장을 금지당할 가능성에 대비하는 계획도 세워야 했다. 나는 그렇지 않았다. *하하, 신이 존재하는구나!* 작고 귀엽고 금발인 그들에게도 대가가 있고, 크고 뚱뚱하고 밋밋한 내게도 혜택이 있을 줄 알았다. *바로 그거야, 레이첼. 이제 네가 빛날 차례야!*

그 작은 위안을 안고, 조와 나는 클럽행 준비를 시작했다. 조는 옷에 대해 이야기를 꺼냈다.

"그럼, 오늘밤에 넌 뭐 입을 거니, 레이첼?"

"아, 음, 잘 모르겠어."

나는 이렇게 중얼거리면서 머릿속으로는 피해 대책을 궁리하고 있었다. ⓐ내가 뚱뚱하다는 사실과 ⓑ내가 나라는 사실을 감추기 위해 무엇을 입을 수 있을까?

"크림색 레깅스를 입을까 하는데. 너는?"

"검정색 타이츠 위에 청반바지 입을까."

조가 순진하게 대답했다. *젠장, 그럴 줄 알았어.* 조는 '앙증맞은 청반바지를 입은 작고 귀여운 차림'을 선택할 것이다. *너무나 뻔해.*

좋아. 고맙다, 조! 그렇다면 나는 부드럽고 완만한 라인에 고무줄이 들어가 날씬해 보이는 옷을 찾아야 한다. '섹시'는 내게서 저 멀리, 다른 은하계를 향해 날아가 버릴 모양이다.

'많을수록 좋다'는 나의 옷 입는 철학으로 마치 군복이라도 되는 듯 중무장을 하고서 시내로 걸어가 브래스 캣으로 향했다. 당시 핼리팩스에서 고양이 테마가 유행한 이유는 잘 모르겠지만, 거리에서 주로 고양이 오줌냄새가 났기 때문에 그런 것일지도 모른다.

브래스 캣에는 사람들이 가득했고, 바는 다가가기는커녕 보기도 힘들었다.

"네가 술을 사야 해, 레이첼. 난 희망이 없어!"

조의 말이 옳았다. 조는 열다섯으로 보였으니까.

"좋아. 그럼 아무데도 가지마. 안경이 없어서 안 보이니까. 여기 우리가 아는 사람 있어?"

조가 바를 살펴보았다. 사람들의 몸이 이리저리 복잡하게 부딪히는 바람에 정신이 하나도 없었다. 왼쪽에서는 떠들어대고, 오른쪽에서는 찢어지는 소리로 웃고. 살짝 공황상태가 되면서 어딜 봐야 할지, 무엇을 해야 할지 알 수 없었다. 말 그대로 눈에 뵈는 게 없었기 때문에 상황은 훨씬 더 나빠졌다. 어떻게든 멀어져버린 '섹시'를 구해보려고, 콜라병 바닥처럼 생긴 안경을 집에 두고 간 것이다. 즉, 내 얼굴 바로 앞에 있는 것만 보인다는 뜻이었다. 사람들 얼굴이 보이지 않았다. 말소리는 어디서 나는 건지 알 수 없었다. 내가 조의 신분증이라면, 조는 내 눈이 되어주어야만 했다.

"응, 저기 몇 명 아는 얼굴이 있는 것 같아."

조가 조금 뒤에 이렇게 말했다.

"술을 사서 저기로 가자."

우리는 독한 후치 술병을 들고 그쪽으로 갔다. 누군지도 모르는 사람들과 무슨 이야긴지도 모르는 이야기를 한 뒤 최종 목적지, 캣츠바에 가기 위해서 브래스 캣을 나섰다. *만세! 들어왔다!* 조는 짧은 청바지를 입고 입구 통제를 지났다는 사실에 기뻐서 환한 표정을 지었다. 나는 별로 흥분하지 않았다. 내가 조의 엄마처럼 보이는 것을 알고 있었으니까.

우리는 이제 가축시장 같은 댄스 플로어에 섰고, 땀으로 얼룩진, 보이지 않는 얼굴들 틈바구니에서 이리저리 움직이고 있었다.

"젠장, 여기 너무 덥다, 조."

나는 얼굴에서 15센티미터나 아래에 있는 짝꿍에게 외쳤다. 조는 무슨 말이냐는 듯이 나를 쳐다보면서 음악에 맞추어 깡충거리고 있었다.

"여기 너무 덥다고!"

터틀넥에 목이 졸려 죽을 것 같았다. 땀과 열기에 속이 메스꺼웠지만 계속 춤을 췄다. *어쩌면 원래 이런 걸지도 몰라.* 나는 속으로 생각했다. ……*결국, '클럽'이란 이런 거야.*

심사숙고 끝에 내가 고른 옷은 이랬다.

고무줄이 든 두꺼운 골지 레깅스. 이건 형태가 철저히 잡혀 있었다. 아주 초기의 스팽스 같다고 생각하면 된다. 배 주위를 단단히 에워싼 보정 패널이 사라 리로 지은 죄를 꽉 잡아주었다. 내 몸 이곳 저곳을 감출 생각이 드는 것부터 못마땅했다. 조는 그런 문제가 없었다. 조가 리버 아일랜드에서 산 청반바지에는 보정 패널을 넣을 공간이 없었고 조는 그런 생각을 할 필요도 없었다. 그 사실이 싫긴 했지만, 나는 보정 패널이 더할 나위 없이 고마웠다.

똥 갈색 터틀넥 '바디.' 이때는 여성의 옷에 전부 사타구니 밑에서 잠그는 똑딱 단추가 달려 있던 불행한 시기였다. '바디'는 (비록 집작이긴 하지만)남자들이 디자인한 것 같다. 화장실에 가는 것이 군사작전이나 마찬가지였으니까(특히 문제의 '바디'가 딱딱한 보정 기능 레깅스 속에 있는 경우에는 더욱). 그렇다 하더라도, 그 옷은 목적을 달성했다. 혹독하게 몸을 죄어주는 옷 덕분에 나는 안전하다는 느낌을 받았다. 꽉 조이는 옷을 입고 어디든 나아갈 수 있었다. 푹신한 살이 삐져나오거나 흘러내릴 일은 없었다. 내가 받은 느낌은 고급 스파에서 바디랩을 하는 것과 비슷했다. 출렁거리는 살을 꽉 조여주면 현실보다 더 단단하고 작아진 느낌을 받았다. 한편, 조는 작은 몸에 짧은 상의만 달랑 걸치고 있었다. 아주 짧은 순간, 그 애가 미웠다.

두껍고 무거운 골지 니트 스웨터. (예측 가능한 일이지만)이것은 오버사이즈에, 잡힌 형태가 없었다. 나는 이런 방법이 몸매를 향상시켜준다는 착각에 빠져 있었다. *그것을 감추라! 감추라! 뭔가 크고 헐*

렁한 것을 그것에 걸쳐라! 사람들은 다 속아 넘어갈 것이다! (참, 여기서 '그것'이 가리키는 건 나였다. 내 몸이었다.)

끝으로, 앙상블을 완성하기 위한 *검정색 오버사이즈 가죽 재킷* (진짜 가죽이라서 소 냄새가 났다). 이 옷에 대해서는 설명할 말이 없다. 외투 없이 밖에 나가기엔 내가 너무 분별 있는 사람이었고, 거기에도 몸을 숨길 수가 있었으니까. 게다가 신고 있던 신발은 검정색 닥터마틴이었다.

다른 여자아이들은 모두 예쁜 미니스커트에 짧은 상의를 입고 외투를 걸치지 않은 게 보였다. 나는 '클럽' 복장으로 영하의 날씨에서도 살아남았을 것이다. 나는 〈무엇이건 제자리에 붙들어놓는 법〉이나 〈'×'를 감추는 열 가지 방법〉 같은 것을 고민하지 않아도 된다면 뭐든 다 바쳤을 것이다. 핫팬츠를 꿈꿨지만, 그건 내 현실이 아니었다. 스포츠, 체력, 음식과의 폭력적인 관계를 정리하는 것이 해답이라는 생각은 해보지도 못했다. 내 슬픔에 너무 깊이 빠져 있어서 이런 것이 해결책이 될 수 있다고 생각하지 못했고, 해결책이 존재한다는 생각조차 못했다.

"아, 배가 너무 고파, 조."

엄마 집 현관으로 들어가면서 술로 인한 허기가 엄습하는 것을 느끼고 말했다. 막 새벽 2시가 지난 시각이었다.

"응, 나도."

조는 설득력 없이 말했다.

"아아아아, 이 냄새! 엄마가 빵을 새로 구웠나 봐. 바삭한 빵이랑 콘플레이크 먹을래?"

"빵만 먹으면 돼."

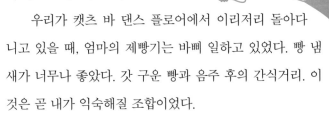

조는 이미 반쯤 잠들어 있었지만, 분별력은 잠들지 않았다.

우리가 캣츠 바 댄스 플로어에서 이리저리 돌아다니고 있을 때, 엄마의 제빵기는 바삐 일하고 있었다. 빵 냄새가 너무나 좋았다. 갓 구운 빵과 음주 후의 간식거리. 이것은 곧 내가 익숙해질 조합이었다.

나는 바삭하게 갈색으로 구워진 빵에서 커다란 조각을 두 개 잘라냈다. 작은 조각 따위 내 사전엔 없었다. 거의 쫓기다시피 먹을 것을 입에 넣었다. 낭비할 시간 없이, 그저 먹어치워야 했다. 그릇을 찾았다. 제일 큰 그릇이 뭐지? 상자에 적힌 '1인분' 30그램의 네 배는 담기는 그릇이었다. 유아용 일인분이란 말인가? 나는 그릇 가득 콘플레이크를 담고, 우유를 부은 뒤 마치 목숨이 걸린 일인 양 흡입했다. 급하게 서둘러 먹었다. 콘플레이크를 우적우적 씹어 먹고 그릇에 우유에 젖은 것들이 떠다니고 있자 마지막 남은 우유와 젖은 콘플레이크를 들이켰다. 휴! 다시 배가 불렀다.

어, 이런. 잠깐.

"조, 조. 일어나. 나 속이 안 좋아."

곤히 잠든 엄마가 위층에서 깰까 봐 나는 아주 작게 말했다.

조는 식탁 위에 두 팔을 가지런히 앞에 놓고 엎드려 잠들어 있었다. 그 빵만으로도 탄수화물 식곤증이 온 것이다. 나는 부엌 싱크대로 달려갔고, 동시에 뱃속에서 후치와 우유 조합이 폭발을 일으켰다. 허리를 숙이고 나의 첫 클럽 나이트를 게워냈다. 젖은 콘플레이크가 코와 입으로 쏟아져 나왔다.

나는 지쳐 침대에 쓰러졌다. 최소한 월요일에 멋진 애들에게 할 이야기는 생겼다는 생각에 안도감을 느끼면서.

다음 주도 마찬가지일까?

2015년 8월

오늘 아침에 평소처럼 파크런을 시작하기 전에 공원 주위를 가볍게 뛰다가 왼쪽으로 시선을 돌려보니 그들이 보였다. 학교 시절 멋졌던 애들 둘이었다. 20년 만에 본 것이다. 그들도 나와 눈이 마주쳤다.

"안녕."

나는 상냥하게 보이고 싶어 자동으로 이렇게 말했다.

"아, 안녕!"

그들도 동시에 대답했다. 무슨 생각이 있어서가 아니라, 놀라서 반사적으로 튀어나온 말 같았다. 둘 다 나잇살이 찌면서 둥글둥글해졌다.

곧바로 열일곱 때로 돌아간 것 같았다. 아드레날린이 분비되면서 심장이 쿵쾅거렸다. 그 시절이 떠올랐고, 그들의 인정을 받아 파티에 초대받기를 간절히 바라던 것이 기억났다. 달리기가 곧 시작될 것이니 기억은 도로 넣어두어야 했다.

3, 2, 1, 출발! 우리는 달리기 시작했다. 나는 달리기에만 집중했다. 오늘은 힘들게 느껴졌다. 오르막이 많은 세 바퀴 중에서 두 바퀴를 마쳤다. 세 바퀴째 마지막으로 오르막을 달리는데 목구멍이 타는 듯했다.

꼭대기에 다가가자 멋진 애들이 모두들 그러듯이 운동화 때문인 척하면서 쉬려고 멈추는 것이 보였다. 그들이 (에헴)'운동화 끈을 고쳐 매면서' 헉헉거리며 숨을 고르는데, 나는 그들을 스쳐 지나갔다. 내가 쌩하고 달려가는 것을 그들도 보았다.

문득, 나는 나만의 파티를 여는 멋진 애들이 된 것 같았다. 이젠 더 이상 그들의 파티에 초대받고 싶지도 않았고, 초대받아야 할 필요도 없었다.

3부

개자식이지만
날 좋아해주잖아?

캣츠 바에 처음 가보고, 옷을 겹겹이 입었다가 탈진한 경험으로부터 교훈을 얻은 뒤, 조와 나는 최소한 '신나게 살자'는 계획을 실천하기 시작했다. 그것은 시내로 가서 충치 유발자 후치를 엄청나게 마시면서 빙빙 돌아가는 댄스 플로어에서 끝없이 이상형을 찾는 것이었다. 그러다가 우리의 이상형이 그날 밤 핼리팩스 시내에 없다는 것이 확실해지면 우울한 마음으로 터덜터덜 집으로 돌아왔다. 도중에 기름기 많은 닭튀김과 감자칩을 사 먹는 일에 조금 더 즐거워지긴 했다.

그래서 그 과정은 계속되었다.

여기서 주목할 분명한 사실은 이것이다.

우선, 우리의 '신나게 살자'는 계획은 내 체중과 신체 이미지, 체력 수준과 자기혐오라는 기존의 문제를 점점 더 굳히게 만드는 활동으로만 이루어져 있었다. 엄청난 양의 달콤한 후치와 역시나 배가 터지도록 먹어대는 기름기 많은 치킨 덕분에 내 체중은 점점 더 불어났다. 불가피한 결과였다.

둘째, 그것은 모두 우리 밖에서 무엇인가를 찾는, 갈망하는 과정이었다. 미지의 상대로부터 우리가 괜찮은 사람들이며 모종의 테스트를 통과했다는 확인을 받고자 한 것이다. 나는 오로지 남자 친구를 구하는 데 집중했다. 내가 누군가의 관심과 애정을 받을 자격이 있다는 사실을 스스로에게 증명해야 했다. 내 자신이 스스로를 인정하지 않는데, 그건 아무 소용없는 짓이라는 생각조차 해보지 못했다.

이렇게, 남의 인정을 받고자 하는 무의미한 여정이 전속력으로 시작되었다. 아주 길고 고통스러우며 외로운 길이었다.

지금 돌이켜보면, 우선 내가 너무나 필사적으로 보였을 거라는 생각이 든다. 그리고 내 레이더망에 걸린 남자들이 너무나 부적합한 사람들이었다는 생각도 든다. 간단히 말해 앞에서 말한 남자 친구 상대의 주된 요건은 ⓐ남자이고 ⓑ살아 있기만 하면 되었다. 정말 그 정도가 전부였다. 그러니 그 두 가지만 갖추면 그들은 자신 있게 내 남자 친구 후보 리스트에 오를 수 있었다. *기준이 낮다고?* 그래도 나는 내가 까다롭다고 생각했다.

음, 소원을 빌 때는 주의해야 한다. A레벨 시험(영국의 대입 준비생들이 보통 18세에 치르는 상급 시험─옮긴이) 무렵 내 소원이 모두 이루어졌기 때문이다. 나는 조쉬를 만나 난생 처음으로 진지하게 사귀기 시작했고, 눈 깜짝할 새 상황은 0에서 중년의 연애에서 느껴지는 행복 비슷한 수준까지 도달했다.

세상이 멈춰버렸다. *친구? 그런 걸 누가 원하나? 시험? 짜증나고 귀찮아.* 이건 내가 그토록 기다려온 새 인생, 새로운 나의 시작이었다.

나는 전심을 다해 새로운 역할에 빠져들었고 조쉬의 온갖 변덕을 다 받아줄 수 있다는 걸 증명하려고 애썼다. 남자 친구만 잡을 수 있다면, 세상은, 적어도 내 세상은 더 행복한 곳이 될 것 같았다. 우리가 만나자마자(당연히 브래스 캣에서의 어느 날 밤이었다) 조쉬는 우리 엄마 집에서 자고 갔다. 사실, 아주 자주 그랬다. 여러분 중에서 전통주의자들은 이렇게 물을지도 모른다.

"극장에 가거나 시골에서 낭만적인 산책을 하는 건요?"

아니, 그런 건 없었다. 커피를 마시러 나가는 일은 없었다(스타벅스가 세계를 정복하기 전이긴 했지만 말이다). 심지어 스케이트 데이트도 없었다. 뭐, 나는 중고등학교 내내 남자아이와 이야기를 해본 적도 없었다. 프라이팬에서 달아나 불로 뛰어든다는 속담이 있지 않은가. 나는 깜빡이는 촛불에서 활활 타오르는 지옥불로 단번에 뛰어든 셈이었다.

게다가 나는 A레벨 시험을 치르던 중이기도 했다. 거기 내 미래가 달려 있었다. 내가 받은 첫 단계 교육의 클라이맥스였던 것이다. 거의 평생 이 시험을 위해 노력해왔다. 그게 아니라면 그 교육이 다 무슨 소용이었을까? 끝없이 공부했던 세월이. 그런데 '레이첼의 남자 친구' 자리를 처음 차지한 사람 때문에 곁길로 샐 순 없지 않을까?

게다가 나는 아직 아이였다. 부모의 지도가 필요했고, 보호가 필요했다. 드라마 속 십 대의 멜로드라마적인 행동에는 반대할 줄 알았지만, 나 스스로 선을 긋고 행동할 수는 없는 나이였다.

조울증으로 판단력이 흐려진 엄마는 내게 자유를 주고 거의 예외 없이 원하는 대로 해주는 것이 올바른 일이라고 여겼다. 엄마는 아빠가 개입하지 못하게 막기도 했다. 아빠는 우리 가족의 일원이 아니었고, 가족에게 벌어지는 일에 어떻게든 영향을 주려는 시도를 못했다.

1995년 11월

그가 내게 이렇게 잔인하게 구는 걸 몇 번이나 견딜 수 있을까? 어젯밤에 조쉬를 만나는 걸 그렇게 기다렸는데, 그는 또…… 개자식처럼 굴었다. 날 미워한다는 생각이 든다. 내 자신이 싫다. 난 너무 외롭고, 이런 취급을 받으며 사는 것이 너무 혼란스럽고 속상하다. 내가 뭘 잘못했을까?

아까 제인 언니가 전화를 했는데, 울음을 멈출 수가 없었다. 언니는 이제 조쉬를 싫어하는 것 같다. 나도 그러고 싶지만, 그럴 수가 없다. 어젯밤에 조쉬가 찾아와서 어떤 짓을 했는지 도저히 언니한테 말할 수 없었다.

우리는 내 침대에서 서로 끌어안고 〈라이온 킹〉을 봤다. 학교 여자애 둘이 시내로 간다고 했지만, 난 어쨌든 지저분한 메인 스트리트에 가고 싶지 않았다. 조쉬랑 함께 있고 싶었으니까. 나는 모로 누워 있었고, 그는 내 뒤에서 내 가슴을 안고 있었다. 그렇게 영화를 보는 것으로 충분히 행복했다. 나쁜 숙부 스카가 삼바의 아빠 무파사를 해치우려고 버팔로를 움직이는 부분이었다. 그 장면은 볼 때마다 놀랍다.

어쨌든, 조시가 내 가슴을 만지작거리더니 갑자기 이렇게 말했다.

"헐! 네 가슴 크기가 달라. 한쪽이 더 커!"

나는 얼어붙었다. 어쩔 줄을 몰랐다. 몸이 굳는 것이 느껴졌다. 눈이 휘둥그레지고 입을 열 수가 없었다. 나는 그만 울어 버렸다. 그의 말이 옳다는 걸 알기 때문에 울었고, 내 몸이 싫어 울었다. 하지만 무엇보다도, 그가 너무나 잔인하게, 배려 없이, 무감각하게 말했기 때문에 울었다. 어떻게 내게 그럴 수가 있을까?

더 이상 울 수 없을 때까지 울었다. 그가 내게 얼마나 큰 상처를 줬는지 설명할 수 없었다. 내 마음이 산산조각이 나서 바닥에 흩어졌다. 무슨 말부터 꺼내야 할지도 알 수 없었다.

한참 뒤, 내가 체중이 빠질 만큼 눈물을 흘린 뒤, 그는 미안하다고 하면서 사랑한다고 했다. 나는 용서했다. 그의 진심이 아니었으니까.

이렇게 당시 남자 친구는 엄마 집에서 살기 시작했다. *내* 방에서, *내* A레벨 시험 중에. 게다가 상황은 점점 나빠졌다. 그는,

- 내게 욕을 했다.
- 내 체중과 '짝짝이 가슴'을 놀렸다.
- 자기 친구들과 내 친구들 앞에서 날 무시했다.
- 가장 중요한 A레벨 시험, 3시간짜리 경제학 소논문 작성 시험 전날 밤에 *내 침대*에서 날 내쫓았다. 잠을 청하려면 바닥에서 자야 했다.
- 내게 그나마 남은 자신감도 다 갉아먹는 걸 목표로 삼는 듯했다.

짝짝이 가슴이 밝혀진 날 밤, 나는 경기장에 밀려들어가 사람들 앞에서 망신을 당하는 느낌이었다. 이 여자를 보십시오! 수염 난 여인 다음으로 우리가 데려온 구경거리는…… 짝짝이 가슴을 가진 소녀입니다! 나는 돌연변이로서 무심코 순회 서커스단에 올라탄 셈이었다. 아니, 조쉬가 거기 보낸 것이다. 그가 좀 더 세심하고 주의 깊게 내 신체의 결함을 말했더라면, 그렇게 아픈 눈물이 흐르지는 않았을지도 모른다. 이미 가련한 수준이었던 내 자존감은 더욱 깎여나갔다.

겨우 몇 주 뒤, 나는 내키지는 않지만 여자아이들과 놀러 나가기로 했다. 굉장히 드문 일이었다. 조쉬가 배려 없이 군 것(물론 그건 실수였으니까)을 용서했고, 아름답고 다정한 조쉬를 차지한 뒤로는 끈적거리고 어지러운 댄스 플로어에 들르기를 그만둔 지 오래였다.

솔직히 가기 싫었다. 나는 뚱뚱하고 유행에 뒤처진 것 같았다.

실제로 뚱뚱하고 유행에 뒤처졌다. 조쉬랑 함께 먹은 컵라면과 워커스 감자칩도 체중에 도움이 되지 않았다. 그와 함께 집에서 중국식 컵라면을 먹는 것이, 아름답지 못한 짝짝이 몸에 옷을 걸치고 근심이라곤 없이 신나게 외출 중인 소녀 흉내를 내는 것보다 쉬웠다.

이날 밤에는 용감해졌던 것 같다. 옷장 안에서 스커트를 꺼냈으니까. '시내에 놀러간 젊은 여성' 기준으로는 결코 짧지 않은 길이였지만, 내겐 짧은 스커트였다. 거의 한 번도 입지 않은 스커트를 두꺼운 검정 타이츠 위에 입고 모든 것을 보정해주는 '바디' 위에 헐렁한 셔츠를 걸치고 묶었다.

"이거 입으니까 괜찮아?"

불안한 마음으로 조쉬에게 물어보며 안심시켜주는 친절한 답을 기다렸다.

"응, 그런 거 같아……."

휴! 안도의 한숨을 내쉬려는데, 그가 먼저 말했다.

"그런데 그 스커트 입으니까 다리가 굵어 보여."

내 심장이 바닥에 떨어졌다. 더 이상 나가고 싶지 않았다. 겨우 끌어낸 얼마 안 되는 자신감이, 날씬해 보이지도 않고 유행에도 뒤처진 스커트와 함께 쓰레기통에 처박혔다. 잠깐, 어쩌면 조쉬가 내게 도움을 준 걸지도 몰라……. 어쩌면 친절해서 내가 어리석은 짓을 하지 않도록 뚱뚱하다고 말한 걸지도 몰라.

어쩌면 그렇게 나쁜 애가 아닐지도 몰라…….

그래서 나는 이 모든 일이 괜찮다고 생각했다. 지배적이고 감정적으로 해로운 관계가 형성되었고, 이 관계의 기초는 그가 우월감을 느끼기 위해 내 자존감을 침해하는 것이었다. 내 자존심은 어디로 갔을까? 내 존엄성은? 나쁜 사람을 거르는 필터는? 내가 적당한 짝을, 아무리 작은 것이더라도 뭔가 공통점을 가진 사람을, 진심으로 함께 시간을 보내고 싶은 사람을 고르는 선택 과정은 어디로 사라져버린 것일까? 그런 것이 있었다면 조쉬는 1차 오디션에서 탈락했을 텐데. 솔직히, 나는 내가 그런 선택을 할 자격이 없다고 생각했다. 내가 얻을 수 있는 것에 만족해야 했고, 그나마도 얻은 것이 행운이라고 생각했다.

예전의 이런 생각을 기억하면, 눈물이 날 때가 많았다. 내 딸도 자신에 대해, 자신의 가치에 대해 그렇게 해로운, 잘못된 믿음을 갖게 될까 봐 울곤 했다. 내 딸은 수많은 상대에게 데이트 신청을 받고, 자기한테 어울리는 상대가 아니라면 모두 거절하기를 바랐다. 웃음소리가 짜증나든, 그저 재수 없는 놈이든, 무슨 이유에서든 자기 마음에 들지 않는다면 말이다.

딸에게 애정을 받을 가치가 있는 단 한 사람에게 손을 내밀라고 부탁하곤 했다. 아니면, 적어도 몇 명을 골라 심사위원의 집 단계(영국의 오디션 프로그램 〈X팩터〉에서 참가자들이 마지막 생방송 전에 거치는 단계―옮긴이)를 거쳐 내가 샤론 오스본(영국의 방송인이며 〈X팩터〉의 심사위원으로 활동―옮긴이)처럼 굴 수 있기를 바랐다("틸스, 4번은 떨어뜨

려야겠다. 일자 눈썹이잖니 ").

그 모든 일은 잘못된 것이었고, 그런 일이 벌어지게 돼서는 안
되었다. 그때도. 지금도.

18세 _____

1996년 6월

놀랍게도, 조쉬와 나는 아직도 만나고 있다. 조쉬는 지난
주 내내 일을 쉬면서 크리스마스 저녁때만 빼고 매일 우리 집에
서 지냈다. 이제 그는 내 인생을 차지했고, 솔직히 말해서 그가
없으면 허전하고 외로울 것이다. 하지만 그는 나를 버릴 것 같
다. 그 이유는,

나는 너무 불안하고 소유욕이 강하니까.

그는 냉정하고 애정이 없으니까.

나는 걱정하니까.

그는 걱정하지 않으니까.

게다가 오늘 내 진짜 문제는 스스로를 받아들이지 않는 것임을 깨달았다. 내게 장점도 있다는 걸 알고, 어떤 사람들은 내가 매력적이라고 생각한다는 것도 알지만(내가 슈퍼모델은 아니지만, 그렇다고 콰지모도도 아니니까), 나부터가 나 자신을 너무 무시해서 내 좋은 점을 하나도 생각해낼 수 없을 정도다.

그게 너무 심해서 조쉬가 나를 사랑한다는 확신을 가질 수 없다. 조쉬는 내게서 어떤 점을 좋아할까? 내가 나 자신에 대한 이런 집착을 떨칠 수만 있다면, 우리는 함께 참 행복할 수도 있을 것 같다. 그의 잘못이 아니라, 내 잘못이다.

조쉬가 월요일에 신문에 났는데, 당연히 꽤 멋있어 보였다. 엄마는 오늘 종일 그 이야기를 했다.

"그 애 눈이 너무 아름답구나, 그렇지, 레이치?"

"머리도 예쁘지 않니?"

그가 얼마나 잘생겼는지 나도 알아요, 엄마. 고맙지만 더 이상 그 사실을 상기시켜주지 않아도 돼요.

그의 절반만큼만 내 외모도 멋있었으면 좋겠지만, 그는 나를 사랑하는 것 같다. 짝짝이 가슴에 뚱뚱한 다리에도 불구하고. 그가 남자 친구인 것은 행운이다. 그건 나도 알고 있다. 어쨌든, 토요일 밤에 그가 저녁 식사를 차려줄 거다. 아마도 컵라면일 것이다. 나도 그걸 좋아하니까.

나는 겨우 열여덟이었다. 심하게 낮은 내 자존감을 깔아뭉개며 즐긴 남자 친구 덕분에 이미 건강하지 못한 연애를 경험한 뒤로, 내 마음속에서 뭔가 바뀌었다. 나는 변해야 했다.

3시간짜리 A 레벨 경제학 시험 전날 밤에 나를 침대에서 쫓아낸 그놈은 나를 인정사정없이 버렸다. 그보다 더 나쁜 것은, 그가 내게서 여자 친구 자리를 빼앗아 휴지통에 내버린 뒤에도, 나는 상실감과 버림받았다는 사실에 제정신이 아니었던 것이다. 물론, 나에 대한 그의 행동은 당시 나의 자존감을 그대로 반영하는 일이었던 걸 지금은 알고 있다. 그걸 그때 알았더라면…….

내가 상실감에서 벗어나도록, 친구 둘이 나를 블랙풀에 데려갔다. 그전까지 나는 그의 엄마가 운영하는 펍에 찾아가 한 번만 더 구원의 기회를 달라고 사정하고, 그의 애정을 받을 가치를 증명하는 데만 집중했다. 나조차도 내 가치를 믿지 못한다는 것이 문제였으니,

아무리 애걸해도 소용없었다. 그는 나보다 나은 여자를 만날 수 있었고, 그래서 나를 놓아주었다.

머릿속이 멍하고 기분이 묘했다. 가장 친한 친구들과 블랙풀에 갔지만, 나는 온통 딴 데 정신이 팔려 있었다. 골프 게임을 했다. 사진을 찍으면서 웃는 척했다. 얼마나 재미있는지 봐! 찰칵! 하지만 마음속은 죽어 있었다. 처절한 연애관계를 통해서만 내 자신의 가치를 매겼으니까. 그런데 이젠 그조차도 불가능해졌으니까.

이제 어떻게 할까? 대안이 없었다. 사진 속의 나는 다 포기한 것 같은 모습이다. 헐렁하고 못생긴 낡은 회색 스웨터에 축 처진 청바지를 입고, 지치고 싫증난 눈빛으로 골프 게임 코스에 서 있었다. 가련한 꼴이었다. 살아 있긴 해도 살아 있는 것 같지 않았다. 세상에 그보다 더 공허한 느낌이 있을까?

이제 막 열여덟이 되었는데, 너무 절망스럽고 길을 잃은 것 같았다. 이제는 그 아까운 시절을 생각하면 눈물이 난다. 달리기를 조금만 더 빨리 찾았더라면 자신감을 키우고 멋진 모험과 경험을 하고, 나만의 기쁨을, 나만의 가치를 발견했을 텐데.

그런 깨달음에 도달하려면 조금 더 기다려야 했다. 하지만 그날은 다가오고 있었다…….

1996년 7월

내게 부족하다고 생각되는 점:

1. 인내심

2. 정리정돈

3. 결과에 대한 고려

4. 이성적인 판단력

5. 신체적인 자기 수용

6. 신체적 지구력

지금은 할 수 없지만 배우고 싶은 것:

1. 자유형 수영

2. 책 쓰기(책을 끝까지 쓸 인내심 갖기)

3. 자신감 있게 승마하기

4. 바느질을 배워서 기본 옷가지 만들기

5. ~~꽃꽂이~~(이건 지움)

6. 케이크 장식(장식을 마치기 전에 케이크를 먹어치우지 않는

   인내심 갖기)

7. 달리기. 조금이라도

(아무리 터무니없는 것이라도)내 소원:

1. 타고난 금발 되기
2. 멀리 볼 수 있는 것(시력이 좋아져서 영영 눈을 찡그리며 봐야 하지 않는 것)
3. 짝짝이가 아닌 가슴 갖기
4. 납작한 배(글쎄올시다!)
5. 드레스룸
6. 나 자신을 좋아하기. 조금이라도

끔찍한 연애 끝에 인정사정없이 버림받은 경험을 했다. 이 일은 내가 오랫동안 미루어둔 행동을 취하고 인생을 되찾기로 한 촉매가 되어주었다. 엄마가 얼마 전에 버린 여성 잡지를 훑어보다가 기사 한 편을 발견했다. 〈마음의 힘〉이라는 제목의 기사였는데, 현재의 나와 내가 바라는 것에 대해 독자에게 질문했다.

지금 나는 어디에 있는가? 기사의 질문이었다. 어디에 있고 싶은가? 알 수 없었다. 어쨌든 그 질문에 대답해보니 몇 가지는 확실해졌다.

우선, 배우고 싶은 것들 대부분은 내게 가장 부족한 것이었다.

인내심. 그러니 내가 적은 일곱 가지(하나는 적자마자 지웠지만) 중에서 여섯 가지는 성공할 가망이 없는 것이었다. 승마바지를 입은 날씬한 금발 열다섯 살짜리에게 말 타는 법을 배울 마음도 없었고, 동네 도서관에서 광고하는 케이크 장식 코스를 배우려고 노령 연금 수령자들의 모임에 가입할 생각도 없었다. 수영은 여전히 몹시 싫었고, 그것을 리스트에 넣은 것은 오로지 자유형을 배워야 한다는 생각 때문이었다. 사실, 할 줄 몰라도 상관없었다.

내가 당장 시도해볼 수 있는 단 하나는…… 달리기 같았다.

질문 1: 내게 운동화가 있는가?

답: 네.

질문 2: 어디 있는지 아는가?

답: 아니오, 하지만 찾을 수 있습니다.

질문 3: (일단 찾으면)그걸 신고 달리기, 조깅, 걷기를 하러 현관

문을 나서지 못하게 하는 방해 요인이 있는가? 무엇이든지?

답: 아니오. 없습니다.

질문 4: 그럼, 안 갈 이유가 없는 것 아닌가?

답: 젠장. 없어요. 정말 없어요.

나는 이 기사를 계속 읽었고, 마음의 힘을 깨달은 뒤 기분을 바꿀 수 있게 되었다는 베로니카라는 여성에 대해서 알게 되었다. 베로니카는 눈 뜨는 순간부터 긍정을 활용하는 법을 배웠다. 우울이 도사리고 있다 해도 말이다. 그녀는 이렇게 다짐하곤 했다. '오늘은 멋진 하루가 될 거야!' 그리고 부정적이거나 우울한 생각이 들 때마다 '더 나은' 대안을 떠올려보라는 말을 들었다고 한다. *멋지다!* 나는 그것이 마술 주문 중에서 가장 쉽고 놀랍다고 생각했다. 그러기만 하면 되는 걸까?

나와 내 운동화도 그렇게만 하면 될지 궁금했다. 창고의 낡은 썰매 밑에서 운동화를 끄집어내고, 이렇게 소리 내어 말했다.

"오늘 나는 멋진 달리기를 하러 갈 거야!"

아래를 내려다보면 반짝이는 루비 구두가 있을 거라고 기대하는 도로시처럼, 나는 운동화를 쳐다보았다. 썰매가 운동화를 6개월 넘게 누르고 있었기 때문에 로널드 맥도널드의 광대 신발처럼 보였다. 냄새가 더 나는 것만 다를 뿐.

부정적이고 피학적인 동기가 아직 사라지지 않았지만, 이유가 무엇이든 나는 달리러 나가기로 했다. 여기서 착각하면 안 될 것이 있다. 달리기를 즐길 생각이나 기대는 전혀 없었다. 필요악일 뿐, 그 이상은 결코 아니었다.

나는 다시 잡지 기사를 살펴보았고, 베로니카에게는 그 마법의 주문이 효과가 있는데 내게는 없는 이유가 궁금했다. 어쨌든, 달리러 나가지 않을 이유는 여전히 없었다.

그래서, 내키지는 않지만, 달리러 나갔다.

욕을 부르는
작은 마라톤

쉽지 않았다. 엄마 집에서 출발했는데, 딱딱하게 얼어붙은 벤 앤
제리 아이스크림과 사투 끝에 구부러진 싸구려 스푼처럼 온통 구불
구불한 길이 보였다. *으으으음 당긴다. 벤 앤 제리 아이스크림.* 포장
도로가 솟아오르기 시작하는 부분을 보니 운동화가 다가가기도 전
에 못하겠다는 생각이 들었다. 언덕의 공포는 충분했다. 그래서 나는
걸었다. 달릴 수 있다는 생각이 들 만큼 길이 쫙 펼쳐질 때까지.

나는 열여덟 살이었고, 그 어느 때보다도 허약하고 비참한 상
태였다. 길을 따라 조깅과 걷기를 반복하면서 문득 어리석은 편집증
이 찾아왔다. *사람들이 날 보고 웃을까?* 당황스러웠다. *아는 사람을
만나게 될까? 맙소사, 그러지 않기를.* 코스의 주요 부분이자 가장 힘

든 이 부분은 다행히 사람들이 많이 다니지 않는 길이었다. 그리고 애초에 내가 왜 이러고 있는지 이유를 기억했다. *이걸 해야만 해, 레이치. 넌 이제 그런 사람으로 살 수 없어. 변하기 위해서는 이걸 해야 해. 그러니 계속 한 발을 다른 발 앞에 놓아.*

나는 앨버트 프롬의 끝없이 점진적인 경사면을 터덜터덜 올랐고, 앞에 보이는 800미터짜리 스키 슬로프를 감당할 수 없는 내 자신을 꾸짖었다. 스키 슬로프를 역주행하는 기분이었다. *절대 달리지 못할 거야! 언제가 되면 좀 쉬워질까?* 쉬워지지 않을지도 모른다는 사실을 받아들여야 했다. 절대. 그것이 바로 가혹한 현실이었다.

앨버트 프롬 끄트머리, 아이러니하게도 묘지 옆에 자리 잡고 있는 섬뜩한 노인 아파트 혹은 요양원 근처에서 숨을 돌리려고 멈췄다. 적어도 가장 힘든 고역은 끝났다는 사실에 감사하며, 숨을 몰아쉬었다.

근처의 벽에 욱신거리는 몸을 기댄 채, 놀란 구경꾼들의 동정 어린 시선을 보았다. 개를 산책시키던 이들은 놀란 표정을 감추지 못한 채 가로등에 부딪칠 뻔했다. 적어도, 내겐 그렇게 보였다.

'*아, 꺼져.*'

나는 그들에게 텔레파시를 보내면서, 지친 표정으로 웃는 척했다.

결국, 다시 달리기 시작했다.

공원 바로 앞 큰길에 차들이 계속 지나가길 기도했다. *지금 건너도 안전할까? 그렇지 않기를.* 자기 일을 하느라 무신경한 운전자들 때문에 '아무렇지 않게' 계속 달리지 못하는 것이 살짝 짜증난 듯

허리에 손을 얹고 기다리는 시늉을 마스터했다. *젠장. 이제 건너가도 되잖아. 또 달려야 하잖아. 아, 잠깐. 400미터 앞에서 초보운전자가 오고 있네. 저 사람이 지나갈 때까지 기다리는 게 좋겠어…….*

공원에 안전하게 들어온 다음, 달리는 다른 사람들과 마주쳤다. 몇 명은 거의 땀도 흘리지 않은 채, 서로 이런저런 잡담을 나누며 느릿느릿 돌고 있었다. *수다를 떨다니! 남에겐 신경도 안 쓰나?* 그들은 너무나 쉽게 달렸다. *어떻게 저렇게 쉽게 달리지? 쉬운 구석이라곤 없는데.*

그리고 마침내 내리막이 왔다. *다행히!* 드디어 (기껏해야)3.2킬로미터를 달리는 동안 폐가 터질 것 같았던 굴욕에서 잠시 벗어날 수 있었다. 아주 잠시 달리기 하는 흉내를 낼 수 있는 이 구간을 조금이나마 좋아하게(사랑이란 말은 너무 강한 표현이다) 되었다. 마너 히스 공원 옆으로는 마치 날듯이 내려가 죽도록 힘들지 않은 것처럼 보일 수 있었다. '머리카락이 바람에 나부끼는' 느낌이 어떤 것인지 막연하게나마 이해하게 되었고, 그때가 되어서야 달리기를 통해 느끼는 자유의 씨앗이 처음으로 심어진 셈이었다. *하지만 왜 모든 곳이 내리막일 순 없을까? 그게 너무 부당하게 느껴졌다.*

평지에 다다르자, 엄마 집까지 돌아가려면 800미터 남았다. 매번, 엄마 집 주차장이 보이면 런던 마라톤의 결승점이 처음 보이는 순간 같았다. 그것만 보이면 내 정신은 지쳐서 한 발자국도 더 옮길 수 없다고 육체에게 확실히 말했다. 그리고 사실 엄마 집 현관문을 지날 때마다, 한 번도 빠짐없이 나만의 마라톤을 마친 것 같았다. 시도도 해볼 것 없다고 속삭이던 머릿속의 악마를 때려눕힌 것이다.

"재밌었니, 아가?"

엄마는 위층 욕실에서 이렇게 물었다. 표백제의 독한 냄새가 아래층으로 내려오면서 엄마가 청소하고 있다는 것을 알려주었다.

"아뇨, 끔찍했어요."

나는 엄마에게 소리쳤다.

왜 거짓말을?

'내 자신을 찾고 싶다'는 욕구에 의해 변화하거나, 새로 발견한 자유와 '나란 애도 할 수 있다'는 긍정적인 다짐과 함께 신나게 살아볼 생각에 들뜨고 싶지 않았다. 그저 (실망스럽게도)내가 충분하지 않다고, 내가 어떤 일에도 적합하지 않다고 진심으로 믿음으로써 변하고 싶었다. 변하고자 하는 욕망은 스스로에게 내리는 처벌 같은 것이었다. 오로지 내가 아닌 다른 존재가 되고 싶은 것뿐이었다.

나는 거절당했다. 쓰레기더미에 버려진 채(돌이켜보면 전 남자 친구가 너무나 나쁜 놈이라는 사실에도 불구하고) 당시 나는 포기해버린 내 탓이라고 믿었다. 나는 뚱뚱했다. 못생기고 뚱뚱했다. *그가 나를 버린 것도 당연하지! 나도 날 버렸는데!* 그때도 내 자신을 탓했으니, 참 끔찍한 사실이다. 연애 과정뿐 아니라, 연애가 끝난 것에 대해서도 내 자신을 탓했다. 나는 헤어져서 잘됐다고, 후련하다고 느끼지 않았다. 내 탓을 하면서 더 심한 자기혐오에 빠져들었다.

다행히 연약한 내 자신은 대학으로 떠났고, 거기서 (예상 가능하듯이)새로운 장을 시작하며 새로운 친구를 만나고 30펜스짜리 맥주와 안면을 텄다. 그리고 뜻밖에 법학 학위의 가능성에 눈을 떴다.

그해 여름 집에 돌아온 뒤 나는 몇 달 전에 하다 만 일을 다시 꺼내 변화를 시작했다. 외모를 바꾸고자 하는 간절한 욕망이 일어났고, 여름이 지나면서 목표에 전력을 다했다. 맥주를 좋아하는 동글동글하고 '통통한' 법대 학생은 사라지고, 날씬하고, 날렵하고, 건강하고, 새롭게 향상된 나로 대체되기를 바랐다. 주위의 모든 것이 변하고 있었지만, 그중에서도 내 자신이 가장 많이 변했다.

나의 유일한 달리기 코스는 엄마 집의 현관에서 시작했다. 거리로는 4.8킬로미터가 안 되었지만, 아무리 해도 계속 달리진 못했다. 조그만 오르막(당시에는 뻔뻔하게도 그걸 '언덕'이라고 불렀다)에서도 힘에 부쳤고 길에서 장애물이 나타날 때마다 쓰러질 것 같았다.

그러나 날마다 이 길을 달리거나 걷는 것이 나 자신과의 약속이 되었다. 그것은 집착이었고, 나 자신과의 구두 계약이었으며, 나는 틀림없이 지켰다. 계약 조건을 지키지 못하는 경우는 질병 혹은 불가항력적인(법률 용어를 용서하시라) 드문 경우뿐이었다. 돌이켜보면 법학 학위를 좀 지나치게 진지하게 받아들이고 있었던 것 같다…….

운동화를 신고, 집을 나서 같은 길을 달리고 걷는 것이 익숙해졌다. 그리고 35분 뒤 집에 돌아올 때마다 비참한 경험이 끝나는 것에 너무나 감사했다. 그 무엇도 편하지 않았다. 그 무엇도 '자연스럽게' 일어나지 않았다. 엔도르핀 분비가 느껴지지 않았다. 오로지 심술궂은 마음으로, 그 서글픈 과정을 계속 반복했다.

여름은 야외에서 달리기를 시작하기에 힘든 시기다. 자의식이 강한 사람들 혹은 자기강박적인 사람들에게 여름은 민소매와 반바지를 입어야 하는 계절이다. 뭐?! 끈 달린 상의만 입고 동네를 달린다고? 말도 안 되는 소리! 그래서 무더운 여름은 최악이다. 이런 장애물을 극복하기 위해 나는 일부러 겹겹이 입었다. 항상 헐렁한 상의에 재킷을 겹쳐 입었다.

밖에서 햇볕에 깃발이 갈라지는 와중에도, 나는 안전망이 되어주는 러닝 재킷을 입었다. 어느 날 바보처럼 재킷을 집에 놔두고 나가서는 4.8킬로를 달리는 내내 강박에 시달렸다. 다음에는 재킷을 가져와서 허리에 묶어야지. 다음 날에는 그렇게 했지만, 뱃살을 감추기 위해 묶은 재킷이 자꾸 미끄러져 내리고 빙빙 도는 바람에 티셔츠가 코르크스크루처럼 말려들어 갔다. 재킷 소매는 바람에 휘날리면서 리듬에 맞춰 허벅지를 때렸고, 마치 팔을 휘청거리는 풍선인형 꼴이 되었다.

하지만 서서히 자신감이 붙고 있었다. 매일 운동화를 신는 내 자신이 자랑스러워졌다. 도중에 그만두기가 훨씬 더 쉬웠을 테니까. 괴로운 나들이를 마치고 엄마 집 현관으로 돌아오면 마음이 놓이기도 했지만, 신선한 공기와 살아 있다는 느낌에 기분이 좋기도 했다. 그렇다. 살아 있는 느낌이었다.

잠과 외로움, 정지 상태에서, 내 몸은 깨어나 생명을 얻었다. 그러면 기분이 훨씬 좋아졌다. 엔도르핀이 축적된 탓일까, 어린 아기가 블럭으로 담을 쌓을 때처럼, 차츰 자신감이 쌓인 탓일까? 꼼짝 없이 답답하게 쌓인 정지 상태와 싸워, 신선한 공기와 그 공기가 가져다주는 신비한 치유를 얻은 걸까? 날마다 1퍼센트라도 건강해진다는 느낌에 이튿날 달리기가 조금이라도 즐거워지면서, 조금씩이나마 발전하고 있다는 느낌이 나를 움직이게 했을까? 혹은 내게 '타고난' 일이 아니었지만, 내가 세운 계획, 내가 정한 코스, 내가 한 약속이므로 죄다 어리석고 쓸모없는 짓이라고 말하는 마음의 속삭임에도 불구하고 끈질기게 해낸 덕분일까? 사실, 이 모든 것이 합쳐진 결과였다.

코스를 바꿀 자신은 없었고, 더 길게 늘일 생각은 추호도 없었다. 이 코스도 아직 다 달리지 못했으니까! 더 멀리 달리거나, 더 오래 갈 체력도 능력도 없다고 생각했다.

하지만 평범한 주인공이 슈퍼맨으로 변할 때처럼, 기적적인 변화가 생기기 시작했다. 체중이 줄고 있었고, 남의 눈에 띄는 사람으로 변모하고 있었다.

그리고 사람들도 그 변화를 알아차리고 있었다…….

1997년 5월

오늘밤 메인 스트리트에 나갔다가 학창시절 남자애 몇 명을 보았다. 그중 한 명이 다가와서 말을 걸었다.

"와, 레이치! 이게 누구야! 너 예뻐졌다!"

그가 눈을 반짝이며 말했다.

전에는 그가 그렇게 가까이 다가온 적도, 날 쳐다본 적도 없었다.

"에(헴), 고마워. 응, 요즘 달리기를 좀 해봤는데, 그래서 체중이 좀 빠졌나 봐."

나는 조심스레 대답하고 불안한 웃음을 터뜨렸다.

"체중 뺄 거 없다고 생각했는데, 안 그래? 어쨌든 보기 좋다!"

그의 친절한 말이 고맙긴 했지만 사실, 지난 5년 동안 내가 눈에 띄지 않은 이유가 달리 무엇이었을까? 머리카락을 몇 가닥 금발로 염색했다고 이러는 건 아닐 테니까.

"그럼, 음, 일요일에 나와서 만날래? 애들 몇 명이 여기서 만나서 클럽에 가거든."

그는 초조한 듯 버드와이저 맥주병 라벨을 벗겨대면서 이렇게 물었다.

뭐라고 대답해야 할지, 어떻게 해야 할지 알 수 없었다. 그러다 당황해버렸다. 예전의 서글픈 내 자신으로 돌아가면 어쩌지? 이 모습을 유지하지 못하면 어쩌지? 나는 여전히 예전의 나인데. 그럼 나는 사기를 치고 있는 걸까? 내가 아닌 딴 사람 연기를 하고 있는 걸까?

외모에 따라서 사람들의 말투와 대우가 달라지는 것이 우습다.

어쨌든, 지금은 그 일로 너무 골치 썩이지 않는 게 좋겠다. 적어도 그가 내게 말을 걸었고, 내 외모가 변했다고 말해준 건 고마운 일이니까.

이제 나도 대화할 만한 상대가 되었다!

남들처럼 '정상'이고 싶을 뿐인데

나는 마법의 주문을 찾았다고 생각했다. 기사 속의 베로니카가 '우울이 도사리고 있다 해도' 자신을 행복하게 만드는 주문을 찾은 것처럼. 다만 다른 점이 있다면 내겐 운동화가 필요하다는 것이었다.

십 대 시절 내내 내가 짊어지고 다니던 여분의 살이 사라지고 있었다. 그것도 빠르게. 체형이 너무 빠르게 변하고 있어서 나는 가속도를 따라잡지도 못했다. 그 멋진 조쉬가 바로 1년 전쯤 내가 짧은 스커트를 입었을 때 '굵어' 보인다고 한 것 기억하는가? 다리는 이제 가늘고 탄탄해졌다. 사실, 여름을 지나는 동안 두 다리는 돋보이게 되었고, 나는 그들이 햇빛을 보게 해줄 만큼 친해졌다. 짧은 반바지를 입을 만큼 용감해졌다. *다리야, 잘했어!*

엉덩이에는 근육이 생기기 시작했고 다리 위로 녹아서 흘러내릴 것 같은 펑퍼짐한 엉덩이가 사라지고 있었다. 이것 역시, 작은 승리였다!

한번은 주말에 믿음직한 친구 조와 함께 맨체스터 대학교에 친구를 만나러 갔다. 쇼핑을 하다가 웨어하우스에서 딱 붙은 멋진 빨간 바지를 발견했다. 나는 용감하게 그걸 입어보았다.

"대박, 레이첼! 너 8사이즈°가 됐어!"

맨체스터 친구가 탈의실에서 내게 외쳤다.

"멋지다!"

그게 나라는 걸 믿을 수 없었다. 전신 거울에 비친 내 다리가 배수 파이프처럼 보였다. 8사이즈 옷을 쉽게 잠글 수 있었다. 시내 상점 앞에 착륙해 내 몸에 맞는 옷은 팔지 않는다는 것을 알게 된 외계인의 기분을 느끼지 않아도 되었다. 판매원이 나를 보더니 미소를 지었다. 그런 일이 전에는 한 번도 없었던 걸 그녀가 알까? 내가 최근에야 새로운 몸을 얻은 걸 알아챌까? 내가 궁금했던 것은 그 점이었지, 그녀가 파는 화려한 옷이 아니었다.

몇 년 전에 '납작한 배'를 소원 리스트에 적어놓고 '글쎄올시다'라고 옆에 붙여놓은 것을 기억하는가. 하지만 적어도 나와 나의 배는

• **8사이즈** 여성 의류 한국 기준 90사이즈, 미국 기준 S사이즈 정도의 수치 ― 편집자 주

그 방향으로 향하고 있었다. 물론 여전히 남들 앞에서 비키니는 절대 입지 않을 것이고, '크롭 티'란 말은 꺼내지도 않을 거다. 그런 것이 내 현실의 일부가 될 리는 없었지만, 내가 이루고 있는 변화에 난 분명 행복했다.

그리고 가슴이 있었다. 그 유명한 서커스단 짝짝이 가슴. 그건 어떻게 되었을까?

음, 가슴은 쉽게 바뀌지 않았다.

1997년 9월

아, 정말 끔찍했다. 방금 대학교 체육관에 가서 평소처럼 러닝머신에서 20분간 꾸준히 뛰었지만, 다른 애들이 나를 비웃는다는 생각을 떨칠 수 없었다. 무슨 편집증 정신분열 환자가 된 느낌이었다!

늘 입는 헐렁한 티셔츠를 입고 몸을 감춰보려 했지만 러닝머신에서 한 발자국 옮길 때마다 창피했다. 게다가 내 앞에 망할 전신 거울이 있어서 더욱 도움이 안 됐다! 내 자신이 보이지 않도록 어깨를 움츠리는 걸 나도 알고 있었다(그놈의 형광등 불빛 아래선 그것도 힘들었지만).

그들이 키득거리며 웃는 게 내 결점을 알고 있어서라는 생각에서 벗어날 수가 없다. 편집증과 당혹감에 사로잡혀 기어 나와 숨어버리고 싶었다.

체중이 줄었지만, 지금이 전보다 더 불행하다! 정상적인 몸으로 정상이라고 느끼고 싶을 뿐인데. 왜 그게 내게는 이렇게 어려울까?

우리 기숙사의 다른 여학생들은 한잔하러 나갔지만, 나는 나가지 않았다. 밖에 나갈 용기가 없다. 그들이 너무 멀게 느껴진다. 전혀 모르는 사람들과 사는 기분이다.

그리고 다시 거울을 끝없이 쳐다보며 갈등하고 있다. 내 자신에 집착하면 할수록 나를 마주보는 내 자신을 미워하게 된다. 이런 식의 감정을 어떻게 해야 할지 모르겠다. 뭔가 크게 잘못되었다는 걸 알지만, 어쩌면 좋을까? 우는 것도 지쳤다. 그것도 지루하다. 여기 친구들에게는 말도 할 수 없다. 그들이 이걸 어떻게 이해할까?

이러고는 살 수가 없으니 병원에라도 가봐야 될 것 같다.

건강한 식사를 하려는 노력과 날마다 4.8킬로미터 걷고 달리기를 독실하게 지킨 결과, 나는 다른 사람으로 변모하고 있었다. 하지만 날씬하고 더 매력적이며 더 자신만만해 보이는 새로운 레이첼의 등장과 함께, 보이는 게 다가 아니라는 자각도 찾아왔다.

체중이 줄면서 짝짝이 비대칭 가슴이 생각보다 더 불균형하다는 것을 알게 되었다. 개자식 전 남자 친구가 몇 년 전에 지적했음에도, 군살 덕분에 그 비대칭이 얼마나 심한지 가려졌던 것이다. 운명이란 얼마나 아이러니하고 잔인한지. 자, 체중을 줄이려고 그토록 노력했는데 그 노력이 날 배신했다. 납작해진 가슴은 모양을 잃었고 축 처졌으며 양쪽 사이즈가 두 컵이나 차이가 났다. 마음이 아팠다.

나는 대학 체육관의 러닝머신에서 달리면서 전신 거울에 비친 내 모습에 집착했다. 한쪽 가슴은 이리저리 덜렁거리고 다른 쪽 가슴은 움직이지 않는 것이 보이고, 느껴졌다. 지금은 웃을 수 있지만, 그때는 재미 따위 느낄 수 없었다. 머릿속으로 내 자신을 받아들이려고 안간힘을 다하면서 불안에 사로잡혀 집착했다. *뚱뚱한 편이 나았어!* 적어도 그때는 현실을 가릴 수 있었고, 내 기형적인 모습을 보는 다른 여자들의 눈길을 의식하는 데 집착하지 않았으니까.

여학생들(예쁘고, 자신만만하고, 재미있고, 근심 걱정 없는)이 가득한 기숙사 생활은 고문이나 다름없었다. 나는 외면당했지만, 내 탓이었다. 뿌리 깊은 불행과 우울증이 나를 친구 관계에서 점점 더 멀리 떨어뜨렸다. 아무에게도 내 문제를 의논하지 않았다. 난 사라지고 내 영혼은 없어졌다. 웃음이 멈췄다. 다른 여학생들은 대체 무슨 일인지 의아했을 것이다. *레이첼은 왜 저렇게 이상하게 굴지? 왜 저렇게 마른 거야? 왜 밖에 나오질 않아?* 그들은 빈껍데기만 남은 사람을 보았다. 자신을 받아들일 수가 없으니, 사람들과 어울리기 어려운 몹시 불행하고 고민 많은 영혼 말이다.

내 몸에 갇혀 도망갈 수 없다는 느낌이 들자, 엄마에게 고민을 털어놓았다. *내가 갇힌 세상 속에서 이상하고, 비정상적이며, 기형이고, 못생기고, 배신당한, 완전히 길을 잃은 느낌이라고 불쌍한 엄마에게 어떻게 말할까?* 이미 연약한 엄마의 마음을 부서뜨릴 수도 있었지만, 다른 방법은 없었다.

내가 '완벽한 몸'을 갖고자 한 것은 아니었다. 그저 정상이라고 생각하고 싶었다. 정상적인 옷을 입고 브라 한쪽에 패드를 넣을 필요가 없기를 바랐다. 가슴이 아흔 살 할머니 같다는 느낌에서 벗어나고 싶었다. 나도 근심 걱정 없고, 자신만만하고, 웃음 가득하고 싶었다. 해변에서는 상의를 벗어던지고, 개자식 아닌 남자 친구를 사귀어보고 싶었다. 대신 나는 자기혐오와 내 마음에 들지 않는 몸에 대한 증오로 아무것도 할 수 없었다.

내성적이 되었고, 우울증에 걸려 체중 관리에 집착하게 되었다. 그때는 그것만이 내가 통제할 수 있는 일처럼 느껴졌다.

그리고 나는 은둔자가 되었다.

다행히 엄마는 빠르게 움직였다. 우리는 곧바로 리즈의 병원에 예약했다. 한쪽 가슴에 보형물을 넣어 사이즈를 같게 하거나 양쪽 가슴을 올리고 줄이는 두 가지 방법이 있었다. 즉, 키울 것인가, 줄일 것인가. 어느 쪽을 선택할까?

나는 큰 가슴이 싫었고, 크게 부풀린 가짜 가슴으로 시선을 끈다는 생각만 해도 공포스러웠다. 나는 그저 정상이 되어 숨고 싶었다. 그래서 양쪽 가슴 축소를 선택했다. 상당히 큰 수술이라고 했다. 내가 보기에는 가슴을 완전히 바꾸는 작업이었다. 가슴을 사실상 떼어내고 처음부터 새로 만드는 수술이었지만, 이렇게라도 해야 돌연변이 쇼의 주인공에서 벗어날 기회가 생길 것 같았다.

아빠는 수술 전날 밤에 울면서 수술을 하지 말라고 사정했다.

"넌 그대로도 예쁘다, 레이첼."

아빠가 흐느끼며 말했다.

"수술할 필요 없어."

하지만 나는 수술이 필요했고 내 직감을 믿었다. 정상이 되기 위해서는 수술이 최선의 기회였고 그 가능성을 지워버리기 싫었다. 젊어서 빨리 회복할 수 있었고 신체적, 정신적 트라우마에서 벗어날 수 있었다. 흉터가, 그것도 크게 남으리라는 것은 알았지만 적어도 옷을 입고는 자신감을 느낄 수 있을 것이다. 그리고 언젠가 보통 브라를 입을 수도 있을 것이다. 나는 꼭 맞는 티셔츠를 평화롭게 입을 수만 있다면, 그 모든 것을 감수할 수 있었다.

더욱 기대되는 것은, 작고 탄탄한 균형 잡힌 가슴이 (최소한)동시에 똑같이 '출렁'이며 달리는 내 모습이었다. 그렇게 되면 정신적인 고통 없이 러닝머신에서 달릴 수도 있을 것이다.

더 바랄 나위가 없었다.

수술, 감행

1997년 12월

다행히 수술은 잘 끝났다. 가슴에 미라처럼 붕대를 칭칭 감고서 모든 것이 흐트러지지 않게 아주 타이트한 스포츠 브라를 입고 있다. 이건 상당히 편하기도 하다. 비록 2주 정도(드레싱을 교체하고 실밥을 뺄 때까지) 새 가슴을 물에 적실 수 없는 것이 힘들긴 하지만, 이미 모든 것이 훨씬 나아진 느낌이다.

최소한 비율이 맞는 몸을 갖게 됐고, 끔찍한 과거로부터 벗어날 수 있게 된 것 같다. 혹시 모르지. 인생을 조금이나마 즐길 수도 있을지!

이런 말을 하게 될 줄은 몰랐지만, 어서 다시 달리고 싶다. 이제 패드를 넣은 스포츠 브라 두 개를 입지 않아도 되고, 체육관에서 거울만 보지 않아도 되니 느낌이 어떤지 어서 알고 싶다. 어떤 기분일까? 더 잘 달리게 될까? 더 빨리? 더 자유롭게? 더 가벼운 느낌일까?

운동화를 신은 지 엄청 오래된 것 같다. 평소에 달리던 코스가 더 힘들게 느껴질 것 같다. 뭐, 그래도 괜찮다. 어떻게 될지 어서 알고 싶다!

오늘밤에 예이츠에 일하러 갈 테니, 일상으로 어느 정도 돌아가게 되어 기쁠 것이다……. 그리고 티셔츠도 입어봤다. 평소에 입는 XXL사이즈 말고, 딱 붙는 것으로. 얼마나 달라졌는지 믿을 수가 없다! 좀 적응해야겠지만, 이제는 어깨를 펴고 설 수 있고, 내 자신을 감추거나 짝짝이 가슴에 균형을 맞춰보려 구부정해질 필요가 없다. 큰 발전이다!

다시 사람들과 어울리는 것도 기대된다. 쇼핑하러 가서 좀 더 타이트하고 작은 상의를 입어볼 수 있다. 마음 가는 대로 검정 말고 밝은색을 입어볼 수도 있다!

아, 지난 6개월은 정말 힘들었다. 길고 캄캄한 터널을 지나 마침내 빛이 보이기 시작하니 마음이 놓인다.

수술 뒤에 나는 환희로 가득했다. 붕대를 단단히 감고서 숨 막히는 스포츠 브라를 입고 몇 주를 지냈다. 수술 직후에 치료받고 주의를 기울인 것 외에는 아무 일도 없었던 것 같다. 조에게만 사실을 이야기했고, 조는 평소처럼 조용히 지지해주며 언제나 그렇듯이 배려해주었다. 조는 붐비는 바에서 뾰족한 팔꿈치와 술 취한 손님들로부터 내 새로 만든 가슴을 온몸으로 사수해주었다. 작은 체구에도 불구하고 나의 레이더이자 보디가드가 되어주었다.

제멋대로 구는 내 몸을 교정하는 동안 내 삶이 일시정지되었다면, 다시 플레이 버튼을 누를 수 있었다. 나는 내 몸의 주인이 누구인지 확인했고, 이제 그 몸을 받아들이며 조화롭게 살 수 있을 것 같았다. 마침내 미래를 긍정적으로 그릴 수도 있게 되었다.

처음에는 자유와 안도, 정상의 느낌이 모두 합쳐져 꿈처럼 행복했다. 수술은 성공적인 도박이었다. 그게 도박이긴 했을까? 그건 완벽한 몸을 위해 위험하고 무시무시한 모험을 시도한 것이라기보다 반짝이는 성형 수술 안내 책자에 나오는 것처럼, 잡아 늘이고 당기고 싶은 욕망의 수문을 서서히 연 것이었다. 사람들은 그 후로 오랫동안 내게 이런 질문을 던졌다.

"수술에 의존하는 대신 자신을 받아들이기 위한 상담은 고려하지 않았나요?"

나는 우렁차게 대답했다.

"아뇨! 난 괴물 같았고, 그 모습 그대로를 내 자신으로 받아들이고 싶지 않았어요!"

나는 정상이 되고 싶었고, 19세 소녀들이 가진 듯한 몸을 가졌다고 느끼고 싶었지, 사춘기도 다 끝나지 않은 상태로 할머니 같은 가슴에 적응하고 싶지 않았다.

그건 그렇지만, 사람들의 말도 이해한다. 여성으로서 우리는 그대로의 자신을 '사랑하고 받아들이라'고 배운다. 튀어나온 곳, 뚱뚱한 곳, 구부러진 곳, 주름, 잔주름, 처진 살, 군살, 결함 등. 물론이다! 우리는 모두 자신에게 더 상냥해져야 한다. 언젠가 눈 아래 영원히 자리 잡은 다크 서클을 감추기 위해 로레알 파리의 컨실러가 필요할 수 있지만 반드시 수술을 받아야 하는 건 아니다. 립라이너를 조금 쓰는 것과 필러로 만들어낸 '도톰한 입술'은 분명 다르기 때문이다.

내가 생각하기에 다른 방법 대신 수술을 선택한 것이 남과 다른 점이 있다면 이것이다. 완벽함을 추구한 것이 아니라, 정상이길 추구했다는 것. 완벽함과 정상은 전혀 다른데, 나는 완벽함을 추구한 것이 아니었다. 축 처진 짝짝이 가슴 대신 그 후 10년 동안 붉은 흉터를 갖고 살기로 선택한 것이다! 그것은 완벽함과는 거리가 멀고, '정상'이라고 느끼기 위해서 치른 상당히 큰 대가였다. 하지만, 그럴 가치는 충분했다.

앞으로도 내 자신을 받아들이기 위한 여정은 프로도 배긴즈(《반지의 제왕》의 등장인물—옮긴이)가 시작하게 될 먼 여정이나 마찬가지였지만, 정상이 되고자 한 탐색은 난생 처음으로 구경거리처럼 느껴지지 않은 경험을 선사했다. 그 일은 적어도 출발점이 되어주었다.

나는 끝나지 않을 듯 기나긴 여름 방학 동안 예전 학교 친구들과 함께 일주일에 2~3일 핼리팩스의 시내 예이츠 와인 바에서 아르바이트를 시작할 만큼 자신감을 얻었다. 친구들이라고 하지만, 그들은 내가 지난 6개월 동안 무슨 일을 겪었는지 전혀 몰랐다.

그들은 내가 대학에서 겪은 좌절이나 외롭고 우울한 기숙사 방에서 거울을 들여다보며 보낸 시간을 알지 못했다. 그들은 내가 예이츠의 데님 유니폼 아래 붕대를 감고 있다는 것을 몰랐다. 깜빡 잊고 주의하지 않고 술잔을 들다가 상처가 아파 찡그리는 것도 알지 못했다. 그들이 어떻게 알겠는가? 내가 감추었는데.

그들은 그저 매혹적인 금발 하이라이트와 가벼워진 앞머리를 한 새로운 레이첼이 등장하는 것만 보았을 뿐이다. 나는 드디어 그들의 근심 걱정 없는 세계로 들어서는 데 거의 성공했다.

음, 거의⋯⋯.

달아나다……
내 자신에게서

1988년 1월

만세! 오늘 가슴 수술 이후 처음으로 다시 달리러 나갔다. 와, 얼마나 후련한지!

기분이 이상했다. 이상하지만 좋았다. 미라가 된 가슴이 언제나 착용 중인 스포츠 브라에 어찌나 꽉 잡혔는지 핵폭탄이 터져도 꼼짝하지 않았을 거다. 어떨지 잘 몰랐지만, 평소처럼 브라를 두 벌 입었는데 한쪽만 출렁이는 가슴이 사라지니 적응하기 힘들었다. 하지만 너무나 홀가분했다. 수술 후 회복은 아주 빠르고, 마침내 나를 묶고 있던 보이지 않는 무거운 사슬에서 벗어난 느낌이다.

놀라운 점이 몇 가지 있었다. 달리면서 팔을 자유롭게 흔들 수 있었다. 전에는 가슴을 가리느라 팔을 제대로 움직일 수 없었는데 말이다. 전에는 거의 마비된 자세로 달렸나 보다. 어쩌면 그래서 1.6킬로미터만 달려도 팔과 어깨가 저렸던 모양이다.

그리고 내가 얼마나 이상한지 보려고 자꾸 가슴을 내려다보지 않아도 되었다. 주위를 둘러보니 전에는 보지 못했던 아름다운 것들이 보였다. 이젠 고개를 들 수 있으니까.

그건 그렇지만, 완벽한 기적은 일어나지 않았다. 오늘도 보도를 디디면서 여전히 내 자신과 싸웠다. 여전히 힘든 일이었다. 여전히 숨이 차서 헐떡이고, 여전히 엄마 집 근처 숲 가까이에 다가가면 작은 언덕이 싫다. 그놈의 것에 다가가면 매번 걸어야 한다. 좀 더 쉬워지긴 할까?

또 이상한 것은 달리기가 정말 그리웠다는 사실이다. 오늘 엄마 집 현관을 지나면서 이상하게 행복했다. 도저히 알 수 없는 미스터리다. 어째서 그렇게 힘든 일이 기분을 좋아지게 하는 걸까?

수술 회복 중에는 달릴 수가 없어서 체중이 다시 늘까 봐 걱정하고 있었다. 열량을 줄이기 위해 식사도 줄였다. 그래도 달리기가 진심 그리웠다. 이런 날이 올 줄 누가 알았을까!

수술 후 곧 달리기를 다시 시작했고, 처음에는 좋은 것 같았다. 나는 새로운 자유를 발견했고, 마음속의 괴로움 없이 러닝머신에 올라탔고, 달리는 동안 가슴은 아주 조금씩, 똑같이 흔들렸다.

하지만 그건 오래가지 못했다.

슬프게도 달리기는 내게 예전으로 돌아가지 않기 위해 일상에 포함시킬 수밖에 없는, 체중 조절 수단일 뿐이었다. 그것은 강요였고, 힘겨웠다. 밖에 나가는 건 매번 어려웠고, 내 자신과의 계약 이행일 뿐이었다. "와, 보기 좋다!" "세상에, 살 많이 빠졌네!" "어머나, 너 정말 멋지다" 등, 금세 익숙해진 반응을 위해 치러야 하는 대가였다.

그리고 달리기에 중독되었다. 다만, 온갖 나쁜 이유에서였다. 달리기를 한 번만 빠뜨리면 나는 곧바로 땅을 파고 내려가 슬프고, 외롭고, 남의 눈에 보이지 않는 예전의 레이첼로 돌아갔다. 다른 세상을 보았기 때문에, 내가 스스로 시작한 달리기에서 벗어나지 못하는 것은 퇴행의 두려움 탓이었다. 달리기와 함께 발전할 큰 소망은 없었다. 최소한의 노력으로 예전의 내 자신으로부터 안전한 거리를 둘 수만 있다면, 그걸로 만족했다. 빠르게 줄어드는 청바지 사이즈나 새롭게 다가오는 남자들의 낯선 칭찬에 적응하는 데 필요한 정신적인 자세는 내 일기장에 적혀 있지 않다. *계속 달리기만 해, 레이치. 네 자신에게서 계속 달아나. 네게 달리기는 그런 거야. 달리기는 그게 전부야. 앞으로도 그럴 것이고.*

내 마음은? 미쳐 돌아가는 상황 속에서 정신 건강을 유지하는 데 무엇이 필요했을까? 신체로부터 자유로워진 후에야 겨우 발견한 짧은 순간들은? 고개를 들고 마술 같은 구름의 모습을 보거나, 앞에 펼쳐진 광경에 감탄하거나 얼굴을 스치는 바람을 느끼는 순간은? 내 자신으로부터 달아나야 한다는, 보이지 않는 미친 압박에 쫓겨 그런 순간들은 그저 사라져버렸다. 달리기의 즐거움과 자유, 마술을 알려줄 각성의 순간이 바로 코앞에 있었는데, 내면의 평화를 희생시켜 외양의 껍데기를 바꿔야 한다는 끝없이 고통스럽고 괴로운 압박으로 인해 그것을 찾을 수 없었다.

그래서 나는 힘겹고 재미없는 달리기 계획을 그대로 따랐다. 끝나는 날짜도 없고, 예전의 서글픈 내 자신에서 벗어나는 것 이외에는 현실적인 목표도 없이.

1998년 5월

나는 어디로 갔을까? 왜 이렇게 슬플까? 이 모든 일을 겪고도 여전히 마음속은 죽은 사람 같다. 뭐가 잘못인지 모르겠다. '새롭게 개선된 레이첼'이 등장하면 모든 것이 쉬워지고 행복해지는 것 아니었나? 지금은 더욱 혼란스럽고, 내가 누군지 갈피를 잡을 수 없다. 나는 어떤 사람이어야 할까? 어떻게 행동해야 할까? 무슨 말을 해야 할까? 어디로 가야할지 모르겠다.

달리기는 하지만, 이젠 달려야 하는 이유를 모르겠다. 그저 스키니 진을 입으려고? 그게 전부일까? 달리기 때문에 이렇게 되는 게 싫다.

주말에 조랑 시내에 나갔다. 머리카락에 금발 하이라이트를 좀 더 했지만, 학교 시절 내내 내게 한마디도 걸지 않았던 사람들이 시도 때도 없이 다가와 말을 걸기 시작했다. 나는 그 자리에 서서 마음속의 저항을 들었다.

'잠깐. 나는 작년에도 나였고, 재작년에도 나였어. 그때도 나는 재미있는 사람이었다고, 기억해? 말수가 적고 두꺼운 안경을 쓰고 너희 '멋진 애들'을 옆에서 구경하기만 했을지는 몰라도, 그때도 파티에 초대받고 싶었고, 데이트 신청을 받고 싶었어. 그때는 어디 있었던 거니? 그때는 왜 나와의 대화에 관심이 없었던 거야?'

이제 이렇게 생기고 이런 사이즈의 옷을 입고 이런 색의 머리를 한다고 나를 인정하고, 별 도장을 찍어주는 모양이다. 하지만 이 모든 것이 너무나 공허하고 기만적이라고 느껴진다. 그런 무의미한 대화는 원치 않는다. 애초에 내 자신에게서 달아나려고 했던 것이 옳았다고 생각하니 슬프다. 내가 처음부터 부족한 사람이었던 것처럼. 그리고 그건 가슴과는 아무 상관도 없다. 문제는 매일 아침마다 거울 속에서 만나는, 점점 작아지는 금발 사기꾼이다. 걔를 좋아하고 싶다. 진심으로.

그렇게 비교적 짧은 시간 동안 내가 겪은 변화에는 대가가 따랐다. 불안으로 가득한 십 대 중반 시절부터 나는 못생기고, 뚱뚱하고, 남의 눈에 띄지 않는 내 자신과 싸워왔다. 뒤로 물러나 배경인물로 살면서 배려 없는 남자 친구에게 적응하고 그것이 내 운명이라고 받아들였다.

모든 게 나름대로 편했다. 그러면 어떤 기분인지 알았고, 어떻게 행동해야 하는지 습득했다. 세월이 흐르며 내 무기고 안에 모아놓은 다른 것(가령 '영리함'이라든가 '위트')으로 결점을 상쇄하는 법도 알게 되었다. 내가 맡은 역할에 적응했다. 내게 반응해주는 사람이 적을지는 몰라도, 그들의 반응은 훌륭했다. 사실을 말하자면, 이런 식의 내 자신이 편했다. 비록 더 행복하진 않았을지언정. 그리고 나의 그런 모습이 좋았다. 아무리 암울했던 십 대 시절에도, 나는 사람들을 웃게 해줬으니까.

머릿속의 혼란은 쇼가 바뀌었을 때 벌어졌다. 무대 왼쪽에서 새로운, 향상된, 완전히 달라진…… 레이첼 등장! 나는 더 말쑥하고, '더 예쁜'(주관적임) 외모를 가지면 살기가 훨씬 더 쉬울 줄 알았다. 사교생활이 편하고 자신만만해질 줄 알았다. 나는 웃어야 할 때 웃었고 친구들끼리만 아는 농담에 고개를 젖히고, 금발을 어깨 위로 흔들며 재미있다는 표정을 지을 줄 알았으니까.

하지만 그런 일은 없었다.

대신 M62 고속도로에서 전조등 불빛에 딱 걸려, 갑자기 사람들 눈에 띄어버린 외계인이 된 것 같았다.

"워, 워, 워! 잠깐만. 이러려고 한 건 아니었어. 그저 정상이 되고 싶었어. 인정을 받고 싶었다고. 이거보다 편해져야지. 그래야만 한다고!"

내 내면의 부적응 자아는 사라지지 않았다. 변화의 과정에서 그 자아는 의논된 적이 없었고, 그렇기에 새롭고 향상된 외모를 가진 나와 함께 어울리길 거부했다. 오히려 자아는 내 노력을 적극적으로 방해했고, 예전의 나를 조금 그리워하기까지 했다.

(여전히 주관적으로 말하자면)나는 예전에는 재미있는 사람이었는데, 내면에서는 더 이상 웃지 않았다. 나는 새로 맡은 역할에 너무 몰입하고 있었다. 전에는 들을 필요가 없었던 대화에 적응해야 했고, 콜라병 바닥처럼 두꺼운 안경을 쓰던 시절에는 낯설었던 것을 봐야 했다. 전에는 말도 걸지 않던 사람들이 이제는 전과 다른 방식으로 내게 말을 걸었다. 모든 것이 너무 혼란스럽고 가식적으로 느껴졌다. 진실이 무엇인지 알 수 없었다.

그때 내면의 부적응 자아가 *대체 왜냐*고 물었다. 조금 더 깊이 파고들었다. 이 모든 것이 지금 와서 일어난다는 사실에 미루어, 실제로 예전의 내 자신에게 근본적인 잘못이 있었다는 것이 논리적인 판단이었다! *내 생각이 내내 옳았던 거다! 나는 결함이 있었다. 망가지고, 쓸모없는 존재.* 이런 자각은 큰 충격이었다. 예전의 자기혐오와 남의 눈에 띌 가치가 없다는 생각이 옳았던 것으로 느껴졌기에.

하지만 그걸 받아들일 수는 없었다. 내면의 부적응 자아가 그걸 막아줬다. 그 자아는 진짜 나를 알고 있었고, 진짜 내 자신을 사랑해주었다. 새로운, 반짝이는 금발 사기꾼은 예전의 레이첼을 대신할 수 없었다. 내면의 부적응 자아는 앞머리와 안경, 체중, 머리색, 짝짝이

가슴과 상관없이 예전의 레이첼을 사랑하고 좋아해줬다. 나는 그 자아와 함께 전후의 레이첼을 화해시키고 상황을 헤쳐나가려 했다. 하지만 외모의 변화는 내가 돈으로 사들였다고 생각한 내면의 평화와 정신적 자유를 선사하는 골든 티켓이 아니었다.

이제는 이런 생각이 들었다.

'음, 체중 조금 줄인 걸로 나에 대한 반응이 이렇게 판이하게 달라진다면, 체중을 더 줄여야겠다. 더 날씬해져야 해⋯⋯. 더 금발이 되어야 하고⋯⋯.'

친구 생일 파티의 핑크색 미끄럼틀 성에서 받은 메시지가 결국 옳았던 거다!

마음속으로 울고 있었다. 진짜 내가 어디로 갔는지 알 수 없었으니까. 또다시, 나 자신으로 인해 힘이 들었다. 다만 이번에는 도저히 얻을 수 없는, 잡히지 않는 목표를 좇느라 내 영혼이 죽었다. 차갑게 식어버렸다.

이제 나는 신체이형장애(실제로는 신체에 결점이나 이상이 없는데도 외모에 심각한 결함이 있다고 생각하는 질병 — 옮긴이)와 우울증 버스에 완전히 올라탄 셈이었다. 언제, 어디서 내려야 할지 알 수 없었다.

1998년 9월

오늘도 평소처럼 칼로리 소모 운동을 하기 위해 억지로 대학교 체육관으로 갔다. 지치고, 기운 없고, 배가 고팠지만, 먹기만 하면 너무나 죄책감이 든다.

카운터에 다가가 직원의 얼굴도 쳐다보지 않고 회원증을 내밀었다.

"체육관이요."

거기 들어가기도 전에 지친 기분으로 이렇게 말했다. 그는 나를 보고, 학생증 사진을 보더니 다시 내 얼굴을 확인했다.

"세상에, 무슨 일 있었어요?"

그가 물었다. 상처를 줄 생각으로 한 말이 아니고, 자기도 모르는 새 뱉은 말일지도 모른다. 하지만 그의 말뜻을 나는 정확히 알았다. 내 학생 카드 사진에는 초롱초롱한 눈빛의 건강하고 활기찬 젊은 여성이 있었지만, 그 앞에는 사진과 비슷하지도 않은 20세 여성의 말라빠지고 텅 빈, 멍한 그림자가 서 있었던 것이다. 그의 말이 뼈저리게 아팠지만, 틀린 말은 아니었다.

내게 무슨 일이 있었던 걸까? 왜 이렇게 망가진 걸까? 난 어디로 가버린 걸까?

나는 다시 집에 와서 숨었다.

정착역 없는 버스도
하차가 되나요

　내면의 자아와 새로운 내 자신을 연결시켜 보려고 애쓰면서도, 어떻게 존재해야 할지, 내가 누구인지, 더 이상 알 수 없었다. 대학 3 학년 동안 정상적인 척 보이려고 노력하면서 친하지도 않은 여학생들이 가득한 기숙사에서 사는 생활은 나의 괴리감만 키웠다. 어쩌면 나는 너무 부끄러워서 그들에게 신체의 고민을 털어놓지 못했을지도 모른다. 어쩌면 나는 그들을 섣불리 판단하고 그들이 이해하지 못할 거라고 생각했을지도 모른다. 어쩌면 나는 그들을 모두 밀어내기로 했다.

　달리기는 몸을 줄이기 위해 오로지 칼로리를 태우는 목적으로 하는 힘겹고 소모적인 작업이었다. 나도 엄마처럼 변해가고 있었다! 식품 섭취는 겨우 존재하는 데 필요한 정도로 줄였다. 한 끼에 먹는 양이 얼마 되지도 않았고, 식사를 거르고, 금주했다(알코올은 칼로리가 엄청나지 않은가?). 꿈에도 생각지 못했지만, 나는 엄마의 변형이 되어가고 있었다. 최소한의 에너지 섭취 + 최대한의 에너지 방출 = 축소되어 다시 보이지 않는 레이치가 되기. 이 터무니없는 상황의 역설을, 훗날 내가 한 바퀴를 돌아 제자리로 왔다는 것을 나는 깨닫지 못했다.

비좁고 외로운 방에 숨어 밖으로 나갈 의지를 상실했다. 구멍가게에 나갈 용기도 없었다. 그 모든 혼란 속에서 진짜 나를 찾아보려는 듯, 끊임없이 거울을 응시했다.

그때 나는 심한 우울증과 우려되는 수준의 신체이형장애를 겪고 있었다. 당시에는 그런 병이 존재하는지도 몰랐다. 하지만 돌이켜보면 나는 그 병을 앓는 사람의 전형적인 증세를 모두 보이고 있었다.

신체이형장애 재단 웹사이트에서는 환자가 '일상생활에 방해가 될 정도로 외모의 결함이나 문제에 집착'해서 '자의식이 지나치게 강해지고 특히 사회적으로 정상 기능을 하는 능력에 방해를 받으며 심각한 고충을 겪는다'고 설명한다. 그렇다. 그게 바로 나였다.

몹시 작은 내 방에서 거울을 끝없이 들여다보면 보이는 건 결함뿐이었다. 하던 일을 멈추고 무엇이든지 흠을 발견해서 내가 집착하는 이유를 정당화할 정도였다. 아주 잠시나마 거울에서 눈을 떼면 곧

바로 못생긴 모습이 되어버릴 것 같았다. 그런 위험을 감수할 수 없었고, 그래서 거울을 주시했다. 혹시 모르니까.

아무도 만나고 싶지 않았고, 그때 내가 맺은 최악의 관계는 나 자신과의 관계였다. 유난히 참담한 갈등의 시기였다.

어느 모로 보나 나는 벼랑에 서서 근근이 버티는 사람이었다.

정상이 되고자 한 소망은 인정받고자 한 소망과 나란히 움직였다. 간절하게 멋진 애들 틈에 끼고 싶었고 파티에 초대받고 싶었다. 축구팀 주장에게 데이트 신청을 받고 싶었고, 점심시간에 모인 여자아이들 중에서 아슬아슬한 가장자리가 아닌 한가운데 앉고 싶었다. 〈그리스〉*의 샌디처럼 단정한 이미지를 벗어던지고 혈액순환을 방해하는 가죽 바지를 입고 싶었다. 미친 듯 도발적인 스틸레토 힐을 신고서 헉헉거리는 대니에게 "어디 한번 말해봐, 멋쟁이!"라고 외치고 싶었다. 그렇다! 그게 바로 내가 원한 것이다! 그 모든 건.

샌디처럼 나도 머리를 바꿨다. 몸을 줄이고 가죽 바지에 몸을 밀어 넣었다. 내가 마치 사냥감이라도 되는 것처럼 주위를 맴돌기 시작하는 남자들의 시선을 끌었다. 멋진 여학생들은 나를 파티에 초대했다. 그래서 파티에 갔지만…… 그건 쓰레기였다.

---

* 〈**그리스**〉 1950년대 캘리포니아의 고등학교에서 펼쳐지는 하이틴 로맨스를 그린 영화(1978년) —편집자 주

모든 게 쓰레기였다. 인정과 확인의 약속은 다 밑 빠진 양동이 같았다. 난 두려움과 불편함으로 가득 찼다. 체중이 다시 불어 8사이즈 바지가 맞지 않으면 어쩌지? 그래도 파티에 초대받을 수 있을까? 확신이 서지 않았다. 금발이 싫어져서 앞머리를 다시 길게 기르기로 하면 어떨까? 갑자기 내가 눈에 띄지 않으면? 이번에도 그 대답을 아는 것이 두려웠다.

멋진 애들의 파티에 초대받고 싶은 마음과 동시에 거기 엮이고 싶지 않은 마음 사이에서 갈등했다. 파티에 초대받을 수는 있었다 해도, 사실 거기서 소속감을 느끼지 못한다는 사실을 알고 있었던 것이다. 아니, 가고 싶지도 않았다는 사실을.

2015년 9월

어떤 대회는 결승선 훨씬 전에 끝나버린다. 오늘도 그런 대회였다. 대회에 참가해서 달리려고 했지만 몸이 움직이지 않았다. 벌써 일주일쯤 어딘가 좋지 않은 느낌이 들었다.

몸이 좋지 않다는 걸 잘 알면서도 대회에서 뛸 수 있으리라 기대한다면, 그게 바로 어리석음이겠지만 몸이 멈추라고 비명을 지르는데도 무시하고 계속 밀어붙이는 것은 더욱 어리석은 짓일 것이다. 이번만큼은 몸의 소리를 들었다.

숨을 쉴 때마다 목이 막히는 것 같았다. 직감이 틀리기도 하지만, 오늘만큼은 내 직감의 소리를 들었다. 이번에는 몸이 내가 원하는 대로 움직여주지 않았다는 실망과 짜증을 다스려보려고 노력 중이다. 그리고 사실 내가 어찌할 수 있는 일도 없다.

전반적인 관점에서 볼 때 오늘의 일에서 무엇을 취할 수 있는지 생각해보려고 한다. 이 경험을 통해 무엇을 배울 수 있을까? 긍정적인 측면은 무엇일까? 오늘 일은 버스에서 내려도 사실 괜찮은 때가 있다는 사실을 상기시켜준다.

마찬가지로 실망과 짜증을 느끼며 학위 과정을 그만두었던 결정을 돌이켜보았다.

달리기에 좋은 때와 나쁜 때가 있다……. 다음번에는 좋은 때가 올 것이다.

그래서 내 대학 생활은 도망자가 겪는 감정적인 롤러코스터였다. 헐의 아주 평범한 거리에 위치한 새 기숙사에 도착했던 첫날 세상 물정 모르던 나는, 2년 뒤 얻어터지고 멍든 채 만신창이가 되어 나타날 나의 모습을 상상도 하지 못했다.

나는 기진맥진 상태였다. 내적 갈등으로 점철된 두 해를 보내고 나니 학위 과정을 마칠 의지도, 욕구도 사라졌다. 아무래도 상관이 없었다. 나는 망가지고 탈진했다. 최근 생겨난 감정적인 부담은 말할 것도 없고, 끝없는 연구와 강의, 세미나는 모두 나를 파괴시켰다. 버스를 세우고 잠시 내려야 했다. 그저 다리를 좀 펴고 화장실에 가기 위해서라도. 나의 온몸이 그러지 않으면 낙제를 하거나 신경쇠약에 걸릴 거라고 외쳤다. 혼자서 너무 많은 비밀을 떠안고 있느라 터져버릴 것만 같았다. 내 머릿속은 세상에서 가장 외로운 곳이었다.

아빠는 내가 법학 학위 과정을 중단한다는 데, 특히 그렇게 갑자기 극적으로 그만둔다는 소식에 슬퍼했다. 극단적인 체중 감량과 몇 달 전의 가슴 수술에 이어 내가 이런 식으로 추락하다니 충격적인 일이었다. 나는 충분히 이해할 수 있다. 어떻게 그렇게 잘못될 수가?

아빠는 내게 투자했다. 해마다 나의 학업 성적을 지켜보면서 막내딸이 장차 법학 학위를 받을 거라고 기대했다. 하지만 그건 아빠의 희망이지 내 것이 아니었다. 어떻게 그 먼 길을 가고도 마지막 장애물에 쓰러질 수 있냐고? 모퉁이만 돌면 결승점인데 어떻게 기권할 수 있냐고? 아빠의 딸은 어디로 가버린 거냐고?

아빠는 내가 탄 버스가 사고를 일으킨다는 걸 깨닫지 못했다.

"하지만, 아빠. 이런다고 끝은 아니에요."

나는 어떻게든 설명해보려고 했다.

"솔직히, 이 문제만큼은 날 믿어주셔야 해요, 아빠. 지난 2년을 허비하고 아무 결과도 얻지 않으려는 건 아니라고요."

나는 포기하거나 끝맺지 못하는 아이가 아니라고 아빠를 설득했다. 신경쇠약에 걸리기 전에 휴식이 필요했던 것뿐이다. 하지만 아빠의 눈을 보면 내 말을 믿지 못한다는 것을 알 수 있었다. 내가 우리 가족 중에 자수성가한 사람이 될 거라고 믿었기 때문에 아빠는 특히 크게 실망했다. 아빠는 자기가 딴 자격증은 자전거 타기 능력뿐이라고 늘 농담 삼아 이야기했다. 당신은 그와 상관없이 성공적으로 사업을 운영했지만, 내 자격증이 훨씬 더 밝고 행복하고 성공적인 미래를 약속한다고 보았다.

딸이 변호사라니. 그래, 그렇다면 멋지겠지! 아빠가 회사 동료들과 펍에서 나누는 대화가 떠오른다.

"우리 막내 레이첼 말이야, 그 애가 대학에서 법학을 공부하고 있어. 아, 물론이지, 밥. 우리 모두 그 애가 아주 자랑스러워. 항상 똑똑한 아이였어. 타고난 공부벌레지. 분명히 엄마를 닮은 거야. 날 닮은 게 아니니까!"(요란한 웃음소리)

대신, 아빠가 얻은 것은.

"아, 음, 우리 레이첼 말인가, 그 애가 대학에서 좀, 아니, 사실은 심각한 신경쇠약에 걸려서……. *(당황한 기침소리)* 그 애가 *(에헴)*개인적인 문제가 있어서 우울증이 걸리더니 그때부터 일이 잘 안 되어서…….*"(어색한 침묵과 재빠른 화제 전환)*

아빠에게서 훨씬 더 좋은 펍 대화 소재를 앗아가고 대신 어색하고 현실적인 문제를 선사하고 나니 세상에서 제일 나쁜 딸이 된 것 같았다. 아빠의 낙담은 내게도 전염되었지만, 마음속으로 법학 학위가 날아가 버린 것은 아니라는 것을 알고 있었다. 어떻게든 학위는 마치리라 믿었다. 하지만 이런 식으로, 망가져서 수리가 필요한 상태로 계속할 수는 없었다.

최우선은 나의 회복이었다. 아침이면 침대에서 일어나 제 기능을 할 수 없는 상태로는 세상 어떤 자격증을 갖고 있어도 도움이 되지 않을 것이라고 생각했다. 심사관들은 이런 문제에 민감한 경향이 있다. 대학 캠퍼스 체육관의 직원처럼 말이다. 내게 미항공우주국의 비행조종사 자격증이 있다 해도, 내 꼴을 한 사람에겐 체육관 바닥 청소하는 일도 내주지 않았을 것이다.

나는 대학에 서류를 제출했고, 거기서 걸어 나오며 언젠가 공부를 다시 시작한다 해도 거기로는 돌아가지 않을 거라고 생각했다. 절대. 거기서 사귄 친구들을 다시는 만나지 않을 생각이었다. 나는 앞으로 나아가고 되돌아보지 않기로 냉정하게 결정 내렸다.

아빠는 내 미래에 대한 비관과 염려를 스스로 해결해야 할 것이다. 그렇다. 내가 마지막 장애물에서 쓰러진 게 아까운 일이긴 하지

만, 아빠는 내가 모퉁이를 돌면 다시 말에 오를 기운을 차릴 것을 알
지 못했다.

　내 경주는 아직 끝나지 않았다.

4부

어쩌면 그리고 여전히

1999년 7월

아, 마음이 후련하다! 내가 거의 (이런 말을 해도 될까?)정상처럼 느껴진다! 그렇다. 정상! 내가 그토록 오랫동안 미친 듯이 찾아 헤매던 그처럼 얻기 어려운 상태. 지금 곰곰이 생각하고 있다. 왜, 어째서 나는 지금 '정상'이라는 느낌이 들까?

• 꼭 맞는 회색 출근용 정장을 입으니 '정상'이라는 느낌이 들었다. 사실, 아주 멋있었다. 큰 길을 따라 회사로 가는 도중에 나를 향해 휘파람을 부는 남자들도 있었다(민망!).

• 새 정장은 꼭 알맞게 맞았고, 나를 어떻게든 감춰보려고 두 사이즈 큰 옷을 사지 않았다(게다가 그 밑에 보통 브라를 하고 있었다. 야호!).

• 여기선 아무도 나를 모른다. 새로운 사람들, 새로운 일자리와 함께하는 새 출발이고, 내겐 새로운 하얀 캔버스가 있다…….

• 나는 어른이 된 것 같다. 내 돈을 내가 벌고 있고, 범죄학에 대해 철학적인 이야기를 늘어놓는 헛소리를 들으며 강의실에 처박혀 있는 게 아니다(오늘은 주로 정책과 절차, 온갖 소개와 관련된 헛소리이긴 했지만).

• 또 나는 이제 세상의 일부가 된 것 같다. 흉내만 내는 것이 아니라.

바로 몇 달 전 내게서 몇 광년쯤 멀어진 상태다. 부디 그 암담한 곳으로 돌아가지 않기를. 어쩌면 내게도 새 시대가 밝아오는 것 같다……. 제발 성공하기를!

신경쇠약 버스에서 뛰어내린 나는 비참한 생활을 벗어나 새로운 삶을 찾아내는 데 집중하며 안도했다. 정상을 찾는 탐색이 잘 시작되었다.

리즈의 핼리팩스 주택 금융 조합 본사에서 일자리를 찾았고, 처음으로 어른이 된 것 같았다. 내가 간절히 원했던 변화였고 새 출발을 할 기회였다. 아무도 나를 알지 못했다. 내가 어떤 상태에서 달아났는지, 몇 달 전 내가 헐의 대학 기숙사 방에 갇혀 세상에서 가장 슬프고 외로운 사람이 되어 다른 곳으로 떠나길 얼마나 바랐는지, 아무도 알 필요가 없었다.

여기가 바로 내가 얻은 새 출발이었다. 새로운 사람들을 만나고 그들에게 과거의 족쇄를 벗어버리고 완전히 새로운 향상된 레이첼을 소개할 수 있었다. 또다시 말이다.

그러니 더욱 전통적이고, 전형적인 이십 대 초반의 정신없는 직장 생활, 지나치게 잦은 퇴근 후 보드카, 푸조205를 타고 시내 여기저기를 돌아다니는 외근을 반겼다. 다른 사람들도 이렇게 사는걸! 이것이 바로 진짜 삶이야. 휴! 나도 드디어 '정상'이 될 수 있나 봐.

고통스러운 시절에서 벗어나기 시작하고, 시간이 지나는 덕분에 괴로운 기억과 거리를 둘 수 있게 되면서 상황이 안정되었다. 최소한, 맞춤 정장을 입은 내 모습은 멋져 보였다. 체중은 늘지 않았고, 가슴도 제자리에 딱 붙어 있었다. 새로 염색한 머리도 잘 어울렸고 어느 모로 보나 반짝이는 모습으로 인생의 새로운 장을 시작했다. 비록 연약하긴 했지만.

신체를 교정하는 데 들인 모든 노력 덕분에 나는 어느 정도 정상이며 남들과 어울릴 만하다고 믿게 되었다(심지어, 꺄악거리며 노력하자 배구에서 센터 자리를 얻기도 했다). 하지만 애써 꾸며낸 외적인 자신감의 이면에서는 마음속 불안과 의심이 여전히 나를 괴롭히고 있었다.

새로운 직장 동료가 처음 만났을 때 내가 '좀 우월감을 느끼며 거리를 두는' 사람처럼 보였다고 했다. 나는 반짝이는 껍데기 밑에 자리 잡고 있는 불안한 내 모습을 생각하며 웃었다(우리는 결국 좋은 친구가 되었다).

그러므로 문제는 여전히 도사리고 있었다. 외모를 만들고, 몸매를 바로잡고, 가꾸고, 고치는 온갖 노력에도 불구하고, 내면의 나는 하나도 고쳐지지 않았다. 그녀는 전과 마찬가지로 취약했다. 지금은 완전히 오해받을 위험도 있었으니, 어쩌면 전보다 더 취약했을지 모른다. 실제 나와 내가 보여주는 반짝이는 나 사이의 거리는 엄청났다.

직장 생활에 적응해가면서, 내가 바라던 모든 것이 현실이 되기 시작했다. 나는 꾸준히 내 앞가림을 하며 독립해서 살 수 있게 되었다. 하지만 나의 가치를 반짝이는 껍데기, 실상은 중요하지 않은 것들에서 찾았다. 내겐 라벨에 보이는 것이 병 속에 들어 있는 것보다 더 중요했다. 수트를 입고 당당한 모습을 갖추는 것보다 내면의 나를 고치는 게 더 나을 거라는 생각은 한 번도 들지 않았다.

결국, 이처럼 확연한 결여는 문제를 일으켰다.

뚝뚝 흐르는 빗방울과
눈물 사이로

　아침저녁으로 리즈까지 출퇴근한 덕분에 아주 멋진 기회를 얻었다. 우리 사무실에서 일하는 톰이라는 사람을 알게 된 것이다. 근사하게 많은 그의 머리가 리즈 역의 플랫폼을 따라 통통 튀어 오르는 모습은 천 발자국 떨어진 곳에서도 보였다. 나는 아침마다, 저녁마다 그를 찾았다.

　이내 우리는 날마다 출퇴근하는 직장인 사이에서 집을 찾는 비둘기처럼 서로를 찾아 함께 출퇴근하였다. 차츰 많은 시간을 함께 보내면서 데이트를 시작했고 운동장에서 다른 아이들과 어울리기 싫고 자기들끼리만 있고 싶어하는 아이들 같은 커플이 되었다. 내게 어떤 상처가 있는지, 어떤 불안이 있는지, 우리가 어떤 일을 겪었는지 중요하지 않았다. 톰과 있으면 내 자신이 될 수 있었다. 꾸며낸 대화도 없었다. 의식적인 노력으로 어색한 침묵을 깨어야 하는 순간도 없었다. 우린 우리 자신의 모습 그대로였다. 그리고 그것으로 충분했다……. 아니, 충분해야 했다.

이때 나는 달리기를 버렸다. 슬프지만, 그 후로도 그런 일이 있었고, 그때마다 많은 대가를 치렀다. 인생의 다른 멜로드라마에 빠져 허우적거리고 있을 땐 더 이상 달리기가 필요 없다고 여긴 것 같기도 하다. 이제 맞춤 정장이 잘 맞으니, 달리기는 끝내도 되는 것 아닐까?

어쩌면 나는 이미 구원받았다고 착각했을지도 모른다.

하지만 그렇지 않았다.

열일곱 살 때 개자식 남자 친구와 사귀었던 것 기억하는가? 그때 나는 교훈을 얻지 못했고, 그래서 다시 지옥을 겪었다.

우리 사무실에 멋진 남자가 한 명 있었다. 그를 '미스터 티'라고 부르자. 그는 나보다 연상이라 성숙했다. 내가 순진한 스물한 살이었던 반면, 그는 세상물정에 밝은 스물여섯이었다. 그는 우리 회사 전체에서 휴 그랜트에 해당하는 신랑감이기도 했다.

이 회사원 아도니스를 손에 넣는 주인공이 되고 싶다는 유혹을 정말로 느꼈는지는 나도 잘 모르겠다. 하지만 팝 아이돌에게 십 대 소녀가 끌리듯이 나는 문제의 미스터 티와 가까워지고 싶었다. 그의 성숙함과 세련됨에 내 연약한 자아는 저항할 수 없었다. 멋진 외모와 독신 상태는 말할 것도 없었다.

크리스마스 즈음 어느 날, 그의 책상 쪽을 보았더니 그가 컴퓨터 모니터 주위에 은색 장식을 올려놓은 것이 보였다. 내 두뇌가 "멈춰"라는 메시지를 미처 보내기도 전에, 내 손가락은 이메일을 쓰고 있었다. 이런 내용이었다.

이메일 수신: 미스터 티

제목: 멋진 장식이네요

그것뿐이었다. 그 한마디로 나는 미스터 티와 사이버스페이스에서 연애를 시작하였고, 바로 그 순간 톰에게 등을 돌렸다.

내 어리석고 연약한 자아가 어떤 영향을 받을지 알지 못했다. 톰과의 사이를 끝냈고, 당연히 그는 슬퍼했다. 그 누구보다도 슬퍼 보였다.

미스터 티는, 음, 지루했다. 그냥 평범한 남자였다. 유쾌하지만, 번득이는 구석이라곤 없었다. 잘생겼지만, 자세히 살펴보면 지치고 누렇게 떠보였다. 특별히 재미있지도 않았다. 솔직히 말하면 그와 함께 있는 시간이 전혀 즐겁지 않았다. 그리고 그 역시 내게 실망했을 것이다. 나도 그의 세상을 뒤흔들지 못했다.

나는 미처 깨닫지도 못한 상태로 사막처럼 황량한 연애로 다시 들어갔다. 견디고, 받아들이고, 용납했다. '안주'했다. *어째서 교훈을 얻지 못했을까?* 나를 그토록 오랫동안 옥죄어온 낮은 자존감에서 벗어나지 못했기 때문이다.

사람을 사귀는 것이 내 존재를 확인해주었다. 내 연약한 자아는 내가 '충분히 좋은' 사람이라거나 '충분히 매력적인' 사람이라거나 '(아무튼)충분한' 사람임을 증명하기 위해서 남자 친구가 아니라 소도시 사무실에서 가장 멋진 남자를 쟁취해야 했다. 내 자신의 충분함을 확인해주는 사람은 결코 내가 아니었다. 결코.

나는 숱한 개구리와 키스하고, 많은 실연을 겪으면서 이후 15년에 걸쳐 내 자신을 인정할 수 있는, 인정해줄 사람은 나뿐임을 깨닫게 되었다. 그 시절에는 내가 무엇을 찾는지도 몰랐다. 찾아보려고 생각조차 안 한 곳이 나의 내면이라는 사실이 얼마나 우스운가.

게다가, 미스터 티와 사귄 이후로 이상한 욕구가 나를 사로잡았다. 곁을 비우기가 두려웠다. 그와 별개로 나만의 삶을 영위하다가 버림받게 될까 봐 두려웠다. 달리기는 거의 안 했다. 나 혼자, 내 힘으로 하는 일은 거의 없었다. 그건 내 연약한 자아가 견딜 수 없는 부담이었다. 30분이라도 달리러 나가면, 돌아왔을 때 그가 그 자리에 있을까?

이 불우한 시절 동안 단 한 번 달리러 나간 것이 기억난다. 그조차도 다시 보이지 않는 사람이 되는 것이 너무나 두려웠기 때문이다.

어쩌면 그런 일이 이미 일어나고 있음을 감지했던 걸지도 모른다…….

2015년 10월

내 과거, 내 '뚱뚱함', 내 불안이 자꾸만 상기된다. 그 사람으로 퇴행해버리면 어쩌지 싶은 두려움이 머릿속에서 떠나지 않는다. 도무지 논리적으로는 설명할 수 없는, 서글프고 외롭게 방황하던 시절을 기억하며 벌벌 떠는 사람으로. 달리기를 모르던 시절, 잘 달리지도, 빨리 달리지도, 아예 달리는 것 자체를 못하던 시절의 사람으로. '한창' 때임에도 아무리 쉬운 코스조차 가련한 몸을 끌고 달리지 못했던 사람으로. 오직 체중을 줄이는 수단으로 달리기를 시작했지만, 그 덕에 정신 건강을 지킬 수 있었던 사람으로.

어쩌면 나는 이제 그 사람이 아니라는 것, 이렇게 두려움에 몰리는 시기를 빨리 지나가야 한다는 것을 상기하는 중인지도 모른다. 어쩌면 내 몸과 열심이 이룬 결과에 감사하라는 신호일지도 모른다. 수없이 내게 능력이 있다는 것을 증명해냈고, 내 것이 될 거라고 꿈도 꾸지 못한 경험을 한 것에 감사해야 한다.

또 달리기가 물 흐르듯이 진행될 때와 내가 자유로우며 살아 있다고 느낄 때를 감사하라는 시기적절한 암시일지도 모른다. 감사가 얼마나 중요한지 넌지시 알려주는 일일지도 모른다.

더, 더, 더, 더 멀리, 더 빨리, 더 열심히, 더 멋지게, 더 가볍게, 더 날씬하게, 언제면 끝날까? 언제가 되면 그만 됐다 싶을까? 오늘은 감사와 자유, 기쁨을 되살려준다. 이런 것이 없다면, 대회는 고사하고 달리기도 계속할 이유가 없다.

나 스스로 기억해야 한다. 얼마나 멀리까지 왔는지 보렴, 레이치! 넌 이제 '그 사람'이 아니야.

미스터 티는 의도적으로 잔인한 사람은 아니었다. 그가 나를 집에 가두거나 내 차 열쇠를 훔쳐간 적은 없었다. 내 운동화를 불태운 적도 없었다. 하지만 난 열렬히, 한 순간도 곁에서 떨어지지 않았고 그가 숨 막혀 한단 걸 알았다. 어느 날, 내게도 한때는 나만의 삶이 있었음을 주장하려는 듯, 마치 이상한 제안이라도 하는 사람마냥 나는 물었다.

"달리기 좀 하고 와도 괜찮겠지?"

"그럼, 상관없지. 벤이 곧 놀러올 테니 우린 어차피 플레이스테이션 게임을 할 거야."

그가 내가 나가는 것에 진심으로 개의치 않는다는 것을 알았다.

사실, 잠시라도 내가 나가주어서 혼자 있고 싶어 하는 것 같았다.

어쨌든 나는 그놈의 플레이스테이션도 싫었고, 담배를 피우고 맥주를 마시며 도넛 연기로 공기를 더럽히며 햇볕을 차단하는 인간들이 싫었다. 그리고 그걸 계속해서 참고 있는 내 자신도 싫었다.

"언제 돌아올지는 모르겠어."

나는 이렇게 말하고 히말라야 트레킹이라도 떠나는 사람마냥 문으로 향했다.

그는 뭐라고 대답 비슷한 말을 했는데, 사실 그 의미는 이랬다.

'아, 그냥 꺼지라고, 레이첼. 지금 내가 그랜드 세프트 오토 게임 하는 거 안 보여?'

나는 미스터 티와 사귄 이후로 운동화를 거의 신지 않았다. 운동화는 불편하고 어색했다. 천천히 나와서 문을 닫았다. 젠장. 정말 오랜만이네.

머릿속에 온갖 선택지가 가득했다. 당혹스러웠다. 어느 쪽으로 가야 하지? 어느 코스로 달리지? 잠깐, 코스를 모르잖아……. 까짓 것, 도로나 곁길이나 전부 다 똑같아 보이네. 어디로 가지? 뭘 하지?

미스터 티와 함께 지낸 짧은 기간 동안 달리기를 잃어버리고, 자신감을 잃어버리고, 내 자신을 잃어버렸다. 절벽 가장자리가 점점 침식되어 바다로 떨어지기를 기다리듯이 나는 자신감이 점점 닳아 사라지는 것을 알지 못했다. 나는 압도되었다.

지저분한 도시의 골목길을 달리다가 다른 길로 접어들었다. 그

곳도 처음부터 끝까지 우울하게 생긴 쓰레기통이 늘어서 있었다. 내가 제자리에서 달리는 건가? 알 수 없었다. 그저 걸음을 멈추고 쓰러지고 싶었다. 갑자기 허전함이 나를 덮쳐왔다. 큰길로 나가니 공중전화가 있었다. 곧바로 달려갔다.

"여보세요, 나야. 저기, 나, 길을 잃었어. 여기가 어딘지도 모르겠고, 당신 집에 어떻게 가야 하는지도 모르겠어. 와서 좀 데려가줄래?"

나는 힘없이 말했다. 한심하다는 걸 알고 있었다. 어쩌면 내 느낌보다 더 한심하게 들렸을지도 모른다. 그래도 최소한 집 밖에 나오지는 않았나. 그건 큰 진전이었다.

"이봐, 레이첼. 나간 지 10분도 안 됐잖아!"

그는 짜증난 목소리로 대답했다. 그를 탓하지 않았다.

"거기서 뭐가 보여?"

"아……, 미안해. 바로 앞에 큰 에소 주유소가 있어. 큰길에 있고. 그러면 알겠어?"

나는 조심스레 말했다. 내 가련한 자아가 점점 불만스러워졌지만, 거기서 벗어날 수가 없었다.

"젠장, 레이첼. 집에서 고작 2분 거리잖아!"

그는 전화에 대고 고함쳤다. 화가 나서 말보로를 길게 빠는 소리가 들렸다.

"지금 서 있는 자리에서 돌아서서 끝까지 돌아와. 그럼 내 차가 보일 거야."

그의 음성에 따스함이라곤 없었다. 내 방향 감각에 둘이 함께 우스워하는 구석도 없었다. 게다가 그곳은 내 집도 아니었다. 남의 집이었지. 내가 쓰레기통에 버려지지 않으려고 필사적으로 붙잡고 늘어지는 상대……. 이번에도 말이다.

더 이상은 버틸 수 없었다.

다시 달리기를 찾아야 한다면, 때는 지금이었다. 이처럼 실패로 끝난 관계 내내 깎아먹은 자존감을 조금이라도 되찾아야 한다면, 때는 지금이었다. 그렇지만 나는 영혼 없이 관계에 매달려 내겐 그것이 필요하다고 스스로를 설득했다.

나는 그 관계를 그만두고 혼자 설 수 없었다. 끔찍할 것이다. 생각조차 할 수 없었다.

그래서 나는 바위에 묻은 삿갓조개처럼 미스터 티에게 들러붙었다. 마음속 깊은 곳에서는 그것이 틀렸음을, 우리는 결국 불운한 결말을 맞게 되리란 걸 알면서도 말이다. 현실 부정은 엄청난 것이다.

큰 파도 한 번이면 나는 그 바위에서 떨어져 나올 수 있었을 것이다. 비록 당시에는 고통스러웠더라도.

2015년 12월

음, 달리기의 기적적인 효능과 조울증, 불면증, 짜증, 그밖에 온갖 정신적인 문제를 치유하는 힘에 대해서 조사하는 것도 좋다. 하지만 오늘의 달리기는 전혀 다른 그림을 그려주었다. 그건 치료처럼 느껴지지 않았다. 나는 아무런 '영적 치유'도 느끼지 못했다. 각성의 순간도 없었다. 그저 더럽게 힘들 뿐이었다. 22.5킬로미터의 고역이었다.

어떻게 달리기가 내게 이럴 수 있을까? 달리기는 나를 즐겁게 해주고, 정신을 고양시켜주는데. 이제 막 깨달음을 얻었다고 느끼는데, 상황이 변해버린다. 다시 어려워진다. 다시 고민에 빠져야 한다. 왜 그래야 하는지도 모르겠다. 또 말이다.

오늘의 달리기가 그랬다. 물 흐르듯 흐르지 않았다. 자연의 아름다움에 취해 운하를 따라 둥둥 떠내려가지 못했다. 무거운 발걸음으로, 근근이 달리며 숨을 몰아쉬었다. 느릿느릿 거리를 재면서. 어떻게 그렇게 느리게 느껴질 수 있을까?

그러다가 절반 지점을 막 도는데(끝없이 느껴지는 운하 길을 도로 올라가야 한다는 사실이 여전히 원망스러웠지만 적어도 집 쪽으로 향한다는 데 감사했다), 한 노신사가 내 쪽으로 걸어왔다.

"다음 올림픽에서 봅시다!"

그는 손자를 유모차에 태워 밀며 비꼬듯이 미소를 지으면서 말했다.

"그래요. 내가 나오는지 잘 보세요."

나는 냉랭하게 대답했다.

그의 농담과 웃음소리에 기분이 상한 게 맞는지, 그저 지나치게 예민한 것인지 알 수 없었다. 그가 좋은 뜻으로 인사를 건넨 것일까, 아니면 나를 놀린 것일까? 어쨌든, 너무 지쳐서 신경쓸 수 없었다. 아직도 11.2킬로미터나 더 가야 한다니. 내 차로 순간 이동하고 싶었다. 불행히도 더 힘들고, 더 불편하게, 한쪽 발을 다른 발 앞에 디디며 이동해야 했다.

때로 달리기는 그저 힘들기만 하다. 그렇다.

바위에 더 세게 매달릴수록 손아귀 힘은 더 약해졌다. 얼마 지나지 않아 그가 나를 버렸다. 개자식 조쉬 스토리가 다시 반복된 것이다! 다만 내가 달라지지 않았고, 교훈을 얻지 못했다는 점에서 더 나빴다. 나는 새로운 기회를 얻었건만, 행복한 미래를 만드는 대신

슬프고, 불안하고, 처절한 실수를 반복해서 상실에 빠져버렸다. 게다가 이 상처에 모욕감을 더하는 것은, 진심으로 소중한 사람을 만났는데, 아무 의미도 없고 보이지도 않는 사람에게 아무 의미도 없고 보이지도 않는 것을 증명해야 한다는 어리석은 자존심 때문에 그를 놓아버린 것이다.

엄마 집에서 달리러 나갔다. 눈물이 멈추지 않았고 콧물이 달팽이 자국을 남겼고, 빗물에 뼛속까지 젖어들었다. '망할 놈의 날씨까지 날 동정하네!' 이렇게 생각하며 잠시 내 한심한 불행 속에서 뒹굴었다.

하지만 그와 동시에 세찬 빗줄기는 나를 씻어주었다. 나는 그 바람에 문득 자각에 이르렀다. *아직도 이건 할 수 있어!* 최근(사실은 오랫동안) 달리지 않았지만, 아직도 운동화를 신고 달릴 수 있어. 달릴 수 있고, 자유로워질 수 있어. *그거야……. 난 자유로워!*

그러자 그 순간. 내 인생을 가득 메우고 있던 혼란과 파괴, 흐릿한 형체에서 벗어나 눈이 떠지기 시작했다. 줄줄 흐르는 뜨거운 눈물과 뚝뚝 떨어지는 빗방울 사이로 눈을 가늘게 뜨자, 뭔가 또렷한 것이 보이기 시작했다.

아직도 내 것이 될 수 있는 미래가 희미하게 보였다. 정말로 열심히 노력한다면, 그 흐릿한 모습이 더 크고, 더 밝고, 더 강하고, 더 또렷해질 것 같았다. 법학 학위 과정은 3분의 2를 마친 상태였다. 그것을 다 마치면 내게도 선택지가 생겼다.

가차 없이 퍼붓는 빗속을 정면으로 마주하고 달리면서 그 말을 자꾸만 자꾸만 되뇌었다.

나는 자유로워!

개자식 남자 친구도, 족쇄도 없었고, 긴급 정지한 버스에서 하차했던 지점으로 돌아가 거미줄을 치우고 새로 시작한다 해도 방해될 것이 없었다. 그렇게 빗속을 달리며 한심했던 인식을 생각하던 순간, 모든 것이 분명해졌다. 달리기는 내게 자유와 선택권이 있음을 상기시켜주었고, 용감하고 옳은 선택을 할 수 있다는 믿음을 주었다. 나는 새로운 시작을 필요로 했고, 간절히 원했다. 작은 위안이 있다면 전에도 '새로운 시작'을 해본 적이 있다는 거였다. 이번에는 좀 더 잘해볼 수 있지 않을까?

나는 언제나 결승선을 통과하는 계획을 세웠다.

그래서 도중에 포기한 법학 학위 과정으로 돌아갔다. 다시 일어나 달리기 시작하자 공부는 상당히 잘 진행되었다.

내면의 부적응 자아는 학습과 재회하자 기뻐했다. 좋았어! 이건 익숙하지! 이건 할 수 있어! 내가 법규와 이론, 논문에 빠져들자, 그것은 안도의 한숨을 내쉬었다. 내 머리는, 불안에 빠져 아래로 굴러떨어지는 동안 신경 쓸 시간도 애정도 없어 거의 포기했던 법학 학위라는 엄청난 과제를 받았다. 그 목표에만 집중했고, 다행히 실패에 대한 두려움 덕분에 잠시나마 다른 지질한 문제는 사라졌다.

다시 너무나 외로워졌다. 괴로운 기억이 너무 많은 예전 대학으로 돌아가는 대신, 새로운 대학에 들어갔다. 3년짜리 코스의 졸업 학년에 아는 사람 하나 없는 낯선 학교에 들어가는 사람이 누굴까? 나였다. 내 관심은 오로지 자격증을 따는 것이었다. 지금까지의 과정을 모두 겪고 나니 다른 대안은 생각조차 나지 않았다.

마침내 학위 과정을 마치고…… 가장 당연한 진로를 선택했다. 법조계 커리어가 나를 불렀으니까. 여전히 인생 전반에 대해 어쩔 줄 모르며 특별한 야심도 없었다. 다만, 아빠가 펍에서 직장 동료들과 나눌 새로운 대화만이 머릿속에서 메아리쳤다. 아빠는 드디어 변호사 딸을 자랑할 수 있게 됐다. 나는 아빠의 꿈을 돌려주었다.

달리 더 좋은 생각이 나지 않았으니, 그것밖에 할 일이 없었다. 내 꿈은 아니었지만, 아빠 꿈이라도 따라가는 게 아무것도 안 하는 것보다는 나았다.

그저 해야 할 일

2000년 11월

여기 요크는 최소한 평지다. 집에서 새로운 코스를 발견했다. 법대 강의가 끝난 뒤 일주일에 두어 번 시내까지 달린다. 왕복 6.4킬로미터밖에 안 되지만, 그건 즐겁게 할 수 있다. '건강식품 상점'이라는 곳에 들어가서 고생한 대가로 요거트로 코팅

한 바나나를 한 봉지 사는 매우 떳떳치 못한 습관이 들었다. 그 놈의 간식에 중독되어가는 느낌이다! 왜 체중이 슬슬 올라가는지 의아해하다가 오늘 충격을 받았다. 망할 요거트 바나나에는 마스 초콜릿 바보다 더 많은 포화지방, 설탕, 칼로리가 들어 있었다! 맙소사. 일주일에 마스 초콜릿 바 여덟 개에 해당하는 것을 먹고 좋아하면서 '건강하다'고 생각했다니! 젠장, 너무 어리석었다. 좀 더 나은 새 습관을 찾아야겠다.

달리기도 늘려야 한다. 그저 해야 할 일 리스트에 체크하고 그 순간 움직이는 게 전부다. 자주 먹어대는 과자에 대한 죄책감을 덜기 위해서 말이다. 다시 체중이 늘고 있다는 건 알지만 〈팝 아이돌〉을 보면서 파스타 한 대야를…… 간식으로 먹어치우는 걸 아무렇지도 않게 여기는 남자와 데이트를 하고 있으니, 그러지 않기도 어렵다!

다시 학업에 집중하면서 검은 안개가 내려올까 항상 불안한 마음을 다잡을 수 있었고, 내게 늘 따라다니던 공부 잘하는 학생 신분으로 편안하게 돌아갈 수 있었다. 지난 몇 해 동안 받은 트라우마에

이어, 내 마음을 너무 자주 장악한 어둠을 없애고자 도움을 구했고 우울증 치료제를 처방받았다. 당연히, 프로잭은 도움이 되었다. 가차 없는 고통을 무디게 해주었고 이상하게 더 침착해지고 나를 바위에서 떨어뜨리겠다고 끊임없이 위협하는 파도에 대처하게 해주었다.

그렇지만 날마다 약으로 인해 생겨나는 멍한 감각은 내게 새로운 장을 열어주었다고 확신한다. '현실에의 안주'라는 장이다. 나른하고 축 처진 게으름이 나를 집어삼키고는 떠나지 않았다. 체중 관리는 시늉 정도였고 달리기는 점점 줄어들어 요거트 바나나를 사러 가는 구실일 뿐이었다. 그래서 소모한 것보다 훨씬 더 많은 설탕 칼로리를 섭취했다.

비록 무거운 쪽이긴 했지만 체중은 안정되었고 달리기는 여전히 필요악이었다. 바나나 가게까지의 힘겨운 6.4킬로 조깅 덕분에 청바지를 잠글 수는 있었지만(비록 스키니 진은 아니라도), 기껏해야 피해를 최소화하는 정도였다. 달리기는 다시 한 번 자격증에 내몰리는 삶의 아주 작은 일부로 전락했다. 나는 학교로 돌아갔고, 낯익은 곳에서 약간의 위로를 받았다.

달리기는 점차 줄어들기 시작했고, 집중하기 어렵고 무기력한 연애는 술과 베이글, 영화와 테이크아웃 음식이 넘치는 삶으로 나를 다시 끌어갔다. 수술 전에 줄였던 체중 일부가 돌아왔지만, 머리는 여전히 금발이었고 연애는 비록 시시하긴 했지만, 탄수화물로 인해 늘어난 체중을 지고 다니는 데 필요한 자신감을 주었다. 눈을 낮춘다는 말 있지 않은가. 나는 림보를 배우는 셈이었다.

똑같은 상황의 반복이 나타나고 있었다. 하지만 적어도 나 혼자 림보를 하는 건 아니었다.

"안녕, 레이치. 나 페니야."

페니는 평소처럼 밝고 가볍게 말했다. 그 애는 단 한 번이라도 무슨 일로 걱정해본 적이 있을까?

"아, 안녕, 펜. 어떻게 지내? 별일 없어?"

나는 남자 친구 케빈의 나무늘보용 소파에 앉아 기다란 서브웨이 샌드위치를 우물거리면서 상대의 근심 없이 발랄한 목소리를 흉내 내려고 애쓰며 말했다. 케빈도 샌드위치를 먹고 있었다.

"응, 대학은 괜찮아. 참, 좀 뜬금없긴 한데, 9월에 그레이트 노스런에 등록했거든. 집 바로 앞에서 하니까, 나가보려고. 너도 갈래?"

"아. 저런. 나는, 음 별로……"

갑작스런 제안에 놀라 말끝을 흐렸지만, 결국 이렇게 대답했다.

"생각해볼게."

나는 맞은편 소파에 앉아서 쓸데없이 긴 샌드위치를 크게 한입 베어 무는 케빈을 쳐다보았다. 그는 별로 중요하지 않은 말을 하려고 했는데, 말 대신 축축한 빵조각이 튀어나오고 녹은 치즈가 턱을 타고 내렸다. 한순간 속이 메스꺼웠다.

"있잖아, 펜."

나는 펜의 말을 도중에 자르고 말했다.

"응, 할게. 나도 할래."

하프 마라톤 도전과 소파 붙박이 사이에서 선택이 주어지자, 날마다 먹는 프로잭 덕분에 자신감이 서서히 붙기 시작한 덕분에 내가 고를 것은 단 하나였다.

페니가 생애 첫 하프 마라톤에 나가는데 함께하지 못할 핑계는 아무리 찾아봐도 없었다. 내 친구가 그런 도전을 할 만큼 용감한데, 나는 소파에 앉아 뭉개고 있다고? *해, 레이치. 올바른 선택을 하라고!*

그때가 2001년이었다. 이때 처음으로 하프 마라톤에 참가하였다. 그렇게 멀리, 그렇게 오래 달린 적이 없었고, 대회에 나간 적도 없었다. 나처럼 스포츠와 거리가 먼 사람에게 대담한 행동이었다. 어디서부터 시작해야 할지, 무엇을 하는 건지 알지 못했지만, 상관없었다. *게다가 어쨌든 하프 마라톤을 목표로 삼으면 원하는 만큼 요거트 바나나를 먹을 수 있지 않을까?*

그 정도면 충분한 동기가 되어주었다.

첫 하프 마라톤

23세

2001년 9월

해냈다! 해낸 것이다! 오늘 나는 처음 하프 마라톤을 했고 거의 죽을 뻔했다. 당연히, 내 목표는 21킬로미터를 완주하고 무사히 나오는 것이었다. 몸이 다 부서진 것 같다. 계단을 내려가지도 못하고, 변기에 앉을 때마다 아파서 얼굴을 찡그린다.

이렇게 다리가 아픈 건 처음이다. 대체 내일 어떻게 일하러 갈까? 걷지도 못하는데!

모든 게 믿을 수 없다. 스타트는 사방에 사람들이 모여 끝없는 바다를 이룬 것 같았다. 사람들은 뉴캐슬에 빼곡히 모여들어 이동화장실을 드나들거나 되는 대로 오줌을 누고 있었다. 주로 출발지점 옆의 풀이 자라는 제방 근처에다 누었다. 수많은 참가자들이 검은 쓰레기봉투에 머리와 팔 구멍을 잘라내어 입고 있었다. 이유는 모르겠지만, 체온만으로도 이미 더웠다. 내 자리에 서 있는 것만으로도 땀이 났는데, 순전히 긴장한 탓도 있었을 것이다.

수만 명의 사람들이 우리를 응원하려고 거리에 늘어서 있었다. 아이들은 젤리가 든 깡통을 내밀며 보도에 서 있었고 엄마들은 자른 오렌지를 접시에 담아 내밀고 있었다. 사실, 그건 세상에서 제일 긴 뷔페 같았다!

페니는 처음 9.6킬로 정도는 나와 함께 달리더니 내가 힘들어하며 그레이트 노스 런의 언덕이 너무 가파르다고 여기자 먼저 가버렸다. 나는 조금 걷다가 달릴 수 있을 때는 달렸다. 걸어야 하는 것이 짜증났지만 가능한 멀리까지 페니와 보조를 맞추느라 최선을 다했다.

결승점을 지나는 기분은 엄청났다. 사람들이 코스에 늘어서서 어쩌나 요란하게 고함을 지르고 환호하는지 완전히 녹초가 된 몸에 아드레날린이 솟구치는 것이 느껴졌다. 나는 끝까지 버텼고, 2시간 25분에 결승점을 지났다. 더 이상 한 발자국도 움직일 수 없는 상태였다.

대체 다른 초인들은 풀 마라톤을 달릴 생각을 어떻게 하는지 모르겠다. 도대체 어떻게 하는 걸까? 돌아서 온 것만큼 다시 달려야 한다니 생각만 해도 두려움에 온몸이 떨렸다!

첫 하프 마라톤을 마친 다음 날 아침은 힘들었다. 무릎을 굽히기도, 계단을 내려가기도, 화장실에서 앉기도 힘들었다. 대퇴근이 너무 아파서 미리 설정하지 않은 움직임을 할 때마다 비명을 질렀다. 팔다리가 찢어지듯이 아팠고 다친 걸 잠시라도 잊고 움직일 때면 통증이 전신을 내달렸다. 평소 아침대로 움직이기란 엄청난 고역이었다.

하지만 처음 받은 대회 메달은 내 자부심이자 기쁨이었다. 크고 반짝이는 메달이 파란 리본에 자랑스레 매달려 있었다. 다른 4만 명의 사람들도 그 메달을 받았다는 사실은 개의치 않았다. 이건 내 것이었으니까. 언제나 내 것일 테니까. 내 노력으로 받은 거니까. 나는 메달을 직장에 가져가서 사무실에서 걸고 다녔다. 얼간이 같았지만, 상관없었다. 그 메달은 내게 모든 것을 상징했다. 엄청난 성취감은 내 모든 경험을 초월하는 것이었다. 어떤 시험 결과나 자격증, 찬사보다 더 큰 의미였다. 내가 결코 얻지 못할 거라고 생각한 모든 것의 상징이었다.

소외되어 방에 틀어박혀 보낸 청소년기와 스스로의 스포츠 능력에 대한 불신에 견주어 볼 때, 이건 엄청난 일이었다. 이로 인해 나는 그동안 내내 거울을 보며 저주한 내 자신에 도전할 수 있게 되었다. 내 메달은 새롭게 얻은 재산이었으며 한 주 내내 걸고 다니면서 세상에 알리고 싶었다.

"이것 보세요! 내가 하프 마라톤을 완주하기는커녕, 1킬로를 쉬지 않고 달릴 수 있다고 생각한 사람은 아무도 없었다고요!"

또한 나는 내가 생각보다 훨씬 더 많은 것을 할 수 있는 사람임을 상기하기 위해 메달을 걸고 싶었다. 이것은 내가 십 대 말부터 성년 초기까지 내내 틀어박혀 있던 굴레에서 벗어나는 긴 여정의 시작이었다.

그토록 오랫동안 운동을 회피했던, 스포츠에 재능도 없고 남의 눈에 띄지도 않았던 소녀가 이제 몸을 움직여 21킬로미터나 달릴 수 있게 되었다. 몇 년 전만 해도 러닝머신에서 10분도 꾸준히 달릴 수 없었는데 말이다.

아직 무기력한 남자 친구에게서 벗어나진 않았지만, 나는 자신감과 힘을 기르고 있었다. 메달을 보며 용감해졌다. 평범함의 소파에 안주하는 대신, 도전하기 위해 일어서기를 택했다. 달리기는 내가 훨씬 더 많은 것을 해낼 수 있다고 믿게 해주었다. 훨씬 더 큰 존재가 될 수 있다고. 나와 서브웨이 샌드위치…… 그리고 소파를 중심으로 이루어지는 관계는 끝나가고 있었다.

메달을 더 받고 싶었다.

5부

바퀴 달린
쓰레기통

이 이야기는 여기서 끝나야 한다. 내가 달리기를 만나고, 자존감을 발견하고, 전도유망한 법조계 커리어와 함께 내 자리를 찾아서, 석양을 향해 달려간다는 결말이 나야 한다. 참, 내 해피엔딩에는 10 사이즈의 스키니 진이 가득한 드레스 룸과 점점 더 많아지는 대회 메달을 전시하고 완벽한 금발을 바람에 나부끼며, 아빠가 자랑스러워 눈물을 흘리며 지켜보는 가운데 결승점을 통과하는 사진들이 벽을 장식하는 방도 있어야 한다.

굳이 말할 필요도 없지만, 그건 아니다.

첫 하프 마라톤은 백만 가지로 상징적인 사건이었지만, 곧 그것은 특별한 날의 추억, 기억에 남는 순간으로 흘러갔다. 새파란 리본이 달린 크고 반짝이는 메달은 상자에 넣어 치워두었다. 그리고 몇 년 동안 꺼내지 않았다.

나는 스스로 왜곡시킨 자아상에 도전할 수 있다는 것을 증명했다. 내가 쥘 수 있으리라 생각지도 못한 몇 가지 작은 일을 성취했다. 하프 마라톤 완주도 그런 작은 사례였다. 나는 18⅓세에 만든 '지금은 할 수 없지만 배우고 싶은 것' 리스트의 7번 '달리기. 조금이라도'에 체크했다. 그 과정에서 '내 소원' 6번 '나 자신을 좋아하기. 조금이라도'에 아주 살짝 다가갔다.

자랑스러웠다. 애초에 대회에 나가기로 한 결정이 자랑스러웠다. 케빈의 소파에서 탄수화물을 흡입하는 게 훨씬 더 쉬웠을 테지만 대회를 위해 꾸준히 훈련한 것이 자랑스러웠다. 4만 명의 용감한 사람들, 저마다의 특별한 사연을 가진 사람들과 출발점에 나란히 선 것이 자랑스러웠다. 내 친구 페니와 첫 9.6킬로를 달린 것도, 마지막 몇 킬로는 조깅과 걷기를 반복했지만 혼자서 달린 것도 자랑스러웠다. 걷든 뛰든 상관없었다. 나는 결승점을 지났고 메달을 땄다. 남들처럼 말이다. 학교 시절 레이첼은 그럴 꿈도 꾸지 못했다. 몇 년 전의 레이첼은 그걸 해내지 못했다. 하지만, 이 레이첼은 그걸 해냈다.

그런데 잠깐! 현실적으로 생각해보자, 레이치! 스포츠(나 그밖에 어떤) 방면에서 위대한 꿈을 이룰 거라는 큰 야심으로 망상에 빠지거나 정신적으로 불안정해 보이지 말자. 허튼 소리 하지 말자. 네가 누군지 기억하라고!

빙빙 돌아가는 내 머릿속에서 이런 소리가 들렸다. *넌 단 한 번의 하프 마라톤을 완주했고, 그것도 아주 힘들어했어. 마라톤 완주는 할 수 없을 거야. 언젠가 손주들에게 이야기하며 메달을 꺼내 보여주는 정도이겠지. 이건 요행이었어. 이건 진짜 네가 아니야, 레이치. 그렇지? 넌 달리지 못해. 네가 온몸을 질질 끌며 이번 대회를 마치긴 했지만, 이 일이 달리기에 관해 각성을 가져다준 건 아니잖아? 어리석은 짓 하지 말고 그만 둬. 실망만 하게 될 거야.*

망상에서 후퇴한 뒤 코스를 다시 계산했고 야심을 버렸다.

어쩌면 꿈을 현실로 일구어내리란 자신감이 없어, 예전 자신의 안전한 그림자 속에 머무르길 택한 것일지도 모른다.

이 지점까지 거친 모든 탐색을 통해, 나는 단 한 가지, 정상이기를 원했다. 나는 전심을 다해, 철저히 정상이기를 원했다. 그게 어떤 모습이든지, 어떤 것이든지. 나는 정상적인 가슴이 달린 정상적인 몸을 원했다. 정상적인 친구와 정상적인 취미를. 정상적인 브라를 입고 정상적인 남자들에게 데이트 신청을 받고 정상적인 정원이 딸린 정상적인 집에서 살고 싶었다.

사실 내 머릿속은 서로 다른 내 자신 사이의 끊임없는 싸움으로 뒤죽박죽이었고 그러는 사이 내가 누구인지 잊어버렸다. *나는 금발의 사기꾼인가? 이제 저게 나인가? 그녀는 무엇을 원할까? 아니면 진짜 나는 앞머리를 기른 통통한 부적응자인가? 그녀는 또 누구며,*

내가 무엇을 하길 바랄까? 내 마음은 최근 그레이트 노스 런의 결승점을 통과한 레이첼 뒤를 따라가고 있었다. 그녀를 따라잡으려면 너무나 멀게 느껴졌다. 그래서 정상이 목표가 되었다. 나만의 뚜렷한 방향이 없으니, 그것이 당연한 목표가 된 것이다. 그리고 나는 그것을 성취했다.

나는 자리를 잡았다. 대형 상법 회사에서 수련 계약을 맺었다. 집을 얻었고 잔디 깎는 기계와 고양이 네 마리도 갖고 있다. 그리고 마지막으로 어리석은 관계를 정리하고 진짜 상대를 찾았다. 근사하고, 상냥하고, 멋지고, 아름답고, 친절하고, 진정성 있고, 성공적인 남자를 얻었다. 무대 왼쪽에서 분별의 왕자, 팀 등장.

다만 작은 문제가 하나 있었다. 그 모든 것이 거짓을 바탕으로 했다는 점.

일종의……
대처

2002년 7월

어젯밤에 요크셔 변호사상 시상식에 갔다. 젠장, 엄청난 재난이었다! 도착하자마자 샴페인을 대접받았다.

'아아! 이거 두어 잔이면 긴장이 풀리겠지.'

나는 바보처럼 그렇게 생각하고 재빨리 두 잔을 마셨다(빈

속에 우울증약과 합쳐지니 현명하지 못했다).

술의 도움으로 자신감이 생기고 처음에 두근거리던 가슴이 누그러지자 안정되었다. 시간이 흐르고 와인이 끝없이 넘쳐나자 술 덕분에 점점 더 자신이 생겼다.

부자 변호사들이 가득한 화려한 시상식장에서는 말 그대로 돈을 불태우고 있었다. 자선 경매는 점점 더 화려하고 웅장해졌고, 나는 취한 상태로 같은 테이블에 앉은 (훨씬 나이 많은)임원과 터무니없이 시시덕거렸다. 그의 재미없는 농담에 미친 듯이 웃어대며, 성욕에서 비롯한 말장난을 받아준 기억이 난다. 내 꼴이 어땠을까. 너무나 창피하다.

설상가상으로 상사가 나를 집까지 태워다줘야 했고, 나는 볼썽사납게 내 옷에다 구토를 했다…… 상사의 차에서! 월요일에 출근하기가 두렵다.

내 자신이 너무 부끄럽고 그런 식으로 모든 걸 망쳐버리다니 믿을 수가 없다.

술을 끊어야 한다.

음주는 명백히 엉망이 된 삶에 대처하는 수단이 되어버렸다. 퇴근 후 펍에 가는 사람들이 있으면 나도 곧장 함께 갔고, 그게 아니면 집에 도착하자마자 냉장고로 달려가곤 했다. *아아아, 참 좋구나……. 차가운 화이트 와인 한 잔……. 또 한 잔. 휴, 기분 좋다!*

퇴근 후에 술을 한 병씩 사러 가는 게 지겨워지자 상자로 주문한 지도 오래됐다. 와인 상자 말이다.

내 행동은 비난받을 만했다. 어느 정도, 직장 동료들과 한담을 나누고 법조계 인사들과 어울리는 것이 일이기도 했지만, 나는 그 정도에서 그치지 않았다. 대도시 생활의 일부라 치부했지만 사실 내게 즐거운 일도 맞는 일도 아니었다. 프로잭과 알코올의 콤보는 강력했다. 점점 내가 회사의 재수 없는 인간이 돼가고 있다는 생각이 들었다. 어쨌든, 그렇게 행동하고 있었다.

어찌어찌 2년간의 수련 계약에서 살아남아 상법 전문 변호사로 활동하기 시작했다. 어떻게 그럴 수 있었는지는 모르겠다. 그저 버티다 보니 살아남았고, 그럼에도 불구하고 그게 싫어 징역형이 끝나기를 기다리는 사람마냥 하루하루를 보내고 있었다. 지금도 업계 현실을 왜곡시키는 것에 짜증이 나서 법조 드라마 〈LA 로〉를 제대로 볼 수 없다.

집을 팔고서 고양이 넷과 함께 상냥한 분별의 왕자와 동거하기 시작했다. 우리는 아주 영국적이고 유쾌한 일들을 함께 했고 함께 먼 곳으로 여행을 갔다. 아빠는 감동을 받았다.

"아 맞아요, 아빠. 우리 멋진 시간을 보내고 있어요! 교토에 방금 도착했어요. 신주쿠 역에서 총알 기차를 탔거든요. 주말에는 미나미 알프스로 갈 거예요. 후지산에서 등산도 할 거예요. 다음주쯤에 만나요!"

분별의 왕자와 정착한 뒤 우리는 즐거운 달리기도 좀 했다. '즐거운 달리기'라고 부르는 것은 무엇을 하는지, 왜 하는지 몰랐기 때문이다. 뇌졸중을 일으키는 라이프 스타일 덕분에 계속 머리가 어질어질하다는 것 말고는 아무것도 알지 못했다. 아무것도 모르고 아무것도 개의치 않는 매우 건강하지 못한 생활이었다.

하지만 우리는 너무나 정상이었다.

2004년 4월

맙소사. 오늘 달리기에서 받은 충격에서 벗어나는 중이다. 정말이지 끔찍했다! 이렇게 힘든 달리기는 아주, 아주 오랜만이다. 코스 내내 완전히 잘못된 것 같았다. 처음부터 몸에서는 기운이 다 빠져나가고 정신은 산산조각이 난 것 같았다. 왠지 모든 게 내 발목을 잡아끈 느낌이다.

오늘은 전체적으로 슬펐는데 이유를 알 수가 없다. 오늘 달리기에 실망한 건 분명하다. 돌을 잔뜩 넣은 배낭을 메고 달리는 기분이었다. 온갖 일들이 마음을 무겁게 짓눌렀고 기운을 앗아갔다. 어쨌든, 지금은 맛있는 홈메이드 파이 한 쪽과 프로세코 와인을 먹었다……. 내일 아침에 그 대가를 치러야지!

이번 주말에 셰퍼드 선생님을 만나서 먹고 있는 약에 대해 상담하기로 예약했다. 몇 년째 프로잭을 처방받아 왔는데 술을 너무 많이 마셔서 효과가 없어진 건가? 어쨌든 선생님을 만나야 한다. 뭔가 이상하니까.

아무튼 주말에 네스랑 영화를 보러 갈 거다. 네스는 얼마

전에 정신과 입원 치료를 받았고, 퇴원한 지 얼마 안 된다. 무슨 뜻인진 몰라도 전화로 이야기하는 동안 네스는 모든 게 어리석었다며 웃어댔다. 금요일에 네스를 다시 만나면 좋을 것 같다. 내 엉망진창이 된 삶을 보면 네스가 뭐라고 할까.

2004년 여름, 상냥하고, 친절하고, 책임감 있고, 성공적인 분별의 왕자가 근사한 이탈리아 저택에 날 데려갔다. 나는 무슨 일이 일어날지 알고 있었다.

그의 청혼에 기쁘지 않았다. 심장이 잠시 멎지도, 떨리지도 않았다. 어른답게 조금 흥분한 척했다. 결혼하고 싶지 않았다. 어쨌든 그와 결혼하고 싶지는 않았다. 깊고 메슥거리는 슬픔이 존재 구석구석을 훑고 지나갔다. 청혼을 받고 이런 감정을 느끼는 건 아닐 텐데.

하지만, 물론, 좋다고 했다. *좋아! 좋아요! 당신과 꼭 결혼하고 싶어요, 팀! 어머나! 모두에게 알려야지!* 거짓말이 점점 늘어나고 있었다. 어떻게 많은 사람들을 실망시키고 모두의 꿈을 짓밟을 수 있을까? 그럴 수 없었다. 꾸며낸 장래의 행복을 위해 우린 데브넘 백화점까지 동원시켰다.

항상 가식이었다. 등 뒤에서 회사 사람들이 쑥덕이는 소리가 들리는 것 같았다.

"불쌍한 팀. 저런 여자랑 엮이다니."

그들의 말이 옳았다. 가끔은 그가 스스로를 망쳐가는 나를 막지 못하고 그 과정에서 자신도 망가뜨리는 것에 화가 났다. 그런 식으로는 절대 행복해질 수 없었다. 그는 달래고, 이해하고, 설명하고, 설득하고, 변명하고, 참았다. 그는 항상 더 나은 대우를 받을 자격이 있었는데도, 내가 완전히 멍청이처럼 굴게 해주었다. 나는 그가 내 행동에 맞서게 했지만, 그는 그러지 않았다. 내가 더 심하게 밀어붙였다면, 더 나쁜 행동을 했다면, 그와 다른 이들의 꿈을 망치는 사람이 되지 않았을지 모른다. 나는 그가 떠나갈 변명을 내놓길 바라고 있었다.

하지만 그는 그러지 않았다.

나는 스스로를 끼워 맞출 수 있다고 생각한 삶 속에 적응하려고 했다. 그저 달아나고 싶은 맘을 묵묵히 견디며 연기했다.

술을 마셨다. 아주 많이. 술이 연기에 도움이 되었다. 긴장을 풀고, 느슨해져서, 자신 있는 척하고, 회사의 엉터리 파티에서 즐기는 척하는 걸 도와주었다. 술은 진실을 깊숙이 감추어 내가 그것을 드러내고 나의 슬픔과 직면하지 못하도록 해주었다. 내 삶의 작은 일부만 거짓이 아니었다. 전부가 거짓이었다. 속이 썩은 사과처럼, 삶의 어떤 부분도 멀쩡하지 않았다. 어느 한 구석도 썩지 않은 데가 없었다.

내 인생을 싫어하는 데서 느끼는 죄책감은 더욱 심했다. 사실

난 행복해야 하지 않나? 대체 넌 얼마나 고마운 줄 모르는 거니? 이 모든 것이 주어졌는데, 공허하고, 냉랭하고, 외롭다니. 나는 자주 스스로를 꾸짖었다.

"네가 가진 걸 봐! 이걸 가지고도 고마워할 줄 모르다니, 네가 사람이냐?"

사실이었다. 나는 가진 것이 많았다. 정상도 가졌다. 하지만 그건 나를 숨 막히게 했다.

어느 금요일 밤, 친구 네스와 만났다. 네스가 정신과 입원 치료를 받았다는 이야기를 들었는데, 무서웠다. 네스는 미친 걸까? 좋든 싫든 그런 짓을 하다니 너무나 잔인하고, 비자발적이며, 수동적인 일 같았다. 네스가 걱정이 되면서도 궁금했다. 나도 정신과 입원 치료를 받으라고 할까? 그럴 수 있겠지. 나는 미쳤으니까. 내 인생이 완전히 미쳐 돌아가니까. 젠장! 그러면 어쩌지? 나는 입 다물고 있는 게 낫겠다고 여겼다. 혹시 모르니까.

우리는 영화를 보러 가기로 했다. 네스가 어떤 모습일지 알 수 없었다. 제정신이 아닐까? 미친 사람 같을까? 다를까? 괴상망측한 옷을 입고 머리를 산발하고 있을까? 시도 때도 없이, 내내 울까? 네스가 울면 나는 뭐라고 할까?

만나보니, 네스는 완전히…… 정상 같았다. 그렇다. 또 그 단어. 그래, 그거다. 네스에게서 눈에 띄는 정신적 고통의 기미가 전혀 없는 것이 충격적이었다. 더욱 혼란스러운 것은 네스가 농담 잘하는 평소 모습 그대로였던 것이다.

"그래서 어떻게 된 거야, 네스?"

나는 너무 무거운 분위기로 몰고 싶지 않아서 이렇게 물었다. 네스도 그건 결코 바라지 않을 테니까.

"아 그거!"

네스는 커다란 웃음으로 대답했다.

"미친 짓이었어, 레이치. 정말로. 날 봐! 멀쩡하잖아!"

네스는 그 모든 것이 실패한 코미디였다는 듯이 웃어댔다.

그 일에 대해서 더 캐묻지 않았다. 네스는 '정상'일 때처럼 보였고 우리는 즐거운 시간을 보냈다. 나와 네스는 마음 터놓고 깊이 대화하는 사이가 아니었다. 서로의 어깨에 기대 우는 사이도, 고민을 나누는 사이도 아니었다. 그것은 마음속 깊이 묻어놓고 웃어넘긴 것 같다.

약간 안도하며 집으로 돌아왔다.

'음, 다행히 괜찮아 보이네. 예전과 다름없이.'

그래서 나는 그렇게 지냈다. 하지만 그 단어, '정상'이 자꾸만 머릿속에서 떠나지 않았다. 남들이 바라는 내 인생에 휩쓸리게 된 까닭이 무엇인지 잘 알고 있다. 나는 다음과 같은 내면의 압박의 산물이자 희생자였다.

……을 가져야 된다는 압박

……가 되어야 한다는 압박

……와 결혼해야 한다는 압박

……에 살아야 한다는 압박

……을 사야 한다는 압박

……를 타야 한다는 압박

……를 소유해야 한다는 압박

매일 눈 뜨는 순간부터 이런 메시지가 내게 몰려들어 윙윙거리면서 맴돈다. 용감한 사람만이 이렇게 말할 수 있다.

"버스 세워요. 내리고 싶으니까."

나는 그렇게 용감하지 않았다.

그래서 팀과 함께 결혼 계획을 세우기 시작했다. 우리는 교외에서 행복한 삶을 꾸렸다. 그는 화요일에 쓰레기통을 비워주었다. 일요일 저녁에는 양가 가족과 식사를 했다.

나는 자기계발 서적을 많이 샀다.

그리고 노력했다. 진짜로 노력했다.

만약, 네가 알았다면
어땠을까?

37세

2016년 1월

오늘은 직장에서 달리기 시작했다. 내가 그곳을 아는지도 몰랐다. 예전에 다니던 학교 옆, 그 친구가 살던 곳 근처에 있다.

묘지는 한 번도 본 적이 없었다. 전에는 그 묘지가 거기 있는지 몰랐다.

풍차를 향해 도로를 달리면서 네스를 생각했다. 언제나 그렇지만, 왜 그랬을까 생각했고, 내가 왜 몰랐을까 생각했다. 네스가 지금 있는 곳이 어디든지, 달리는 나를 볼 수 있는지 궁금했다. 아무리 노력해도 침착하지 못한 바보 레이첼이라고 키득거리면서 말이다.

네스가 보고 싶다.

네스는 오늘 나와 함께했다. 네스는 알지 못하겠지만, 힘겹게 달리는 내내 몇 번이나 내 옆에서 도와주고 있다.

주방 문을 활짝 열고서 고양이들이 널찍한 교외 잔디밭에서 노는 걸 보다가 전화를 받았다.

"레이치? 너니?"

"응, 그럼. 물론 나지! 안녕, 펜! 어떻게 지냈어?"

햇빛 덕분에 기분이 밝고 가벼웠다.

"저기……."

침묵.

"페니? 왜 그래? 나야. 무슨 일이야?"

침묵이 점점 더 심해졌다.

"페니? 대체 무슨 일인데?"

내 얼굴에서 미소가 사라졌다.

"네스가. 레이치. 네스 어머니가 발견하셨대."

좀 더 자세한 이야기가 있었지만 더 이상 들리지 않았다. 다리에서 기운이 쫙 빠져나가며 몸이 바닥에 주저앉았다. 울음이 나왔다. 내 몸에서 그런 소리가 나올 수 있는지조차 몰랐다. 압도적인 슬픔과 비탄, 고통에 죄책감이 스며들었다.

그렇다. 죄책감.

혼란스럽고 위선적인 삶 속에서, 온갖 거짓말과 꾸민 행복 가운데, 나는 네스를 잊어버렸다. 내 자신밖에 보이지 않는, 프로잭으로 유지하고 술로 마비시킨 엉터리 세상 속에서, 나는 네스가 괴로워하는 것을 알아차리지 못했다. 어쩌면 네스도 정상이 되려고 노력하고, 연기하고 있었을지 모른다. 바로 나처럼.

내 슬픔과 불안, 거짓 삶 뒤에 감추어진 현실을 숨기는 데 너무나 급급했다. 너무 부끄러워서 그 모든 게 얼마나 엉망진창인지, 나 자신은 얼마나 더 엉망진창인지 인정할 수 없었으니까.

내가 용감하게 그걸 인정했으면 어땠을까? 네스에게 마음을 열고 내 완벽해 보이는 삶이 거짓말로 점철된 거라고 말했다면 어땠을까? 끝나지 않는 내 갈등과 우울증 치료제에 대해 이야기했다면? 짝짝이 가슴도? 방황이라는 상태도? 내가 자신 있어 보이기 위해 술에 의존하는 것과 스스로의 가치에 등을 돌리고 일하는 것을 네스가 알았다면? 날마다 나를 집어삼키는 숨 막히는 외로움을, 내 결혼식조차 두려워하는 것을 네스가 알았다면?

이런 것을 알았다면 네스에게 도움이 됐을까? 네스가 무슨 일을 겪든지, 얼마나 심하든지, 자신과 같은 불쌍한 싸움을 겪고 있는 우리가 아주 많다는 것을? 비록 우리가 겉으로는 '정상'인 척, 모든 것을 가진 척하더라도 말이다.

그 질문이 머릿속에서 떠나지 않았다. 네스가 알았다면? 그랬으면 네스를 구할 수 있었을까? 알 수 없는 일이다.

네스는 항상 웃음과 뻔뻔함, 장난으로 가득했다. 고등학교 시절부터 우리는 항상 네스에게 모였다. 그냥 너무, 근사했으니까. 네스는 내가 우습다고 생각했고, 나와 함께 웃기도 하고, 나를 놀리기도 하며 즐거워했다. 여자 친구 셋이 코스로 여행을 가기도 했다. 네스와 케이트는 나보다 훨씬 더 파티를 즐겼다. 어느 날 밤, 그들은 짧은 스커트와 상의를 입고는 시내로 가서 보드카를 마시기로 했다.

"너 정말 안 갈 거야, 레이치?"

네스가 열다섯 번쯤 물었다.

"응, 안 갈래. 오늘밤에 여기서 지내는 게 더 좋아."

나는 수영장 안전요원 앤디에게 연애편지를 쓸 생각에 그렇게 대답했다.

"좋아. 그렇다면!"

네스는 이렇게 대답했고, 나는 프링글스를 씹어대며 케이트가 가무잡잡하게 태운 납작한 배를 드러내고 뛰어다니는 것을 보았다.

"네스, 여기 와서 발코니 벽 앞에 서봐. 나가기 전에 사진 찍어줄게."

내가 말했다. 납작한 마호가니 빛의 배를 드러낸 케이트만큼, 네스도 아름다웠다. 네스는 우스꽝스러운 포즈를 취했지만, 나는 (다행히)조금 늦어 그 애가 자연스럽게 웃는 모습을 찍을 수 있었다. 찰칵!

이튿날 아침, 아니 오후 그들이 깨어났다. 보드카를 주량보다 더 마시고 눈이 퉁퉁 부은 네스는 최대한 숙취를 다스리려 했다. 나는 그 이야기를 털어놨다.

"무슨 짓을 했다고, 이 바보야?"

나는 발코니 뒤에 숨었는데, 불행히도 그곳은 수영장을 마주하고 있었다. 내가 수영장 안전 요원 앤디에게 연애편지를 쓴 이야기를 하자 네스는 배를 잡고 웃어댔다.

모래가 버석거리는 축축한 타월 뒤에 웅크린 채, 나는 내 나름의 논리를 펼쳤다.

"하지만, 그 사람이 정말로 좋다니까, 네스. 착해 보이잖아. 영국으로 돌아오면 나랑 연락하고 싶을지도 모르지. 혹시 모르잖아. 법률 조언이 필요할지?"

네스는 배를 잡고 구르며 웃으면서 발코니 밖을 내다보았다. 진정한 친구였던 네스는 앤디의 움직임을 알려주었다.

"음, 여길 보고 웃는 걸 보니까 편지를 잘 썼나 보네! 정말로 법률 조언이 필요한가 봐!"

한 번 더 깔깔 웃어댄 뒤, 둘은 수영장으로 나갔다. 나는 발코니에서 꼼짝도 못하고 파란 대문으로도 수영장 안전 요원 앤디에게도 다가가지 못했다.

몇 년밖에 지나지 않았지만, 사진 속 내가 찍은 아름다운 네스, 생명력과 장난기가 가득한 채 발코니 벽 앞에 서 있던 네스는 관 위에 가만히 놓였다. 그 애가 카메라 렌즈를 보며 웃고 있는 모습이 보였다. 하지만 네스는 관 속에 있었다. *네스가 알았다면 어땠을까?* 나는 상자 위에서 아름답게 웃는 얼굴을 보며 앉아 있었다. 그리고 내 상냥하고 불행한 신랑감 옆에서 울었다. 네스가 알았다면?

나는 분별의 왕자와 함께하던 시절 내내 네스가 그리웠다. 길을 잃고 외롭게 헤매는 느낌이었다.

네스는 내 결혼식에 오지 못할 것이다. 네스에게 사실대로 말하고 싶었다. 어쩌면 우리 사이의 유일한 차이는 내가 온갖 거짓말을 꾸며낼 수 있었던 것뿐일지 모른다고.

무기력에서
빠져나오기

2005년 2월

어젯밤에 웨이크필드 해리어스 달리기 클럽의 여자 회원들과 달리러 나갔다. 정말 힘들었지만 그들과 함께 달릴 수 있었다. 팻이라는 나이 많고 상냥한 분이 나를 보호해주었고 헉헉거리면서도 대화를 좀 나눌 수 있었다.

그분이 어떻게 그렇게 잘 달리는지 알 수가 없다. 이런 말을 해도 좋을지 모르겠지만, 엄마 나이인데 말이다. 영감을 받는다는 게 바로 이런 거다! 그분은 항상 얼굴에 미소를 짓고 있고 그 누구보다 행복해 보였다. 나도 그분이 갖고 있는 것을 갖고 싶다(프로작은 아닐 게 확실하다).

우리는 가볍게 6.4킬로를 달리기로 했지만 실은 9.6킬로나 달렸다! 마칠 때 한 사람이 이렇게 말했다.

"아, 이러는 데 익숙해질 거예요. 팻은 항상 얼마나 달릴지 정한 다음에 그보다 더 멀리 달리니까. 앞으로 참고해두세요. 팻이 알려준 데서 항상 3.2킬로를 더해요. 그러면 비슷해질 거예요."

집에 돌아오니 활기가 넘치고, 배가 고팠다. 너무 많은 양의 간식을 먹고, 로제 와인 반병을 마시고, 에너지 초콜릿 바를 흡입했다.

"팀! 그거 알아?"

나는 위층의 팀에게 외쳤다.

"결국 9.6킬로나 달렸어! 신났지만, 완전히 지쳐버렸어!"

"와, 셰필드 하프에서 날 이기겠는걸!"

그가 대답했다.

내심 그의 말대로 되길 바란다……. 해리어스 클럽과 함께 달리는 것은 훈련에 큰 도움이 될 것이다. 굉장히 긴장되긴 하지만, 너무나 재미있다! 화요일 밤에 그들과 계속 달릴 수 있다면 셰필드 하프 마라톤에 참가하기에 어느 정도 적당한 몸이 될 것이다. 몇 달 뒤 결혼식은 말할 것도 없고!

괴로운 현실이 온몸에서 기운을 앗아가면서 달릴 의욕이 사라졌기 때문에 지역 달리기 클럽 가입에 대해 조심스레 문의해보았다. 심각한 의욕 상실에 시달리고 있었고 목적도 없이 절뚝이며 달리는 것은 아무런 도움이 되지 않았다. 게다가 웨딩드레스도 입어야 하는데!

아마도 이것이 첫 번째 신호였을 것이다. '진짜로' 달리는 사람들 사이에서 망신은 당하지 않을 거란 자신감과, 좀 더 지지받는 느낌을 원하게 된 조짐. 그리고 술과 베이글, 적응 안 되는 회사 생활로부터 더 이상 피해받지 않으려는 약간의 시도였을 것이다.

"오, 그냥 나오기만 하면 돼요. 잘할 수 있을 거예요!"

상냥하고 나이 지긋한 신사가 전화로 이렇게 말했다.

머릿속의 불평을 잠재우면서, 긴장으로 속이 메슥거렸다.

"레이치, 남과 나란히 달리지 못할 거야. 그럴 리가 없어! 모두 너보다 빠를 거야. 넌 완전히 바보 취급당할 거라고. 기억해. 넌 달리는 데 소질이 없어!"

30분은 일찍 도착해 차에 앉아 있자니, 시동을 걸고 곧장 집으로 돌아가고 싶은 마음이 간절했다. 아무도 모를 테니까! 하지만 몇 년 전 그레이트 노스 런과 소파의 갈림길에 섰던 일을 기억했다. 나는 차에서 내렸다.

모임 리더인 팻과 이야기를 나누는 동안 팻은 내가 가입하려는 목적을 알아냈다.

"아아아, 결혼하는군요? 정말 신나겠어요!"

그녀는 힘도 들이지 않고 내 옆에서 가볍게 달리며 이렇게 말했고, 나는 말수를 줄이려 애쓰고 있었다.

"네, 헉…… 그리고 다음달에 셰필드 하프 마라톤에도 나가요."

나는 팻이 길게 대답하면 한동안 말을 안 해도 되길 바라면서 이렇게 말했다.

"훌륭해요!"

팻이 신이 나서 말했다.

"그 준비를 도와줄게요, 레이첼. 염려 말아요!"

팻은 속도를 높였고 나는 주차장이 앞에 나타나는 것을 보고 마음이 너무나 놓였다.

팻이 마음에 들었다. 그녀는 걸어 다니는 행복 그 자체였다. 그

녀와 화요일 저녁마다 달리며 이야기를 나누는 것이 즐거웠고 그것
이 새로운 일과가 되었다. 상냥한 팻과 몇몇 달리기 친구들과 함께
하면서 차츰 자신감이 붙었다.

첫 주에는 6.4킬로, 그 다음주에는 8킬로를 달렸다. 조금씩 더
거리를 늘려 9.6킬로, 그 다음에는 11.2킬로를 달리자 놀라웠고 매번
나갈 때마다 자부심과 자존감이 높아졌다. 갑작스럽고 기적적인 자각
이 아니라, 서서히 일어나는 변화였다. 달리기는 꾸준히, 이번에도 역
시 내가 가장 필요로 할 때 내 삶 속에 돌아왔다. 부드럽고 겸손하게.

조금씩 자신감이 붙으면서 아주 조금씩 엔도르핀이 분비되자
아직 출렁이는 파도 위였지만 기분 좋게 들뜨는 느낌이었다.

또한 달리기는 나를 각 잡힌 정장 바지와 12사이즈 웨딩드레스
에 집어넣기 위해서 그 당시 꼭 필요한 것이기도 했다.

머릿속에서는 절망과 부인이 떠나지 않았고 결혼 자체도 너무
나 멀게 느껴졌다. *1년이란 긴 세월이야!* 나는 이렇게 스스로를 설득
하곤 했다. 그렇게 현실을 부정하면 잠시 유예를 얻었고 나는 그날이
올 거라는 사실을 인정하지 않고 살아갈 수 있었다. 머리를 모래 속
에 파묻고 현실을 회피하는 데 최선을 다했던 것이다.

달리기는 서서히 내게 돌아왔지만, 와인과 초콜릿, 프로젝이 아
직은 내 마음을 사로잡고 있었다.

2005년 5월

와, 죽을 것 같다. 오늘 셰필드 하프 마라톤에 나갔다. 이번에도 언덕에서 굉장히 힘들었고, 최근에 너무 기운이 없었던 것도 발목을 잡았다. 팻과 하는 화요일 밤 훈련을 좀 더 일찍 시작했으면 좋았을 걸! 클럽에서 훈련은 아주 잘하고 있었지만, 다른 기운 빠지는 자잘한 일들 때문에 곁길로 샜다. 우리 결혼식 같은 것 말이다!

아주 빠르게 출발했고 처음 몇 킬로는 날듯이 달렸다. 팀이 내게 이렇게 말했다.

"아이고, 레이첼. 지금 킬로당 5분 18초 속도로 달리고 있어."

나도 시계를 내려다보고 믿을 수가 없었다.

"속도를 늦추지 않으면 실패할 거야."

그가 이렇게 말해서 나도 속도를 좀 줄였다. 그런 속도로 계속했다면 엄청난 기록을 냈을 것이다. 하프 마라톤에서 1시간 50분 이하로 들어온 적이 없었으니까. 하지만 그의 말이 옳았다. 그런 어리석은 속도로 계속했으면 우린 죽었을 것이다.

내 친구 에이미도 달렸다. 에이미는 기분 나쁠 정도로 빠르고 미친 기록으로 마쳤다. 아마 1시간 30분대였던 것 같다. 대체 어떻게 그렇게 빨리 달릴까? 그런 기록을 내는 것보다는 1인승 달 우주선을 가질 가능성이 높을 거 같다!

어쨌든, 이제 허니문에서 돌아왔으니 다시 훈련을 시작해야 한다. 최근에 해리어스 클럽 달리기를 자꾸 빼먹었고 다시 느리고 무거워진 느낌이다. 그리고 이게 말이 되는지 모르겠지만, 더 슬퍼진 느낌이다. 오늘 하프 마라톤이 그렇게 힘들 줄 몰랐다. 달리기를 멈추고 잠시 걷기도 했는데, 너무나 짜증났다.

집으로 돌아와서 팀과 대회 이야기를 했다. 에이미가 얼마나 빠른지 이야기했다. 팀은 아무 생각 없이 이렇게 말했다.

"당신이나 나나 달리기 체질은 아니야, 레이치. 앞으로도 그럴 일은 없을 테고."

그게 무슨 소릴까? 그는 키 188센티미터에 배가 나왔다. 나는 175센티미터에 문제적인 식습관 덕분에 배가 나왔다. 어쨌든 그 말에 기분 좋지 않았다.

아니, 분했다. 왜 나는 괜찮은 달리기 선수가 될 수 없을까? 날 가로막는 게 뭘까?

일어나 보니 우린 부부가 되어 있었다. 그랬다. 머리가 아팠다. *젠장. 몇 시지?* 몸을 뒤집을 기력도 없었다. 모든 것이 그냥 안 좋은 정도가 아니었다.

"아래층에 내려갈 수가 없어, 팀."

입안은 모래구덩이 같고 공중 화장실 맛이 났다.

"아무도 만날 수가 없어. 어, 나 아마⋯⋯."

나는 침대에서 튀어나가 아름다운 도자기 화장실의 흠결 없이 하얀 변기에 어젯밤에 먹은 오리고기와 뵈브 클리코 샴페인을 또 게 워냈다.

결혼식 아침식사는 걸렀다. 손님들은 신데렐라 신부가 어디로 사라졌는지 의아했을 것이다. 아니, 그중 몇 명은 내가 어디선가 변기를 부여잡고, 스프레이를 잔뜩 뿌린 머리카락을 뒤로 잡고서 구토 중이라는 것을 (정확히)짐작했을 것이다.

나는 해가 중천에 뜨고서야 마침내 결혼식장에서 몰래 빠져나갔다. 파파라치를 피하는 유명인처럼, 불필요한 코트를 껴입고 커다란 선글라스를 썼다. 적절하게도 구름이 잔뜩 껴 있었다.

우리는 그날 이후 환희에 찬 얼굴을 보여주기 위해 성실히 양가 가족을 방문했다. 내 얼굴은 누렇게 떠서 얼룩덜룩했다. 빙빙 도는 것처럼 보이는 그들의 식탁에 앉아 있을 때까지도 머릿속이 진정되지 않았다. 가시지 않는 숙취 탓도 있었지만, 주로 충격 탓이었다. 내 몸속의 나침반이 GPS 시그널을 찾지 못해 멈춰버린 것이다.

여긴 어디? 난 뭐 하는 거지? 이곳에서 어떻게 탈출하지?

그때, 생각할 수 있는 최악의 순간, 시어머니는 내게 신이 나서 이렇게 말했다.

"그럼 아기 소식이 들릴 때를 위해 웨딩 케이크 맨 위층은 잘 보관해두마!"

아주 작으나마
기대되는 일

2006년 4월

난 여기 어울리지 않는다. 사는 곳도, 직업도, 삶도 맞지 않는다. 갇힌 것 같지만 탈출할 방법을 모르겠다.

상냥한 팻과 해리어스 회원들과 화요일에 달리는 덕분에 겨우 제정신을 유지하고 있고, 직장 맞은편 힐튼 호텔의 고급 체육관에 등록했다. 큰돈이 들었지만 무슨 상관인가? 길을 잃어버린 것 같은 기분을 다스리는 데 도움이 된다고 믿는다. 바로 그거다. 나는 길을 잃고 덫에 걸린 것 같다. 체육관에 가서 달리는 것만이 유일한 탈출구다.

결혼이 또 '실수'였다고 말하면 아빠가 가슴 아플까? 호화로운 결혼식 비용으로 아빠가 몇 천 파운드는 족히 내셨으니 더욱 그렇겠지.

아니면 당신 자신도 겨우 아슬아슬하게 제정신을 지키고 있으니 내가 살짝 밀기만 해도 무슨 일이 벌어질지 모른다는 걸 알면서도 엄마에게 털어놓아야 할까? 엄마는 내가 정착하길 원하지, 엄마처럼 불안정한 길을 가길 원치 않는다.

하지만 나는 거짓의 삶을 살고 있고, 나도 그걸 알고 있다.

얼마 전에 체육관에서 피오나라는 개인 트레이너를 구했다. 피오나는 부상 때문에 대회 출전을 쉬고 있는 국제 7종 경기 선수다. 피오나라면 점심시간의 운동을 더 재미있고 집중적이고 뚜렷한 목표를 가진 활동으로 바꿔줄 것 같다. 체육관 가는 건 좋아하지만(우울하고 지루한 하루 중 가장 즐거운 부분이니까) 조금 더 다양하게 운동해보기 위해선 새로운 아이디어가 필요하다. 그렇지 않으면 늘 하던 대로 똑같이 지루한 러닝머신 걷기만 반복하게 될 것이다. 웨이트는 너무 두렵다. 무엇부터 시작해야 할지 모르니까.

웨이트를 한번 해보고 어떻게 되는지 볼 생각이다……. 혹시 모르지, 새로운 내가 시작될지!

거의 매일, 12시가 되면 갇혀 있던 사무실에서 벌떡 일어나 체육관으로 곧장 달려갔다. 점심시간이 끝난 지 한참 뒤에도 거기서 머무르는 날이 많았고, 남의 눈에 띄지 않고서 책상으로 돌아가려고 노력했다. 개처럼 헉헉거리며, 젖은 머리로, 화장도 하지 않고 골프 백 사이즈의 운동 가방을 들고 있으면 그러기도 쉽지 않았지만.

하지만 체육관에 날마다 다니는 것은 도움이 되었다. 너무나 비참한 하루 중에서 아주 작으나마 기대되는 일이 생겼다. 우연히 다시 운동을 시작하였다. 삶에 아무런 방향이 없는 와중에 제정신을 조금이라도 지키려는 시도였다. 왜 운동이 도움이 되는지는 알지 못했다. 그저 어쩐지 기분이 나아지는 것만 알았다. 지금 생각해보면, 소독약 냄새 나는 사무실을 잠시나마 벗어난다는 자체, 몸을 움직이는 행동, 분비된 엔도르핀이 점심시간을 하루 중 가장 즐거운 시간으로 만들어줬다.

점점 더 무미건조해지는 운동 일정으로 흥미가 떨어질까 봐 개인 트레이너를 구했다. 일주일에 한두 번 피오나를 만났고 다른 날에는 주로 혼자 운동했다.

남이 내 운동 계획을 잡아주니 혼자 머리 굴릴 필요가 없다는게 좋았다. 아침 내내 일하느라 혈관 속에 스트레스 호르몬 코르티솔이 가득할 때면 선택하기가 어려웠다. 반복 횟수와 세트, 훈련 사이클을 생각하는 것은 고사하고, 문장 하나도 제대로 만들지 못했다. 피오나와의 훈련은 집중적인 운동이 아니었다. 푸근하고, 힘을 주는, 비싼 도움의 손이었다.

하루는 점심시간에 평소처럼 운동하러 체육관에 갔다.

"안녕하세요, 레이치! 좋아요! 시작합시다. 자전거에서 워밍업하고 위층 스튜디오에서 새로운 플라이오메트릭 운동을 하죠!"

피오나는 나의 무거운 무기력과는 너무나 대조적으로 신이 나서 외쳤다.

"정말 미안해요, 피오나."

내가 불쑥 말했다.

"못하겠어요. 도저히, 훌쩍, 뭘 해야 할지 모르겠어요, 훌쩍."

나는 그만 울음을 터뜨렸다. 가짜로 사는 삶이 내 몸에서 기력을 남김없이 앗아갔다. 나는 어쩔 수 없이 도망치는 길을 내달리고 있었다.

"어, 이봐요, 레이치. 괜찮아요. 정말 괜찮아요. 내 말 들어봐요. 오늘은 하루 쉬어요. 자, 그렇게 나쁠 일이 뭐가 있어요."

피오나는 놀라 어리벙벙한 표정으로 말했다.

나는 그녀의 얼굴에 당혹한 기색이 스쳐 지나가는 것을 보았다. *젠장. 나는 트레이너이지 망할 상담사가 아니라고!* 그녀의 머릿속이 나를 위로할 적당한 말을 찾느라 애쓰고 있었기에 미안한 마음이 들었다. 그녀는 내 헛소리를 들으려고 돈을 받은 게 아니었으니까. 그건 내가 알아서 해결할 일이었다.

공정하게 말해서 나는 엉망이 된 삶을 정리해보려고 상당한 노력을 하고 있었다. 자기계발 서적에 큰돈을 투자했다. 동네 서점은 내게 사막의 오아시스가 되고 있었다. 내가 빠진 이 굴에서 독서와 공부로 빠져나가겠어!

수없이 많은 책을 샀다. 글을 써 인생의 치유를 실현하는 법을 읽었다. 걱정을 멈추고 삶을 시작하는 법을 배웠고 내 치즈를 누가 옮겼는지 고민했다. 성공의 원칙과 지금의 힘에 대해 연구했다. 스크랩북을 사서 잡지에서 기사를 오려 붙이고 장차 삶의 '비전 보드'를 만들었다. 그건 내가 현재 처한 현실과는 조금도 닮지 않았다. 아아, 그리고 나는 '크게 생각하라'는 책 속의 격려를 완전히 새로운 차원으로 옮겨놓았다.

"이민을 가야겠어, 팀. 완전히 새로운 곳으로 가서 새로 시작하는 거야."

어느 날 네 가지 색깔의 빈 그릇에 고양이 사료를 담아주면서 불쑥 이렇게 말했다.

"캐나다! 캐나다 어때? 거기 너무 좋았잖아! 자유롭고 야외가 멋지고. 공간도 넓은 데서 새로 시작할 기회가 생길 거야."

문제는, 농담이 아니었다는 것이다. 나는 굉장히 진지했다.

"브리티시컬럼비아는 아주 가깝게 느껴져."

내가 말했다.

"조사를 해봤는데, 우리가 좋아하는 게 다 있는 곳이더라. 여기처럼 계속 잿빛으로 흐린 날씨가 아니라 계절도 뚜렷하고, 주말에 스키도 탈 수 있어! 그럼 얼마나 멋질까?"

우리가 곧바로 짐을 싸서 아주, 멀리 있는 곳으로 떠나야 한다는 말에 팀은 어안이 벙벙해서 주방에 서 있었다. 하지만 적어도 그는 그럴 가능성을 제외시키진 않았다. 문이 살짝 열리자 나는 온 힘을 다해 그 문을 밀어볼 생각이었다. 달아나고 싶었다.

큰 꿈을 꿔, 레이치. 크게 생각해. 책에서 다 그렇게 말하잖아. 모든 걸 크고 장대하고 원대하게 해야 해. 지금 이 서글프고 말도 안 되는 삶을 뻥 걷어차 버리고 더 크고, 더 나은 새로운 삶으로 떠나자 고! 그래! 그러자! 그냥 짐을 싸서 떠나자고. 그때는 몰랐지만, 나는 내 삶에서 달아나고 싶었다. 내 자신에게서.

어느 날, 보더스 서점의 선반 구석에서 조그만 자비 출판 책 한 권을 발견했다. 마치 누가 자기 집 거실에서 인쇄한 것 같은 모양새로, 작고 소박해 보이는 것에 끌렸다. 이런 책이 여기에 어떻게 놓인 걸까? 궁금했다. *저자가 누가 한번 들어보길 바라면서 적당한 자리에 몇 권 가져다놓은 걸까? 그렇다면 그 계획은 효과가 있었다*(그리고 사실과 그다지 동떨어진 짐작도 아니었다).

이 작고 소박한 책이 나를 사로잡았다. 《할 수 있다고 믿으라!》라는 제목의 그 책은 매우 평범한 남자가 마라톤 드 사블에서 달리는 굉장한 경험을 솔직하고 담담하게 적은 것이었다. 읽어보니, 이 마라톤은 세상에서 가장 힘든 대회였다. 6일 동안 필요한 물건(물 포함)을 모두 들고 49도에 육박하는 열기 속에서 사막을 가로질러 251킬로미터를 달리는 것이다. 그 책을 사서 1시간도 안 되어 처음부터 끝까지 다 읽었다. 그리고 다시 읽기 시작했다.

이야기는 내 마음속 깊은 곳을 건드렸다. 주인공도 역시 우울증의 악마와 싸우던 사람이었다. 그는 싸워 이겼다. 사막을 가로지르는 경주는 그 혈투의 정점이었다.

앞표지를 넘겨보니 저자 클라이브 고트의 이메일과 웹사이트 주소가 있었다. 그는 독자들이 직접 연락을 취하고 자신의 경험을 나누고 그에게서 영감을 얻도록 적극적으로 장려했다. 웹사이트를 보니 '감동적인 연설가'라는 소개가 있었다. **와! 나도 그가 얻은 것을 얻고 싶다!**

18½세 때 '지금은 할 수 없지만 배우고 싶은 것' 리스트에 '달리기. 조금이라도'와 '책 쓰기(책을 끝까지 쓸 인내심 갖기)'가 있었던 것을

기억하면, 클라이브는 그 두 가지 능력을 의외로, 멋지게 갖고 있는 사람이었다. 그를 만나고 싶었다. 그는 요크셔의 우리 집에서 차로 조금만 가면 있는 태드캐스터에서 살았다. 고트 씨와 연락이 닿아 만날 수 있을지 궁금했다. 책에는 독자와 만나고 싶다고 적혀 있었다! 그것이 진심어린 초대라는 생각에, 나는 연락을 취했다.

클라이브는 커피를 셀 수 없이 여러 잔 마시며 마라톤 드 사블 경험에 대해서 열정적으로 이야기해주었고 나는 그의 열정이 곧 바닥날 산소라도 되는 것처럼 들이마셨다. 그의 예쁜 집에 자랑스레 걸려 있는 아름다운 대회 사진을 올려다보고 그가 한 엄청난 도전을 이해해보려고 했다. 내 앞에 서 있는 건 나보다 꽤 나이가 많은, 약 190센티미터의 건장한 체격을 가진 전직 소방관이었다. 하지만 그가 내게 준 메시지는 달리기는 육체의 문제가 아니라는 것이었다.

그렇다. 물론 그는 이 엄청난 과제를 준비하는 동안 어마어마한 훈련 스케줄을 따라야 했지만, 이 대회의 99퍼센트는 정신적인 것이라고 했다.

"우리가 스스로 정해버린 정신적 한계를 극복하는 게 중요해요, 레이첼."

그가 열정적으로 말했다.

그 후 몇 주 동안 클라이브의 메시지가 내 마음속에 울렸고, 나는 머릿속으로 그 말을 자꾸만 되뇌었다. 우리가 스스로 정해버린 정신적 한계를 극복하는 게 중요해요…….

내 마음속의 코치 음성이 더욱 크게 외치기 시작했다. 그래, 레이치. 이제 큰 목표를 세울 때야. 바로 이거야. 네가 스스로 정한 한계를 극복해. 지금 당장! 어쩌면 사막을 몇 백 킬로나 달리는 건 무리일수 있어. 지금 당장은 너무 멀고 앞으로도 그럴지 몰라. 하지만……

문득 어맨다의 엄마와 은박지 담요가 떠올랐고, 나도 내 담요를 얻을 수 있을지 모른다는 생각이 고개를 들었다. 오랜 세월 동안 이 꿈이 내 마음속에서 잠들어 있었던 걸까? 아홉 살의 내가 어맨다 엄마가 궁전 앞을 지나며 여왕에게 손을 흔드는 모습을 그려보았기 때문에 여기까지 온 걸까? 너무나 외롭고 끔찍하게 우울한 채 텔레비전에 중독되어 보낸 십 대 시절에도 나는 일요일 아침 BBC에서 중계하는 런던 마라톤 대회 전체를 보았고, 그 광경에 탄복했다. 여느

장기방영 대서사시 드라마보다도 대회 하나에 더 많은 드라마와 감정, 고통과 행복이 담겨 있었다.

대회 한 번에 인생의 모든 것이 축약되어 있다.

내가 42.1킬로미터를 달릴 수 있을까? 마라톤을 완주할 수 있을까? 그렇다! 마라톤을 완주하겠어!

구글 검색 끝에 충동적으로 뉴욕 마라톤을 선택했고(기억하시라, 내 목표는 '큰 것'이었다) 며칠 후 해외 스포츠 여행사를 통해 적지 않은 비용을 들여 팀과 함께 등록했다.

그때까지만 해도 웨이크필드 해리어스 클럽과 일주일에 한 번, 팻과 나이 지긋한 분들과 함께 아주 꾸준한 속도로 8~9킬로 정도를 달리는 게 전부였다. 체육관 러닝머신에서도 꾸준히 달리긴 했지만 마라톤을 준비하는 데 필요한 훈련의 종류나 양과는 거리가 멀었다. 어쨌든 지난 3개월 동안에는 그랬다.

그 다음주 나는 개인 트레이너 피오나와 이야기를 시작했다. 이런 식이었다.

"피오나, 갑작스러운 거 알지만 11월에 뉴욕 마라톤에 나가기로 등록했어요."

"네? 정말요? 이번 11월이요? 그러니까, 몇 달 뒤에요? 아, 그렇군요. 음, 좋아요. 그럼 빨리 훈련 계획을 세워야겠네요."

피오나는 깜짝 놀라 잠시 어색하게 입을 다물더니 방금 들은 것이 맞는지 확인했다. "정말로 각오가 되어 있어요, 레이치? 그러니까,

정말로 확실해요?"

"네! 그럼요. 각오는 섰어요. 하고 싶어요."

나는 거침없이 말했다.

"게다가 이미 등록을 한 걸요!"

나는 돈을 왕창 건 계약을 체결하는 사람마냥 이렇게 말했다. 실제로도 그랬으니까.

"지금 일주일에 달리는 거리가 얼마나 되죠? 알아둬야 하니……."

"음, 16킬로쯤이요."

내 말투는 농담조도 아니었다.

피오나는 예의 바르게 큰 소리로 웃음을 터뜨리고 싶은 원초적 본능을 억제했다.

"아. 며칠만 시간을 주세요. 생각 좀 해보고……."

"고마워요, 피오나."

새로 사귄 작가 친구 클라이브에게서 영감을 받고, 타고난 나의 '행동은 지금, 생각은 나중에'라는 성격에 맞추어, 나는 순진하게 2006년 뉴욕 마라톤에 참가 신청을 했다.

고양이 밥그릇과 가족,
쓰레기통에서 수천 마일

2006년 7월

동료 조나단이 마침내 내가 미쳤다고 생각하는 것 같다. 그는 오늘 아침에 다가와서 내 컴퓨터를 슬쩍 보더니 변호인단과의 회의 준비가 아닌 것을 보고 이렇게 물었다.

"거기서 뭘 보고 있어요, 레이치? 재미있어 보이는데."

"아, 뭐 그냥 이런저런 상상이요. 내가 돈 많은 열여덟 살이고 앞으로 인생이 펼쳐져 있는데 비용 아끼지 않는 갭이어(고교 졸업 후 일이나 여행을 하면서 보내는 1년—옮긴이)를 계획하는 척 해보는 거예요! 하하!"

"멋진데요? 그거 사파리예요?"

그는 내 화면에 좀 더 다가와서 물었다. 사람은 착한데, 너무 오지랖이다.

"네. 그런 거예요. 남아공에서 동물 보호구역에 일자리를 주는 보존 프로젝트예요. 그거 아니면 우간다의 원숭이 보호구역인데, 한번 들어가면 못 나올까 봐 걱정이에요!"

"나는 바로 저기에 샌드위치 가게를 열고 싶은데."

그는 우리 사무실 건너편 운하의 석조 아치형 사무실 건물을 가리키며 말했다.

"정말요? 진짜로 생각하고 있어요? 샌드위치 가게 주인이 되는 거?"

나는 그가 허세를 부리는 건지, 꿈속의 삶에 대한 대화에 예의 바르게 한마디 거들어주는 것인지 궁금해서 물었다.

"네! 망설임 없이 할 거예요."

그는 살짝 슬픈 목소리로 이렇게 대답했다.

"그럼 왜 안 해요?"

이미 대답을 알지만 물어보았다.

그는 내가 비꼬는 것인지 살피려고 얼굴을 한번 보더니 이렇게 대답했다.

"농담하는 건가요, 레이치? 난 처자식이 있는 쉰 살이고, 서류만 여기저기 나르고 연봉 6만 파운드를 받고 있어요. 당분간은 여기서 나가지 않을 거예요."

세상에. 여기는 직장인가 교도소인가? 아니면 둘 다인가? 이런 생각이 들지 않을 수 없었다.

몇 분 뒤 그가 큰 소리로 물었다.

"레이치, 변호인단과 전화 회의 준비됐어요? 참, 하나만요."

그는 내 팔을 부드럽게 잡으면서 말했다.

"계속 상상해요. 나처럼 되지 말아요."

그 말을 듣자 나는 가능한 탈출구를 찾는 탐색을 계속할 이유가 충분하단 걸 알 수 있었다. 원숭이 보호구역이든 아니든.

회사 동료는 내가 농담을 한다고 생각했겠지만, 나는 진심이었다. 내 삶은 변해야 했고 그렇게만 될 수 있다면 가진 것을 다 내던질 수 있었다. 캐나다 이민에 대해 팀에게 이야기했고 우리는 이민 심사 서류를 모두 살펴보았다. 게다가 나는 순진하게 뉴욕 마라톤에 등록도 했다.

하지만 그걸로 끝나지 않았다(나도 안다. 팀이 불쌍하다).

그날 점심, 영혼을 망가뜨리는 법조계에서 마침내 벗어날 적절한 순간에 매달리면서 여전히 자기계발 책에서 본 '크게 생각하라'는 말에 들떠 있던 나는 미친 듯이 검색하다가 너무나 새로운 가능성을 발견했다.

"우리가 스스로 정하는 정신적 한계가 문제다⋯⋯."

새로운 삶을 시작하기 위해 이것저것 검색해본 내용은 다음과 같다.

- 해외에서 일하기
- 해외에서 자원봉사하기
- 해외에서 안식년을 갖기
- 해외에서 무엇이든지 하기
- 현재의 삶에서 달아나기(여기에서 그다지 도움이 되는 선택지가 나올 것 같지는 않지만)

한편 피오나는 낙관을 가지고 나 같은 초보자를 위한 마라톤 훈련 프로그램을 짰지만 모두 허사였다. 나는 마라톤을 할 준비가 안되어 있었다. 피오나가 제안한 훈련 프로그램을 보니 크게 생각하는 자아가 무너졌다. 말이 안 됐다. *대체 내가 어떻게 42.1킬로미터를 달린단 말인가?*

사실 난 거창한 2006년 뉴욕 마라톤 계획이 얼마나 터무니없는지 정확히 알고 있었다. 집을 가득 채운 자기계발 서적 덕분에, 지나친 열의로 보란 듯 목표를 세우고 두 발로 펄쩍 뛴 것이었다. 하지만 우습게도 고트 씨의 책 제목 '할 수 있다고 믿으라!'는 그토록 엄청난 일을 시작하게 했지만 여전히 실천하기 어려운 말이었다. 확실히 나는 내가 할 수 있다고 믿지 않았다. 내 삶에 너무나 지쳐 있었다. 그래서 마라톤을 시작도 하기 전에 그만두려고 했으나, 적어도 그 꿈을 늘 염두에 두었고 언젠가는 도전해보기로 했다.

그리고 어쨌든 뉴욕 마라톤에서 달리는 것은 인생을 완전히 새로 디자인하는 것에 비하면 사소하게 보였다.

나는 하고 싶은 일이 무엇인지, '크게 생각하는' 새 삶에서 중요한 것이 무엇인지 생각하기 시작했다. 아주 작은 정도라도 운동과 달리기가 처음으로 자신감과 내면의 힘을 선사한 것을 생각했다. 예전의 서글픈 내 자신에게서 벗어나 새롭게 나아진 내가 되도록 해준 것으로부터 최근의 적응하기 힘든 회사 생활의 스트레스와 압박을 견디게 도와준 것까지. 운동은 내게 마술처럼 신비한 방식으로 도움을 주었고 나는 그것을 계속 밀고 나가고 싶었다. 게다가 날마다 갇혀 지내는 사무실이 싫었고 자유를 원했다.

피오나는 근래 가장 고통스럽고 불안정한 몇 달 동안 내 개인 트레이너이자 운동 스승이 되어주었지만, 나는 나와 같은 누군가가 변화를 원하는 진짜 계기를 더 깊이 이해할 수 있었다. 나는 피오나처럼 세계 대회에 출전하는 운동선수가 아니라 어린 시절 과체중과 체력 부진, 잘못된 몸 관념으로 고통받았던 보통 사람이었다.

세상에서 내 자리를 찾아나가는 것은 갈수록 어려워지는 싸움이었지만, 나만의 여정을 통해 운동을 발견하고 있었다. 나와 같은 사람이 새로운 자신이 되고 싶어 하는 이유를 세세히 이해했다. 몇 년 전에 했던 것처럼, 하프 마라톤에서 크고 반짝이는 메달을 받는 것이 누군가에게도 새로운 여정의 출발이 될 수 있는 까닭 또한 이해할 수 있었다. 경험은 어느새 내게 그런 것들을 선사했다.

그래서 나와 같은 경력과 운동 능력, 몸 관념의 문제를 가진 사람에게는 너무나 터무니없는 선택이었지만, 나는 개인 트레이너가 되는 훈련을 받기로 결심했다.

일단 마음을 정하고 나자 2007년 1월부터 시작하는 집중 훈련 코스에 등록했다. 그러나 변화를 갖기로 한 결심은 거기서 멈추지 않았다. 내 구글 검색어는 내내 같은 주제의 변주였다. 나는 여전히 달아나고 싶었다. 여기 아닌 다른 곳에 가고 싶었다. 화요일에는 쓰레기를 버리고 일요일에는 세차를 하는 생활, 색색의 고양이 밥그릇과 조랑말을 키울 공간이 있는 정원에서 벗어날 수 있는 곳이라면 어디든지. 회사라는 굴레와 이웃의 실용적인 거실이 내려다보이는 침실에서 벗어나고 싶었다. 그 모든 것이 내 목을 죄는 것 같았다. 답답한 안개 속에서 숨이 막혔다.

해외에서 자원 봉사를 하는 방법을 '우연히' 찾다가 몇 달 동안 남아공의 동물 보호구역에서 일하고 영국으로 돌아와 새로운 삶을 시작하는 것이 어떨까 하는 정신 나간 생각이 떠올랐다. 클라이브가 뭐라고 할까? *그래, 레이치. 크게 생각해. 크게 생각하라고.*

그리고 결혼이라는 문제가 있었다. 우리 결혼은 기껏해야 모래 위에 쌓은 성이었고, 빠르게 가라앉고 있었다. 이 엉망진창의 삶에서 빠져나가기 위해 고양이 밥그릇과 서로의 가족, 쓰레기통에서 수천 킬로 떨어져 본다면 어떨까?

집으로 가서 그 생각을 이야기했다.

"음, 오늘 온라인에서 검색을 좀 해봤는데, 팀. 남아공의 동물 보호구역 자원 봉사 프로그램을 봤어."

나는 긴장해서 튀어나오려는 기침을 억누르며 말했다.

"몇 가지 정보를 프린트해왔어. 부자 아빠를 둔 열여덟 살짜리들을 위한 건 아니야. 나이와 상관없이 받아준대. 우리처럼 나이 많은 사람들도!"

나는 어색하게 웃었다.

"어떻게 생각해?"

터무니없고, 비이성적이고, 뜬금없고, 실현가능성도 없고, 돈이 많이 드는 일 같았지만…… 동시에 신나고, 독특하고, 도전적이고, 보람 있는 일 같기도 했다. 불현듯, 그것이 세상에서 가장 이성적이고 당연한 계획처럼 느껴졌다.

나는 저금을 인출했고 남아공의 샴와리 동물 보호구역에서 둘이서 3개월 동안 자원봉사자를 하기로 예약했다. 이 일이 끝나면 둘이 함께 가든루트를 따라 케이프타운까지 여행할 계획이었다. 결과가 어떻든지 그것은 발견의 여정이었고 돌아오면 새로운 삶이 기다리고 있음을 알 수 있었다.

다시 목적의식이 생겼고, 새로운 시작이 가능하다고 느꼈다. 한 번의 결정만 내리면 인생의 방향을 다잡고 가차 없이 흘러가는 '정상적'이라는 급류에 휩쓸리지 않을 수 있다는 생각이 들었다.

내 결정에 최선을 다하기로 했다.

달리지 않을 때
우리가 놓치고 사는 것

2015년 5월

오늘은 대회에서 겪었던 특별하고 소중한 순간이 기억나는
날이다. 다시 만나지 못할 사람들과, 다시는 겪을 수 없는 눈 깜빡
할 사이에 지나가는 그리운 순간 말이다. 오늘 몇 번 그런 기억이
떠올랐다. 다른 사람과 눈이 마주치곤 했고, 그들의 눈길은 적절
한 순간 적절한 것을 전했다. 그건 내게 정말 중요했다.

마지막 1.6킬로 동안 결승점까지 달릴 기력도 동기도 사라지

고 있었다. 꿈꾸던 하프 마라톤 기록에 거의 다가온 것을 알고 있었다. 어떤 여자가 옆에서 달리다가 내가 힘들어하는 것을 보았다. 그녀는 이렇게 말했다.

"힘내요, 내가 앞질러가지 못하게 해요!"

온 몸이 아프고 쑤셔서 끝내고 싶었는데 말이다.

마지막 거리동안 킬로당 4분 20초 이하의 속도로 계속 다리를 움직일 수 있을까? 나는 계속해서 되뇌었다.

"힘내, 레이치. 딱 1.6킬로 남았어. 이것만 끝나면 쉬어도 된다고. 약속해."

그녀에게 기운은 없지만 고마운 미소를 지어보였다. 그녀는 나를 이끌고 800미터를 함께 달려주었다. 그녀의 따뜻한 마음과 격려에 너무나 감사했다. 내가 약해지는 것을 보고 자기가 앞서 나갈 기회로 삼을 수도 있었다. 하지만 그녀는 상냥하게 내게 손을 내밀었다.

오늘 대회는 환상적이었다. 아름다운 지역에서 힘들고, 빠르고, 재미있고, 신나게 이루어졌다. 경치가 끝내줬다.

우리는 셀카도 찍었다. 잔잔한 파도가 치는 사파이어 빛 바다도 바라보았다. 에든버러 버스를 타고 모험도 하고 반환점을 돌아오는 길에 엄청난 맞바람이 불었지만 최고 기록도 냈다! 행복한 날이다.

2006년 11월

다음은 새로운 약속이다.

- 내 경험을 이용해서 남을 돕기
- 내 인생을 살기. 남의 기준에 따르지 않고 나 자신을 위해 인생을 살기(그러려면 아직 갈 길이 멀지만 이건 적어도 올바른 한 걸음이다)
- 두려움에 얽매이지 않기. 미지의 세계에 대한 두려움이 너무나 많은 꿈을 접게 만드는 사실을 나는 알고 있다. 나는 가능한 것을 믿고 싶고, 이론적으로 잘못될 수 있는 것에 지고 싶지 않다. 실패하더라도 애초에 시도할 배짱이 있었다는 데 훨씬 더 행복할 것이다

어젯밤 엄마 아빠와 이 이야기를 했다. 대화 내용은 다음과 같다.

나: 엄마, 개인 트레이너가 되려고 훈련을 받기로 했어요. 많이 생각해봤는데, 내가 꼭 하고 싶은 일은 그거예요. 굉장한 변화라는 건 알지만 이게 옳은 일 같아요.

엄마: 그거 멋지다, 레이치! 너만 행복하면 돼.

나: 고마워요, 엄마.

나: 아빠, 개인 트레이너가 되려고 훈련을 받기로 했어요. 많이 생각해봤는데, 내가 꼭 하고 싶은 일은 그거예요. 굉장한 변화라는 건 알지만, 이게 옳은 일 같아요.

아빠: 뭐가 된다고? 대체 왜?……(어색한 침묵) 변호사 커리어는 어쩌고?……(또 어색한 침묵) 게다가 돈이 얼마나 든다니?

나: (침묵)

그러니 반응에 약간 차이가 있지만, 위에 적은 새로운 약속, 그중에서도 2번을 숙지해야 한다. 그렇기에 부모님이나 다른 누구의 의견에도 신경 쓰지 않을 거다.

적어도 두 가지 엄청난, 인생을 뒤바꾸는 계획을 눈앞에 둔 나는 기쁜 마음으로 문제의 법률회사에 사직서를 제출했다. 어서 자유의 몸이 되고 싶었다.

해외여행과 훈련, 앞으로의 계획에 대비해서 할 일이 많았다. 이상하게도 그중 무엇도 그다지 두렵지 않았기에 올바른 길이라는 확신이 들었다. 가장 힘든 것은, 곧 커리어를 바꿀 거라고 알릴 때 다른 사람들의 시각이었다. 대부분의 사람들이 깜짝 놀라며 이렇게 물었다.

"뭘 한다고? 고액 연봉 변호사 일을 그만두고 개인 트레이너가 된다고? 흐음. 그렇게 오래 공부하고 수련한 세월은 어쩌고? 수입은? 정말 그 모든 걸 다 버릴 셈이니, 레이첼?"

이렇게 사는 건 내 인생을 변기에 버리고 물을 내리는 것 같은 기분이 든다는 사실에는 아무도 관심을 갖지 않았다. 내가 내던지는 지위와 돈만이 중요한 문제였다.

나는 엄청난 실망을 삼키며 이런 식의 차분하고 이성적인 대답을 하는 데 익숙해졌다.

"새로운 계획이 정말 기대되고, 법조계 경력은 언제나 활용할 수 있을 거야. 그걸 버리는 건 아니니까! 어쨌든, 새로운 인생을 시작하는 거야!"

한참 전부터 결혼 생활이 힘들어진 것을 감안하면, 팀과 내가 이런 무거운 짐을 지고 남아공까지 가는 것도 대단한 일이었다. 하지만 그건 우리의 마지막 기회였다.

우리 문제를 궁극적으로 해결할 방법은 이 하나뿐이란 걸 느꼈고 적어도 우리는 새로운 여정, 새로운 삶의 시작에서 서로를 지지하고 있었다. 어떤 새로운 내일이 펼쳐지든지.

2006년 12월
남아공

아아아, 다시 달리니 너무 좋다! 하지만 나도 대체 어떻게 해낸 건지는 모른다. 처음엔 분명 멋진 생각 같았는데!

여기 온 이후로 별로 달리지 못했지만, 여기까지 운동화를 가져온 걸 정당화해야 하니 오늘 아침에 앨시데일까지 달렸다. 원래 계획은 사막의 유일한 오아시스에 가는 것이었다. 앨시데일에는 싸구려 술과 감자칩, 초콜릿 같은 것을 파는 작은 상점 이외에는 별 게 없다. 하지만 그것만으로도 내겐 충분한 동기 부여가 되었다!

거리는 뜨악한 13킬로미터 정도인데, 그 정도를 달려본 지는 한참 되었다. 날씨는 요즘 별로 좋지 않았지만, 오늘은 해가 나왔다. 동물 보호구역에서 앨시데일까지는 비포장 도로 하나뿐이다. 길은 나무가 빽빽이 자라는 산지를 구불구불 돌아간다. 해가 비추면 흙길이 뜨거워지면서 더 연한 색의 흙먼지가 뽀얀 붉은길이 된다. 비가 오면 더 짙은 진흙 황토색이 된다.

그래서 나는 출발했다. 발걸음을 옮길 때마다 운동화가 흙먼지를 날렸다. 낡은 자동차 두어 대가 나를 지나쳐가고 운전자들은 영문을 모르겠다는 표정으로 나를 쳐다보았다.

'여기서 혼자 달리며 뭘 하는 건가요, 부인?'

나는 햇빛과 평화를 온몸에 받았다. 모두에게서(팀도 포함) 벗어나 생각할 시간을 가지니 행복했다. 이런저런 일을 생각하면서 동시에 아무런 생각도 하지 않았다. 내내 내가 달리는 발소리만 들렸고 도로의 파인 곳과 구멍만 보았다. 시내까지 차를 타고 가면 그렇게 덜컹거리니 차들이 다 망가지는 것도 당연했다. 앞 창문이 완전히 부서지고 보닛이 닫히지 않는 밴이 나를 스쳐지나갔다. 마치 보호구역의 수컷 코끼리와 싸움이라도 벌인 듯한 모양이었다. 어쩌면 정말 그랬을지도 모르지!

오늘 나는 달리는 이유를 기억해냈다. 달리지 않을 때 놓치고 사는 것을 기억해냈고, 해답을 얻기 위해 시간과 공간을 내야 한다는 생각이 들었다.

어쩌면 내 생각보다 훨씬 더, 제정신으로 살기 위해서는 달리기가 필요한 것이 아닐까? 오늘은 특별한 날이었다. 그 이유를 기억하게 해준 날이니까.

운동을 가르쳐?
내가?
바보처럼 굴지 마!

영국으로 돌아온 뒤 남아공에서 겪은 모험 이야기와 추억을 곱씹으며 팀과 나는 크리스마스를 보냈고 정신을 차려 보니 새해가 다가오고 있었다. 내게는 훈련이라는 새로운 시작이, 팀에겐 법률회사에서 새로운 일이 기다리고 있었다. 이상하게도, 남아공 여행을 통해 우리는 더 가까워졌지만 우리 사이가 끝난다는 확신도 갖게 되었다.

당시에는 각자 새로운 일이 펼쳐지고 있었으므로 모든 걸 이해하기 벅찼다. 하지만 내 마음속의 GPS가 마침내 시그널을 받았다. 이것이 내게는 새로운 삶의 시작임을 알 수 있었다. 게임 시작이었다. 한편 우리는 새로운 일과에 적응하고 최선을 다해 서로를 지지해 주었다.

그럼, 여기서 몇 가지 요인을 기억해두는 게 좋겠다.

나는 온갖 질문에 대한 대답을 하나도 알지 못했는데, 그 때문에 조바심이 나곤 했다. 내가 대체 어떻게 해낼 것인가? 난 무엇을 해야 하는가? 어디서부터 시작해야 하는가?

지난 몇 년 동안 기본적인 체력은 유지했다고 볼 수 있지만, 달리기나 훈련 양은 기껏해야 보통 수준이었다. 그리고 십 대 후반부터 체중 관리는 어느 정도 성공적이었지만, 지금 돌아보면 최소한이었던 기준을 유지하는 데 필요한 최소의 노력을 들이는 요령에 맞들려 있었다.

돌이켜보면 내가 이룬 것이 얼마나 적은지 알 수 있다. 스스로의 능력에 한계를 부여하는 사고 체계 덕분에 늘 이 정도가 최선이라고 생각했던 것 같다. 체중은 안정되었고 화요일 밤 웨이크필드 해리어스 클럽과 함께 달리기는 계속했으니까. 우리는 평소처럼 킬로당 6분 15초 속도로 수다를 떨며 9킬로 정도 달렸다. 그 무렵에는 2시간 정도 기록으로 하프 마라톤을 완주할 수 있었지만, 그 다음 단계의 운동을 하거나 그 이상을 성취할 생각은 꿈에도 없었다.

이런 식으로 달리는 가운데도 문제는 등에 들러붙어 떨어지지 않는 원숭이처럼 나를 짓눌렀다……. 내 신체와 맺고 있는 괴로운 관계, 왜곡된 몸 관념 말이다. 나는 이미 너무 많은 변화를 겪었기에 거울에 비친 내 모습에서 정확히 무엇이 보이는지 알기가 어려웠다. 과거 십 대의 내 자신으로 퇴행하는 것이 여전히 두려웠던지라, 그때 내 모습을 떨쳐내고 현재 내가 갖고 있는 잠재력에 집중할 생각도 못했다.

타인의 칭찬을 원하는 것도 계속되는 문제였으며, 그걸 해결하기는커녕 문제로 인지하지도 못했다.

내가 새로 선택한 커리어는 이와 같은 문제에 정면으로 도전하도록 해주었다.

2016년 2월

오늘 아침 크로스 트레이닝을 하러 체육관에 갔다. 종아리 부상으로 당분간 달리지 못해서 조금 다른 유산소 운동을 하기로 했고 근력 운동도 안 하는 것보다는 나으니까.

내키지 않지만 자전거를 탄 뒤 메인 스튜디오로 살그머니 들어가서 라이크라 옷을 입고 수업을 듣는 사람들 틈에 합류했다. 요일 불문, 시간 불문 모든 수업에 참석하는 사람들로, 몇 마디를 나누려고 다가갔다.

"실례합니다. 혹시 이 수업에 격렬한 운동이 있나요?"

내가 물었다.

"지금은 종아리 인대를 다쳐서 격렬한 운동을 할 수 없어서요."

나는 부어오른 왼쪽 다리를 가리키며 말했다.

"아, 괜찮아요. 염려하지 마세요. 달리기하세요?"

그녀가 이어폰을 빼고 웃으면서 말했다.

"달리기하는 분 같네요."

나는 그 말을 듣고 속으로 생각했다.

'내가? 정말로? 내가? 달리기하는 사람 같다고? '달리기하는 사람'이 어떻게 생겼기에?'

"아, 네. 맞아요. 솔직히 수업은 별로 안 해요. 오늘은 정말 조심해야 하고요. 선생님 오시면 말씀 드려야겠네요."

나는 내가 어떻게, 언제부터 달리기하는 사람처럼 보이기 시작했을까 생각하면서 이렇게 말했다. 우리는 몇 마디 인사를 나눴고, 나는 참새 팔뚝을 가진 달리기 선수들에게나 어울리는 베이비 덤벨을 가지러 나갔다.

내가 개인 트레이너처럼 '생기기'는 한 걸까? 흐으으음······.

2007년 2월

자격증을 딴 뒤에 트레이너로 일할 수 있을지 피트니스 매니저를 만나 의논하러 핼리팩스의 체육관에 찾아갔다. 아주 개자식이었다. 도전이 좋다는 건 알지만, 솔직히 너무나 어색하고 불편해서 곧바로 문을 박차고 나와버리지 않은 것이 경이로울 지경이다.

머릿속에서 계속 이렇게 속삭이는 소리가 들려왔다.

'네가 어떻게 개인 트레이너가 된다는 거니, 레이치? 네 모습을 봐! 사람들이 왜 네게 훈련을 받고 싶겠어? 대체 누가 네게 훈련을 받으려고 돈을 내겠니! 너는 웃음거리야!'

그런 끔찍하고 괴로운 생각은 새로운 것도 아니고, 계속 내 발목을 잡게 할 수 없으니 앞으로도 계속 다스려나가야 할 것이다. 이제 너무 멀리까지 와서 돌이킬 수 없고, 이 일을 해낼 수 있다고 믿어야만 한다. 할 수 있다!

게다가, 내 신체와 개인 트레이너가 될 수 있느냐의 문제에 대해서 자꾸만 자신감이 흔들린다(그 체육관의 개자식 매니저도 도움이 안 됐다). 훈련 프로그램을 짜지 못할까 봐 걱정된다. 내가 뭘 안다고? 날씬한 몸매와 잔 근육, 인공 태닝한 피부가 부족한 것도 염려된다. 사람들이 날 위아래로 훑어보고 판단할까? 실제로 그럴 거다. 그리고 그런 입장에 놓이는 것에 아무렇지도 않아야 한다. 젠장! 괜찮을까? 내 연약한 자아가 견딜 수 있을까?

이건 새로운 문제도, 최근에 생긴 문제도 아니다. 나는 기억하는 한 내 몸에 대해 편집증 증세를 갖고 살았다. 그런데 피트니스 산업에 들어오다니 이게 무슨 아이러니일까! 내가 사기를 치는 걸까?

가끔은 내 자신에 대해 완전히 행복해질 수 있을지 궁금하다. 하지만 가령, 10년 전과 비교하면 나는 많이 달라졌다. 그때와는 전혀 다른 사람이 된 것 같으니까!

지금부터 10년 후에는 내가 어떤 사람이 될지 아무도 모른다…….

상대적으로 체력도 약하고 극심한 신체이형장애를 겪는 내가 개인 트레이너가 되겠다는 결심을 하다니, 세상에서 가장 어이없는 커리어 선택이라 해도 무방했다. 아마도 제 발로 사자 굴로 들어가는 것이나 알코올 중독자가 더블린의 손님 많은 바에서 맥주 따르는 일

자리를 구하는 것과 비슷한 선택이었을 것이다. 나는 신체에 대한 자신감을 뿜어내며 자신의 체력과 건강, 삶을 통제해온 사람인 척해야 했다. 용감한 걸까? 멍청한 걸까? 둘 다일까?

　의도는 좋았다. 나와 비슷한 문제를 겪는 다른 여성을 돕고 싶었다. 그들이 훨씬 더 많은 것을 해낼 수 있도록, 자기 삶에 대한 통제권을 다시 얻도록 돕고 싶었다. 하지만 아무리 의도가 좋아도 나는 내 삶조차 제대로 통제하지 못했다. 또한 나는 내 자신의 신체적 결함, 그다지 훌륭하지 못한 체력, 마호가니 빛에 다리미판처럼 납작한 복근(그건 아직도 내 소원 4번이었다)의 부재를 남에게 판단받고, 평가받고, 비판받고, 심지어 비난받기 위해 줄을 서는 셈이었다.

　그렇다면 내 가장 큰 약점에 남의 관심을 적극적으로 끌어들이게 되는 셈이니, 이 얼마나 큰 아이러니인가. 나처럼 불안과 신체이형장애가 심한 사람이 대체 어떻게 그럴 생각을 한 걸까? 아직도 잘 모르겠다.

　개인 트레이너 자격증을 받는 과정 중에는 출퇴근과 공부에 너무나(에헴) 바빠서, 이상한 일이긴 하지만 훈련 자체에는 시간을 별로 쓰지 못했다. 다양한 훈련법의 배경이 되는 온갖 이론, 과정과 이유를 배우면서도 내 몸의 기어를 실제로 바꾸는 경험은 하지 못했다.

나는 담배를 피우는 비만 체격의 의사나, 아이들을 견디지 못하는 교사와 같은 셈이었다. 강박장애를 겪는 심리치료사나, 음주운전 처벌을 받은 변호사였다. 훈련을 거의 안 하는 개인 트레이너? 그런 사람이 있다는 말을 들어본 적이 있는가?

지금 돌이켜보면 익숙한 변명이 잔뜩 보인다.

시간이 없었어! 아니, 시간은 있었다. 시간을 낼 수 있었다.

고객과 함께 훈련했어. 가끔은 그렇기도 했지만 그건 그들의 훈련이지 내 훈련이 아니었다. *오늘은 날씬한 다리를 갖고 싶은 58세의 고객과 걷기 런지를 몇 번 했어.* 그래서? 내가 보기에 그건 내 훈련이 아니다. 그건 손쉽게 체크리스트에 표시하기 위한 운동이다. 더 열심히 운동하지 않으려는 핑계이고.

달리기는 사라졌다. 체육관 러닝머신과 바쁘다는 핑계의 절벽 사이에서 달리기는 실종되고 말았다. 웨이크필드 해리어스 클럽과 함께 달리기도 그만두었다. 하지만 핼리팩스의 달리기 클럽에 가입하지 않은 이유는 무엇일까? 나도 모르겠다.

이유와 핑계가 무엇이든, 체중이 자꾸만 늘어나는 것을 알고 있었다.

사실은 더 게을러지고 체형도 흐트러지고 있었던 것이다. 어처구니없이 우스꽝스러운 이야기라 코미디 대본으로 쓸 수도 있었다.

닭장 피트니스와의
만남

2007년 3월

개자식 매니저가 망할 즉석카메라를 들고 내 앞에 서더니 내게 따라오라는 손짓을 했다.

"좋아요, 레이치. 체육관 안내 데스크의 안내판에 붙일 당신 사진이 필요해요. 그 왜, <새로운 트레이너 소개>에 붙일 거 말이에요."

그가 말했다. 나는 어색하고 불편했지만, 아무렇지도 않은 척 미소를 지어 보였다.

내가 싸구려 코닥 렌즈 앞에서 꼼지락거리자 그가 비열하게 웃었다.

"아이고, 모델 재주는 없군요, 레이치! 하하하!"

나도 가벼운 마음으로 그와 함께 웃으려고 했지만, 그의 말이 장전된 카메라에서 발사하는 총알처럼 나를 때렸다. 명중!

그 우울한 체육관에서 개자식 매니저와 함께 일할 시간은 얼마 되지 않는다는 확신이 들었다. 그저 경험을 쌓고, 좋은 것과 나쁜 것, 추한 것을 관찰하고, 배우기 위해서 일한 것뿐이다. 사람들을 내 기준에 따라, 내 방식대로 운동시키고 싶었다. 내게는 공감 능력과 이해력이 있었다. 사람들의 말을 경청하고 고객이 스스로 세운 당연한 목표를 넘어서는 것을 바라볼 생각이었다. 그들이 변화하고자 하는 진짜 동기를 알아낼 생각이었다.

물론, 문제로 가득한 인생을 살지 않는 사람도 있다. 그저 다가오는 회사 파티에서 멋지게 보이고 회계부에 새로 들어온 남자를 사귀기 위해 몸매를 가꾸는 것만 바라는 사람들도 있다. 쉬운 일이다!

골치 아플 일 없다. 하지만, 그런 사람들은 드물고 자주 만날 수도 없다는 것을 곧 알게 되었다.

내 고객이 몇 명 생기고 근무 스케줄이 정해지면서 어느 정도 규칙적인 일과를 갖게 되고 안정적으로 일하게 되었다. 체육관은 핼리팩스에 있었지만 행복한 교외 생활을 꿈꾸는 우리의 신혼집은 웨이크필드에 있었다. 소도시 지리에 밝지 못한 분들을 위해 설명하자면, 직장까지 왕복 96.5킬로 거리라는 뜻이다. 수입보다 주유비가 훨씬 더 많이 들었지만, 새로운 삶을 꾸밀 수 있다는 가능성이 이처럼 비논리적인 결정에서 얻게 된 뜻밖의 소득이었다.

게다가 고향, 내가 알고 편안한 곳에 돌아가는 느낌도 들었다. 무릎이 까져서 엄마에게 달려가는 아이처럼, 엄마 집에 가서 오래 전과 하나도 변함없는 내 방에서 하룻밤을 보내는 일이 점점 잦아졌다. 엄마 집에서의 하룻밤은, 잔디를 깔끔하게 깎아놓은 우리 집으로 돌아오기 위해 M62 고속도로를 근 48킬로 달리는 고역을 치르지 않을 편리한 구실이 되었다.

체육관은 흥미로운 곳이었고, 나는 동향을 파악하느라 바빴다. 어느 날, 거기서 운동하는 척하며 몸매를 드러낸 멋진 여자에게서 눈을 떼지 못하는, 약삭빠르고 나이 많은 남자에게 적당한 상가 이야기를 들었다.

"여기서 일하는 데 드는 돈보다 거기 세가 훨씬 더 쌀 거예요, 아가씨."

그는 다 안다는 표정으로 이렇게 말했다. 대체 그건 어떻게 알았지? 의아했다.

"있잖아요, 우리 상가 단지는 아주 예쁜 전원에 있거든."

그가 계속 말했다.

"당신한테 딱 맞는 상가가 한 곳 있어요."

나는 흥분해서 잠도 제대로 자지 못했다. 내 개인 트레이닝 스튜디오를 열고 싶다는 꿈이 실현될 수 있을까?

바로 다음 날 나는 그곳을 보러 갔다. 주변이 점점 더 (에헴)'전원적으로' 변하는 동안, 대체 나만의 피트니스 스튜디오를 여는 데 완벽한 자리라는 곳이 어딘지 궁금했다. 들판의 비포장도로 아래 감추어놓은 벙커인가? 하지만 당분간 그런 것은 신경 쓰지 말자. 목적지에 가까워지자 점점 더 흥분되었다.

"안녕하세요, 저 레이첼이에요. 전에 말씀하신 상가 건물을 보러 왔는데요? 네, 여기서 어디로 가야 하는지 몰라서요."

나는 좁다란 시골길을 무작정 따라가다가 꼼짝 못하는 지경이 되기 전에 그에게 먼저 전화를 해

서 방향을 확인하는 편이 낫다고
생각했다.

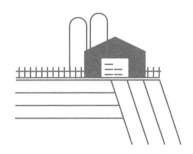

"뭐가 보이냐고요? 아, 음,
들판이요. 들판이 아주 많고, 아
주 기다란 산울타리가 있는데,
악어나 용처럼 생겼는데요? 그
리고 아주 크고 오래된 농장집이 한 채 있고 밖에 공장 기계가 있어
요……. 가까이 온 건가요?"

두어 차례 짧은 통화가 끝난 뒤, 그곳에 도착했다……. 오래된
닭장 창고였다. 창문도 없고, 한쪽으로 말아놓은 널찍한 철제 셔터
말고는 문이라고 할 만한 것도 없었다. 거기다 경사진 작은 보행로뿐
이었다. 거기 살던 닭들의 편의를 위해 만들어놓은 것이라고밖에 생
각할 수 없었다. 그건 내가 생각할 수 있는 피트니스 스튜디오에서
가장 동떨어진 곳이었다.

하지만 실망스러운 마음과 싸우면서 다시 보았다. 그러자 아주
다른 것이 보였다. 창고 전체에 창문을 내면 어떨까? 그러면 가장 아
름답게 펼쳐진 시골 풍경이 보일 것이다. 진짜 문과 마룻바닥, 작은
샤워실, 탈의실을 설치하면 어떨까? 대기실에 작은 주방과 편안한
의자를 몇 개 두면? 닭장 창고가 아무것도 없는 곳의 변두리에 있다
고 생각하지 말고, 그곳만의 '특수한' 위치에 있다고 본다면?

사람들이 이런 곳에 운동하러 올 가능성은 충분했다. 너무 아름답고 조용하고 바삐 돌아가는 일상에서 벗어난 곳이니까. 전원 한복판에서, 고객들은 남의 시선과 판단, 비판에 신경 쓰지 않고 운동할수 있을 것이다. 나는 장애물을 기회로 바꾸는 법을 배우고 있었다. 어둡고, 더럽고, 방치된 낡은 닭장 창고, 흙바닥에 닭똥과 깃털이 잔뜩 들러붙어 있는 이곳에서 내 피트니스 스튜디오가 만들어지는 과정이 보였다.

나는 설득당했다.

깨어 있는, 아니 자는 시간 내내도 앞에서 말한 닭장 창고를 나만의 독점 피트니스 스튜디오로, 그리고 먹고살 만한 적당한 사업체로 바꿀 생각뿐이었다. 실망스럽게도 은행에서는 바닥부터 천장까지 그곳을 리모델링하는 데 필요한 사업 대출을 거절했고, 때는 금융위기가 닥치기 직전이었다. 많은 회사들이 도산하기 직전이었고, 버려진 닭장 창고에서 '특수한' 피트니스 스튜디오를 창조하려는 나의 열정은 아무도 들어주지 않았다.

그렇지만 나는 모처 지역 사업 지원 팀에게 내 계획을 설득하느라 바삐 움직였다. 다행히 몇몇 주요 결정권자의 마음을 샀고, 계획을 실현시키겠다는 끈질긴 집념이 효과를 거두었다. 나는 소액의 스타트업 자금을 얻었고 리모델링을 시작했다. 한밤중에도 문득문득 닥치는 대로 좋은 홍보 아이디어가 떠올라 잠에서 깨곤 했다. 로고부터 광고 기획까지 모든 것이 다 떠올랐다. 지역 신문에서 기사를 내주었고, 여성 사업가 네트워크 그룹에서는 내게 와서 닭장 개조 프로젝트에 대해 이야기해달라는 요청도 했다. 계획이 실현되고 있었다!

얼마 후 나는 정규 개인 트레이너 고객(주로 여성)을 많이 모집했다. 내가 바라던 대로였다. 그리고 예상대로, 그들 대부분이 내가 이해할 수 있는 사적인 문제를 갖고 있었다. 새 스튜디오를 여는 과정에서 닭장 개조가 완성될 때까지 그들과 함께 신선한 공기를 마시며 야외에서 운동했다. 자유로운 느낌이 좋았다. 마침내 나를 얽매는 족쇄가 사라졌다.

나는 내 일의 의미가 순수하게 체력을 강화하는 트레이닝의 범주를 훨씬 넘어선다고 생각했다. 나는 신체와 정신의 건강이 얼마나 복잡하게 얽혀 있는지 직접 경험해서 알고 있었다. 그 두 가지는 나 자신이 끊임없이 반복하며 겪었듯 서로 뗄 수 없는 관계였다. 비록 내 역할이 여정에서 아주 작은 일부분이긴 했지만, 타인을 지지하는 일에 너무나 큰 보람을 느꼈다.

처음 문을 열고 들어오는 고객들마다, 찾아온 진짜 이유가 무엇인지 알아내는 육감이 내게 있는 것 같았다. 멀찌감치 떨어져서 보기만 해도 자존감이 낮은 사람을 알아볼 수 있었다. 빠른 해결책을 찾는 사람은 1킬로 밖에서도 알아보았다. 늘어난 오버사이즈 후디를 걸쳐 군살을 감춘 채, 마음의 상처를 치유하고 싶어 하는 사람들도 있었다. 그저 외로워서 믿음직하고 상냥한 상대에게 문제를 털어놓고 싶어 하는 사람들도 있었다. 내가 자신을 대신해서 운동해주기를 원하는 사람도 있었고, 내가 뼛속까지 운동시켜주기를 바라는 사람도 있었다. 그들이 어떤 유형인지 곧바로 알아볼 수 있었고 거의 매번 효과를 발휘했다.

십 대 후반에야 기본적인 체력을 갖춘 나는 안개처럼 자욱한 의심 속에서 자존감과 자신감을 처음 경험했다. 처음에는 그 기간이 잠시뿐이었다 해도, 시작된 것이다.

"그렇다, 나는 체중을 관리할 수 있다……

그렇다, 나는 달릴 수 있다. 조금이라도……

사실, 나는 10분 이상 달릴 수 있다……

알고 보니, 나는 하프 마라톤을 완주할 수 있다…….."

이것은 모두 작고 점진적인 변화였지만, 달리기 속에서 작은 성공을 쌓아감으로써 삶의 다른 분야에서도 더 크고 용감한 선택을 할 수 있다고 확신했다. 내 바람, 내 욕망과 소망에 따라 선택할 수 있다고. 나를 에워싸고 있던 종이봉투를 뚫고 나올 수 있었다. 불안하고, 공부밖에 모르며, 스포츠에 재능이 없는, 남의 눈에 띄지 않는 소녀가 자신에게 붙여진 표시를 다시 쓸 수 있었다.

차츰 나는 다른 변화도 이룰 수 있다고 믿었다. 어쩌면 나는 안전하다고들 하는 지루한 법조계 커리어를 버릴 만큼 용감할지도 모른다. 어쩌면 나는 보람 있는 새 사업을 시작할 만큼 능력이 있는지도 모른다. 어쩌면 나는 절망적인 결혼생활에서 벗어나 새 출발을 할 만큼 강할지도 모른다.

그 옛날 낡은 썰매 밑에서 운동화를 꺼내고 엄마 집의 현관 앞에서 내키지 않는 발걸음을 떼지 않았더라면, 이 모든 일은 미처 생각도 할 수 없었을 것이다.

작별 그리고

29세 _____

　4월 말의 유난히 화창한 날이었다. 우리는 둘 다 아이스크림을 들고 커다란 교외의 잔디밭에 앉아서 소리 없이 눈물을 흘리고 있었다.

　"끝났어, 그렇지? 우린 여기까지야."

　나는 우리 둘 다 이미 아는 사실을 말할 뿐이었다. 팀은 지치고 붉게 충혈된 눈으로 서서히 고개를 끄덕였다. 마침내 피할 수 없는 현실을 받아들인 것이다.

　"응, 레이치. 그런 것 같아."

　한 번도 패배를 인정해본 적 없는 사람이었다. 마침내, 그도 상황을 깨닫고 있었다.

말다툼도 하지 않았고, 언성을 높이지도 않았다. 상대를 탓하지도 않았다. 우린 잔디밭에 앉아 있었다. 동화에나 등장할 완벽하게 아름다운 정원이었지만, 동화는 존재하지 않았다. 대신 공허한 슬픔과 내키지 않는 인정뿐이었다. 그는 나를 위해서도, 우리를 위해서도 싸우지 않았고, 그 행동이 옳았다. 그의 상심은 조용하고 부드럽고 품위 있었다. 내가 그를 사랑할 수 있었다면 순식간에 사랑에 빠졌을 것이다. 실은, 사랑하려고 노력했다. 하지만 우리에겐 싸울 목적조차 없었다.

우리는 잘못된 결정을 연달아 내리고 실패하면서 여기까지 왔다. 햇살 가득한 정원에서 소리 없이 눈물을 흘리는 곳까지. 하지만 사실 무엇이 실패인가? 어떤 맥락에서 실패인가? 결혼하기로 잘못된 결정을 내리고 달리는 차가 충돌하기 전에 뛰어내리지 못했다는 점에서? 솔직하고 용감하게 버스에서 더 일찍 내리지 못했다는 점에서? 남들이 하는 대로 따라해서는 내 자신을 고칠 수 없음을 깨닫지 못한 내 실패였을까? 그것을 알아차리지 못하고 자기 파괴로 달려가는 내게 휩쓸린 그의 실패였을까? 어쩌면 그 모든 것이 답일지도 모른다. 하지만 바로 그때, 교외의 잔디밭에서 우리는 이전의 모든 병든 부분을 잘라내고 새로 시작하기로, 비록 힘들지만 결정을 내렸다.

그 모든 것이 거짓인 줄 알면서도 계속 살았다면 더 큰 실패가 되었을 것이다. 우리는 그런 상황을 그대로 둘 수는 없었다.

그래서 헤어졌고 다시는 뒤돌아보지 않았다.

최초의 충격 이후 나는 다시 한 번 피해를 최소화하기로 결심하고 삶의 궤도로 돌아가기 위해 꿋꿋이 버텼다……. 이번에도 말이다. '목표: 생존'이라는 우선순위 앞에서 내 달리기와 운동은 점점 줄어들었다. 다시 엄마 집에서 살며 식비도 겨우 벌면서 이혼을 하고 잘못된 변호사 커리어를 버렸다. 그와 함께 회사 생활의 안전과 편안함도 버렸다. 이제 내게는 번듯한 잔디밭은 고사하고 조랑말을 키울 자리도 없었다.

많은 사람들에게 내 선택은 완전히 미친 짓으로 보였다. 겉보기에 모든 것을 가진 내가 그 모든 것에서 등을 돌린 셈이었다. 상황이 잘못 돌아간 것도 아니었다. 불운이 나를 편안한 회사에서 쫓아낸 것도 아니었다. 하지만 나는 너무나 오랫동안 날마다 공허의 악취 속에 살아서 다시 자유를 느끼는 것만 해도 타들어가는 땅 위에 떨어지는 빗방울 같았다. 목적의식은 고산 지대의 산소 같았다. 앞에 펼쳐진 길이 아무리 길고 어려워 보여도, 내게는 빗방울과 산소가 필요했다.

불확실한 상황은 염려되지 않았다. 마음속 깊은 곳에서 요동치는 믿음은, 내게 펼쳐진 삶에 대해 두려움밖에 표현할 줄 모르는 사람들의 부정적인 태도를 이겨내게 해주었다.

자유와 목적의식: 빗방울과 산소. 우리를 살아가게 해주는 것은, 보이지 않고 알아차리지 못하는 것일 때가 있다.

하지만 나는 아홉 번의 생을 사는 고양이가 된 기분이기도 했다. *전에도 이런 일 겪어봤지, 레이치, 그렇지?* 마음속에 항상 도사리고 있는 의심은 이렇게 외치곤 했다. *전에도 '새 출발'을 해봤잖아?* 그것은 잔인하게 키득거렸다. *다음엔 뭐야, 레이치? 다음 번에 일으킬 재앙은 뭐냐고?* 나는 올바른 길을 찾는 능력을 의심하기 시작했다. 그 의심의 목소리를 듣고 그가 옳을까 봐 겁에 질렸다. 또다른 재난으로 곧장 뛰어드는 것이면 어쩌지? *그럼 어떡해, 레이치?* 내겐 대답이 없었다. *빗방울과 산소. 빗방울과 산소에만 집중해. 지금으로선 그거면 충분해.*

배불뚝이
PT선생님

30세

닭장 피트니스 스튜디오를 시작한 지 1년쯤 되었을 때, 새로운 문제가 등장하고 있었다……. 또 말이다.

다른 사람들을 운동시키고 사업을 운영하는 데 너무 많은 시간과 에너지를 들여서 내가 운동할 시간이 되면, 기진맥진 상태였다. 변명처럼 들릴지 모르겠지만 고객과의 운동이 끝날 무렵이면 기운이 하나도 없는 날이 많았다.

그때는 잘 몰랐는데, 이때 생겨난 패턴으로 인해 내 부단한 노력은 허사로 돌아가고 오래 전 건강하지 못하고 불안한 과체중의 내 자신으로 돌아갈 수도 있었다. 이런 패턴이었다. 일어나서, 사람들을 운동시키고, 지치고, 스튜디오에서 바쁜 스케줄 때문에 식사를 거르고, 건강식품과 에너지 음료를 흡입하고(공포에 질려 깜짝 놀라셔도 좋다), 또 사람들을 운동시키고, 고객이 보통 늦게 도착하니 또 식사를 거르고, 닥치는 대로 아무거나 먹고, 늦게 귀가해서 로제 와인을 딴 뒤, 잠들고, 일어나서, 무기력한 상태로…… 그리고 반복.

그렇다. 이것은 피트니스 트레이너에게 이상적인 삶은 아니었다. 하지만 나는 타인을 돕는 일에 빠져들어서 내 자신보다는 고객의 요구를 훨씬 더 중요하게 여겼다. 이것이 근본적인 실수 1번이었다. 나는 가르치는 대로 실천하지 못했고 남에게 제시하는 기준에 맞추어 살지 못했다.

내 운동의 주인은 나여야 했고, 특히 나를 위한 것이어야 했다. 그때는 그걸 알지 못했다. 좁은 시야로 고객을 만족시키고 사업을 성공시키는 데만 집중하다 보니 건강이 나빠지고 있었다.

하지만 이번에도 나를 최우선으로 삼을 만큼 자신을 생각하지 않았다. 참 아이러니한 일이다. 자기 건강과 체력에 대해 이처럼 태만하게 접근하면, 반드시 그로 인한 결과가 따라오기 마련이었다.

체중은 슬슬 늘어났고, 피트니스 사업을 하는 사람으로서, 나는 위선적인 순교자로 변하고 있었다. 하지만 이유나 핑계가 무엇이든, 지금 돌이켜보면 내 기준이 너무 낮았다. 고객들도 알아차렸다.

"이봐요, 레이치. 이게 뭐죠? 허리가 좀 통통해지는 거 같은데요!"

특히 무식한 남자 고객이 내 허리 군살 부분에 손을 얹으면서 '친절하시게도' 지적한 것이다.

나는 놀라 입을 다물고 서 있었다. *뭐라고 하지?* 나는 숨을 한 번 크게 들이쉬고서, 숨이 멎은 채로 가만히 있는 자동 반응을 보였다. 이 사람은 고객이었다. 내게 가까운 사람이 아니었다. 그는 파트너도, 친척도, 친구도 아니었다(그렇다 해도 여전히 용서할 수 없다!). 그런데도 그는 내 몸에 손을 대고 "통통해진다"는 지적을 할 자격이 있다고 여긴 것이다. *대체 누가 그런 짓을 하냐고?* 사람이 무감각하고 잔인한 건 고사하고, 그렇게 제멋대로 굴 수 있다니 믿을 수가 없었다. 집으로 와서 아주 큰 잔에 로제 와인을 따른 뒤 거울을 보고 울었다.

'통통해진 것'으로 인해 내가 개인 트레이너로서 부족하단 말인가? 아니다. 그게 내가 하는 일을 잘 모르거나 고객을 위해 훌륭한 트레이닝 프로그램을 짜주지 못한다는 의미인가? 아니다. 그저 내가 고객을 돕고 이해하려다 보니 나 자신을 잊어버렸다는 의미였다. 그리고 예상대로 외모로 판단받는 굴 속으로 내 발로 들어온 것이다. 세상에서 내가 가장 적응하기 힘든 곳일 것이다.

단골 고객 중 한 여성은 결점을 찾으려는 듯 나를 자주 위아래로 훑어보았다. 그럴 때마다 나는 눈치 챘고, 피트니스 스튜디오에는 무언의 긴장이 감돌았다. 매주 그녀와 운동하는 것이 두려웠다. *어떻게 말 한마디 없이 내게 상처를 줄 수 있는 걸까?*

자신의 모든 것과 결함투성이 몸을 증오했던 16세의 자아로 또다시 퇴행하는 동안, 불안이 거의 공황 수준으로 커지는 것을 느낄 수 있었다. 하지만 30세의 나는 그렇지 않은 척 최선을 다해 연기했다. 마음속에는 여전히 고통스러운 자기혐오가 자리 잡고 있지만, 자신감을 가장한 것이다.

얼마나 더 길을 잃어야 집으로 돌아갈 수 있을까? 내 체력과 내 요구를 마침내, 드디어, 최우선으로 삼으려면 무엇이 필요할까?

6부

"난 몸이 무겁고
피곤할 자격이 있어!"

31세

2009년 여름, 틸리의 아빠 크리스를 만났다. 우리는 만나서, 행복한 여름 몇 달 동안 순수와 환희로 가득차 아름다운 요크셔 들판을 하이킹했다. 프라이팬에 애플파이를 구울 때 우리는 신이 나서 웃어댔다. 햇볕 비추는 길을 따라 데이지가 가득 핀 들판을 달려 마을 펍으로 갔고, 미래를 함께할 거라고 진심으로 믿었다. 약혼하고 가족이 될 계획을 세웠으며 별들도 우리를 축복하며 행운을 선사했다. 우리는 '그 대화'를 나눴다.

왜 이렇게 두려울까? 내가 두려워하는 게 대체 뭘까?

아, 음……. 그저 모든 것이 다 두려울 뿐이지!

그 생각만 해도 겁에 질렸다. 사실, 혼란으로 가득한 이십 대를 지나 삼십 대 초반까지 그 생각은 한 번도 해본 적이 없었다. 나는 그 저, 커서 어른이 되면 하늘하늘한 드레스를 입고 결혼한 뒤 2.4명의 아이(하다못해 1.0명의 아이라도)를 갖기를 꿈꾸는 그런 여자가 아니었 다. 나와는 상관없는 일 같았다. 게다가 아기들은 토하고, 똥 싸고, 울어대는 것 이외에는 아무것도 안 하는 것 같았다. 그중 무엇도 그 다지 끌리지 않았다.

그것은 참 이상한 이분법이기도 했다. 나는 삼십 대 초반이 되 었고 '행복하고 안정적인 관계'(그게 대체 뭔지는 몰라도)에 정착했는 데, 갑자기 간절히 엄마가 되고 싶으면서 동시에 그걸 전혀 원하지 않기도 했다. 이런 상태를 이해할 수 있기는 한 걸까?

임신과 육아의 공포는 정말 심했고, 나는 어쩔 줄 몰랐다. 죽을 만큼 두려웠지만 그 두려움을 마주할 힘이 있다고 생각했다. 내게는 이해심 많고 지지해주는 파트너가 있었지만, 마음속에 상반된 양가 감정이 있다고 생각하니 혼란스럽기도 하고 두렵기도 했다. 내가 해 낼 수 있을까? 해야 할까? 할 수 없다면 어쩌지? 1992년 박싱 데이 세일에 일찌감치 나가서 울워스 잡화점 선반을 채우고 있을 때 끝없 이 흘러나오던 고장난 〈베스트 크리스마스 송〉 테이프처럼, 이런 질 문이 머릿속에서 끊임없이 반복되었다.

여러 가지로 두려웠다. 우선, 임신하면 몸이 어떻게 될까? 지난

15년 동안 좋든 나쁘든 숱한 노력과 신체적 변모를 겪은 내 몸이 임신에 어떻게 대응할까? 내 몸이 전과 달라질 것은 분명했다. 임신 기간 내내 최대한 활동적으로 움직이고 아이를 키우면서 몸매를 유지할 방법을 모두 배우기로 맹세했다.

그 변화에 정신적으로는 어떻게 대응할까? 내가 심각한 우울증, 신체이형장애, 식이장애를 겪은 것은 사실이었다. 몇 년째 매일 우울증 약을 먹었고, 이로 인해 산후우울증 고위험군에 들어가는 게 분명했다. 그건 사실이었고, 죽도록 두려웠다. *젠장! 셰퍼드 선생님이 임신 중에는 우울증 약을 먹지 못한다고 했는데. 그럼 어쩌지?*

마치 마약 중독자가 마약을 끊어야 한다는 최후통첩을 듣는 것 같았다. 차가운 침대에 혼자 누워, 식은땀을 흘리고 떨면서, 베개에 얼굴을 묻고 울다가 단축 다이얼에 저장해놓은 전화상담 서비스에 전화를 걸게 될까? 또다시 신체이형장애가 심해질까? 논리적으로는 그렇지 않다는 걸 알면서도, 내가 '뚱뚱해진다'고 생각하게 될까?

어느 정도 논리적 이해가 필요하다는 것을 알고 있었다. 하지만 신체이형장애는 논리적 이해 따위 포도주를 만들 때 발효 전 으깨지는 포도들마냥 짓밟아 뭉개버린다. 그렇게 이성적이거나 논리적으로 생각할 능력이 있긴 한지도 모르겠어.

가슴은 어떻게 될까? 통증은 감당할 수 있을까? 19세 때 받은 수술로 인해 유선과 관련 분비선이 망가져서 모유 수유는 할 수 있는지도 알 수 없었다. 견딜 수 없이 아플까? 가슴이 다시 줄어들 수

있을까? 꼭 조이는 스포츠브라를 다시 착용할 수 있게 될까?

이 업계, 사람을 미적으로 판단하고 모든 것이 환히 눈에 보이는 소굴에서 변하는 내 모습에 어떻게 대처해야 할까? 고객들은 내가 동그란 배와 함께 '얼굴이 꽃 핀다'고 생각할까? 아니면 몸매와 선이 다 사라지고 점점 군살이 붙으면서 뒤뚱거리는 꼴을 보게 될까? 모든 게 다 망가지고 임신 후에 무겁게 뒤뚱거리는 모유 제조기가 되어버린다면, 피트니스 산업에서 어떻게 성공할 수 있을까? 생계까지 위험했다.

내가 천부적으로 이기적이라는, 부인할 수 없는 사실은 어쩌지? 사실 나는 20년 넘게 내 자신을 주인공으로 하는 신파 드라마에 사로잡혀 있지 않은가. 내 자신이 남을 보살피고, 베풀기 좋아하고, 세심한 사람이라고 믿지만, 나보다 남의 요구를 우선시한다고 생각하면 두려웠다. 특히 내 이성적 판단과 결정 기술에 온전히 의존할, 조그맣고, 잘 울고, 발로 차고, 똥을 싸는 살덩어리라면 더욱 그랬다. 내 전적을 보면 이성적 판단이든 결정이든 별로였으니까.

내 자신도 제대로 돌보지 못하는데, 다른 작은 생명을 우선시하고 돌보려면 어떤 초인적인 힘이 필요할까? 난 어떤 의미로도 '나쁜 엄마'가 되는 걸 스스로 용납할 수 없었지만(완벽주의는 타협을 허용하지 않는다), 마찬가지로 자살할까 감시받는 입장이 되는 것도 견딜 수 없었다.

진심으로 모든 것이 두려웠다.

이런 극심한 두려움에도 불구하고, 대자연은 엄청난 존재이고 아이를 갖고자 하는 소망이 모든 것에 우선했다. 어떤 어려움도 극복할 수 있었다. 나는 크리스와의 관계에서 행복하고 안정적이고 지지를 받았고, 임신과 모성의 거친 파도에 적응하고, 대처하고, 살아남기 위해서는 무엇이든 할 각오였다.

무슨 영문인지, 충분한 지지를 받자 두려움과 맞설 용기가 생겼다.

게임 시작이었다.

그리고 모든 것이 참 빨리 이루어졌다. 신년 스키 휴가 직후 임신 사실을 알게 되었고, 그 기간 동안 책에 나오는 온갖 증세가 다 나왔다.

• 커피 향이 조금만 나거나(나는 커피를 정말 좋아하는데도) 기이하게도 소금에 절인 고기 냄새가 나면 속이 메스꺼우며, 레히에는 그런 고기가 아주 많음

• 과일 맛 아이스 바를 아무리 먹어도 미친 듯이 먹고 싶음(그것도 겨울에)

• 다른 때라면 충분히 내려갈 수 있는 레드 스키 코스 등 아무데서나 이해할 수 없이 울음을 터뜨림

• 양철 조각을 빨고 있는 것처럼 입에서 계속 금속 맛이 남

• 그 옛날 내가 피했던 비치볼 사이즈로 가슴이 커짐

그렇다. 그것이 시작되었다. 세상에서 가장 두려운 것이 임신이었건만, 나는 그것을 향해 정면으로 달려가고 있었다.

31세, 임신 중

2010년 1월

앞으로 9개월을 잘 보내기 위해 주변을 정리했다. 가장 중요한 것은 이성을 놓치지 않는 것이다. 여기에 모든 게 달려 있다. 집중하기 위해 다음과 같은 처리를 해두었다.

① 스튜디오에 새로운 개인 트레이너를 소개했고, 서서히 고객을 넘겨줄 것이지만 내 자리에 다른 사람이 있는 동안에 그들의 손을 놓치지 않고자 한다. 반가워하는 고객도 있고, 그렇지 않은 고객도 있다.

② '아는 것이 힘이다'라는 생각에서(그리고 내가 워낙 만사

를 내 뜻대로 해야 하는 사람이다 보니) 임신 전후 피트니스 트레이너 자격증 과정을 시작했다.

③ 사업에 대해서도 재고하고 엄마로서 할 수 있는 일을 더할 계획이다. 딸아이가 몇 주 정도 자라면 '엄마와 아기' 그룹 운동 시간을 만들 생각이다.

④ 스튜디오의 성격 변화를 반영하도록 새로운 마케팅 전략을 생각하고 있다. '예비 엄마' 과정에 초점을 둘 계획이다. 물론, 다른 장기 사업 전략보다는 나의 새로운 의무에 맞추어 계획해야 하겠지만, 당장의 생존 전략은 그렇다.

⑤ 일대일 개인 트레이닝 레슨은 아직 계속하고 있다. 누가 봐도 나는 지금 오뚝이 꼴이지만, 고객 몇 명이 내 대신 다른 사람과 운동하는 것에 격렬히 반대하고 있어서 그렇다.

⑥ 보육 문제를 살펴보고 있다. 육아 휴직이라는 사치를 누릴 수 없으므로 사업을 유지하려면 가능한 한 빨리 일을 재개해야 한다. 게다가 그것이 정신 건강에도 좋다. 잘만 되면 우리 딸은 내가 만들어낸 무모한 계획을 위해서 함께 일하러 나올 수 있다. 하지만 생활비를 벌려면 최소한 일주일에 하루는 유료 보육이 필요할 것이다.

⑦ 더 넓은 피트니스 스튜디오로 옮길 것이다. 이건 주로

위의 ③번에서 말한 새로운 계획 덕분이다. 유모차 서너 대, 불안으로 가득한 예비 엄마의 필수품으로 가득한 기저귀 가방 수백만 개, 신경과민에 걸린 예비 엄마 0명과 그들의 꼬물꼬물 울어대는 아기들을 위한 공간이 필요할 것이다. 물론 내 딸을 위한 공간도. 어서 그날이 왔으면(꿀꺽!).

⑧ 얼마 전에 큰 집으로 이사했다. 이것 말고도 일이 차고 넘치지만(참, 릴라이언트 로빈(영국의 릴라이언트사에서 제조하는 삼륜자동차—옮긴이) 크기의 스포츠 유모차를 놓을 공간도 필요하다).

⑨ 출산 이후 복귀 계획을 짜기 시작했다. 흐음. 아주 거창한 계획이다······.

내게 큰 도움을 준 것은 어쩔 수 없이 사업에 생길 변화를 준비하는 데 온 정신을 집중하는 일이었다. 고객 대부분은 지지와 위로의 유일한 원천으로서 내게 애착을 느꼈고, 내가 그들의 레슨을 직접 해주기를 바랐다. 시시한 말장난을 하지 않더라도, 우리 사이에는 탯줄과 유사한 것이 있다. 느낌도 그다지 다르지 않다. 하지만 일단 내가 호퍼 볼처럼 만삭이 되어 스쿼트 시범을 보이지 못하고 화장실에 가지 않고는 10분도 견디지 못하게 되자, 대부분의 고객은 새로운 사정을 이해하고 대체로 잘 적응했다.

고객들은 상냥하게 지지해주었고 산전 교실에 가야 하거나 갑자기 화장실로 달려가는 등의 일을 이해해주려고 노력했다. 내가 곧 엄마가 된다는 데 많은 이들이 들떴고 우리는 덤벨을 정리하면서 아기 이름을 고민하기도 했다. 한편 둔감한 고객 중 한 명은 내 팔뚝의 살을 쿡 찔렀다.

"팔뚝 선이 없어지고 있네요, 그렇죠, 레이치?"

구멍 속으로, 바위 밑으로 기어들어가고 싶었다. 이 초현실적이고 창피한 대화를 피할 수만 있다면 어디든지.

"음, 근육은 좀 줄어든 것 같지만, 임신 28주째이니 너무 무리하지 않을 거예요."

나는 건조하게 대답했다. *젠장 난 임신 28주라고요!* 기회를 잡자마자 나를 조롱하는 데 대한 분노가 차오르면서, 이렇게 생각했다. *이 멍청한 여자야, 난 몸이 무겁고 피곤할 자격이 있어!* 그 말을 꿀꺽 삼킨 뒤에, 도로 튀어나오지 못하도록 침을 삼켰다.

그녀는 유난히 보기 싫은 조소를 띠며 나를 쳐다보았고, 이렇게만 대답했다.

"흐음."

세상에. 나만의 공간에서, 기력을 빨아가는 그녀의 부정적인 존재를 얼마나 더 견뎌야 할까? 나는 살이 출렁이는 팔을 화젯거리에서 밀어낸 뒤, 다시 지어낸 거짓 미소를 지어보였다. *55분 남았다…….*

나는 어디나, 정말로 어디든지 걸어 다녔다. 임신 전보다 훨씬 더 많이, 가차 없이 걸어 다녔다. 산을 오르고 골짜기를 내려갔다. 우유 한 통 사서 3.2킬로 떨어져 있는 가게로 걸어갔다가 돌아오는 것? 문제없었다. 이유는 알 수 없었지만 제정신을 차리기 위해서는 움직여야 했다. 유난히 가파른 우리 집 앞 언덕을 하루에 최소한 네 번은 올라갔고, 스튜디오까지 계속해서 걸어 다녔다. 둔근의 느낌이 어떤지 기억하고 심장이 가슴속에서 열심히 뛰는 것을 잊지 않을 수만 있다면.

사실 임신 초기에는 아침 일찍 달리기를 의식적으로 그만두었다. 임신을 해서도 길을 통통거리며 몇 킬로나 뛰는 장거리 달리기 집착자라는 인상을 주긴 싫다거나, 그런 문제가 아니었다. 임신 전에 달리기를 조금씩, 적당히 하긴 했지만, 그럼에도 불구하고 임신 중반에 다다를 때까지 달리기는 미뤄두었다. 왜? 나 역시 임신 중 달리기가 아주 안전하다는 것을 이성적으로(의학 서적과 증거를 통해) 알고 있었지만 내 몸이 다른 온갖 변경사항과 함께 달리기까지 견딜 수 있을지 의심스러웠다.

'*이번 임신에서 무엇이라도 잘못된다면 전부 다 네 탓이야, 레이치.*'

이런 염려가 들었고, 머릿속에서 들려오는 그 소리를 차단할 수 없었다. 원하는 대로 행복하고 건강한 아기를 얻지 못한다면, 더 이상의 자기혐오를 감당할 수 없을 거라는 생각이 들었다. 내가 어떻게 할 수 없는 일이라 해도, 나는 자신을 결코 용서할 수 없었을 것이다. 자기혐오가 얼마나 쓰라린 것인지 이미 경험한 나는 더 이상의 피해를 막아야 했다.

그래서 내가 마지막으로 참가한 대회는 임신 3~4주째, 언니와 함께 보조를 맞추어 달린 브래스 멍키 하프 마라톤이었다.

임신 1개월

2010년 1월

휴! 대회가 끝나서 기쁘다! 오늘 요크에서 열리는 브래스 멍키 하프 마라톤에서 제인 언니와 함께 뛰어주겠다고 제안하는 어리석은 짓을 했다. 언니는 아무리 잘 봐줘도 달리기에 재능이 없고 나는 임신 초기이지만 어쩌랴, 언니가 열심히 준비했으니 따라가줘야지. 2킬로도 안 되어서 언니가 불쌍한 표정으로 나를 쳐다보면서 이렇게 말했을 때 코미디가 시작되었다.

"나 지금 에너지 젤 먹을래, 레이치. 도저히 못하겠어!"

겨우 1.6킬로째였는데!

"젠장, 언니. 이제 겨우 출발했잖아! 아직 20킬로 더 가야 한다고!"

웃음이 나오기는 했지만, 언니가 정말로 완주하지 못할 수도 있다는 생각에 심란해졌다.

하나뿐인 내 에너지 젤을 언니에게 주고 14.4킬로째 연료 공급이 필요할 때에 대비해서 언니 것은 아껴두라고 했다. 나도 지금 스피드를 낼 수는 없는 처지지만, 언니가 너무 느리게 달리는 바람에 뒤로 돌아 달려야 할 지경이었다. 21킬로미터의 고행동안 언니에게 내내 붙어 있었고, 우리는 결국 2시간 30분 정도의 기록으로 결승점을 지났다.

불쌍한 언니. 언니는 수영을 계속하는 게 좋겠다.

세월이 얼마나 변했는지. 내가 백조 공주 언니의 보조를 맞추어 하프 마라톤 대회에 나갈 줄 누가 알았을까. 임신 초기인 것은 고사하고 말이다.

굳이 내 입으로 말한다면, 나는 임신 내내 놀라울 정도로 인내심을 보였다. 신체가 변화하고 호르몬이 솟구쳤고, 나는 알아볼 수 없는 아기 양육 장치로 바뀌고 있었다. 이 모든 것이 두렵고 생소하게 느껴졌다.

9개월 동안 걸어 다니고 말하는 인큐베이터가 되고, 임신이 나를 어떻게 집어삼키든 맞설 준비가 되어 있었다. 직장 정리? 완료. 스튜디오 이전 계획? 완료. 집 이사 준비? 완료.

내가 미처 준비하지 못한 것은, 임신 기간이 끝난 뒤 나 자신을 상실하고 차츰 길을 잃고 방황하는 내가 되어가는 것이었다.

계획이 필요했다. 살아남을 계획.

구해줘, 달리기

임신 4개월

2010년 4월

이미 본머스(영국 도싯 주의 도시—옮긴이) 사이즈가 된 배와 멜론을 하나씩 붙여놓은 것처럼 부풀어 오른 가슴을 안고 커피숍 테이블에 앉아 있다. 읽고 계획을 짜려고 노력 중이다. 아기 엄마가 갓 완성한 아기를 데리고 들어온다.

"어머. 귀여워라! 정말 사랑스럽네요."

소형차보다 더 비싼 최신형 유모차에서 발버둥을 치며 까르륵거리는 살덩어리를 보고 어떤 할머니가 속삭인다. 가슴이 붓고 쓰라리다. 계속 계획을 짜려고 노력한다.

"몇 개월이죠? 얼굴이 참 예쁘네요!"

할머니는 아기를 참 좋아하는 사람이다(어쩌면 할머니들이 다 그런 것 같다. 공짜 버스표를 받으려면 거쳐야 하는 관문일까?).

엄마는 환하게 웃는다. 분홍빛 뺨을 한 얼굴은 건강하고 통통하고, 그녀는 발버둥치는 살덩어리를 편안하게 데리고 있다. 할머니를 보고 상냥하게 웃는다.

"이제 2주 됐어요."

그녀의 얼굴이 빛난다.

"곧 엄마와 아기 커피 모임에 갈 거예요, 그렇지, 애비게일? 그럼요!"

그녀는 애비게일이라는 이름의 살덩어리에게서 대답을 기대한 걸까? 모르겠다.

뱃속에서 발길질이 느껴진다. 또. 어떤 아기일까? 여자라는 것은 안다. 젠장! 날 닮으면 어쩌지? 그럼 어쩌지? 게다가 작고, 발버둥치고, 똥을 싸는, 미니어처 나와 대화를 나눠야 할 땐 어떻게 대처하지? 아무리 애가 귀엽다 해도?

그들의 상냥하고 폭신한 대화를 무시하고 계획 짜기에 집중하려고 한다.

계획이 절실하니까.

임신을 무사히 마치기 위해서는 모든 목표를 무색하게 만드는 목표가 필요했다. 나는 다시 체력을 되찾고 몸을 되돌릴 수 있을 거라고 믿어야 했다. 제정신은 물론이고.

그러므로 이전 어느 때보다 더 크고 더 좋은 도전거리를 찾기 시작했다. 내 정체성을 되찾기 위해 싸워야 하는 절대적인 이유 말이다.

나는 머릿속에서 톱니 돌아가는 소리를 들으며 사무실 책상에 앉아 있었다. 생각하는 중에 누군가의 뇌가 부딪치고, 돌고, 챙그랑거리는 소리가 들릴 수 있다면, 내 생각은 분명히 들을 수 있었다. 계획을 짤 필요에 대해 생각했다. 하지만 그 이상이었다. 앞으로의 내 생존이 모두 거기 달린 것처럼, 강렬하고도 뜨거운 욕구였다. 그 욕구가 너무나 강하게 내 몸속에서 고동치고 있어서 태아가 뱃속에서 가만있지 못하고 꼼지락거리는 것으로 착각할 지경이었다. 도저히 떨칠 수 없는 욕구였다. 저 나름의 생명과 맥박을 가진 욕구였다. 무언가 태어날 것이다. 내 아기처럼.

임신 전의 삶이 한 장면씩 머릿속에 떠올랐다. 어맨다와 그 엄마의 우주인 담요, 팻과 상냥한 해리어스 클럽과 함께했던 즐거운 화요일 밤의 달리기, 처음 그레이트 노스 런에서 받아 추억 상자에 보관하고 있는 메달, 팀이 "우린 달리기 체질이 아니야"라고 말했을 때 속이 뒤틀렸던 것, 셰필드 하프 마라톤에서 원뿔형 표지에 걸려 넘어져서 샤즈가 따라잡기를 기다렸던 것, 그리고 바로 몇 주 전, 임신도 안 했고 달리기도 안 하는 언니와 함께 달려주느라 속도를 줄였던 브래스 멍키 하프 마라톤까지.

달리기를 생각하며 그리워했다. 뉴욕 마라톤의 꿈이 기억났고, 내가 가질 수도 있었지만 인연이 닿지 않은 자리도 떠올랐다.

그거야! 웅웅거리는 머릿속에 그 생각이 떠오르고 아드레날린과 함께 심장이 두근거리자, 마치지 못한 일이 가슴에 사무쳤다. 문득 이것이 바로 내 계획임을 깨달았다.

2011년 버진 런던 마라톤에 참가 신청을 해야지!

대회 날은 내 빵이 내 편안한 오븐에서 나오는 순간으로부터 6개월 반쯤 지난 시점이었다.

그것은 앞서 세운 모든 계획과 달랐다. 그것은 내가 이 시점까지 세운 모든 목표를 합친 것보다 더 큰 목표였다. 법학 학위와 이후 자격증을 받는 것보다 더 거창했다. 커리어를 유지하고 바꾸는 것보다 훨씬 더 야심찬 계획이었다. 더럽고 낡은 닭장 창고를 특수 피트니스 스튜디오로 바꾸는 것보다 훨씬 더 크고 터무니없는 일 같았다.

대체 어떻게 7개월 만에 분만실에서 런던 마라톤 결승점까지 가겠다는 거지? 나도 알 수 없었다.

하지만 너무나 현실적인 목표이자 계획 같았다. 달리기에 대한 내 사랑과 믿음을 확인해주는 것이었으니까. 마치 달리기가 나를 구원할 수 있음을 내가 아는 것 같았다. 전에도 그랬듯이, 다시 그럴 수 있을 것이다. 내가 상상했던 것보다 더, 달리기가 그리웠다.

이것은 몇 년 전 뉴욕 마라톤을 완주하겠다던 망상과는 전혀 달랐다. 그때는 뉴욕 마라톤이 전혀 현실적으로 느껴지지 않았다. 그것은 내 심장을 쥐고 내 존재가 거기 달린 것처럼 뛰게 만들지 못했다. 그 시절 나는 텅 빈 인생을 내려다보며 온통 슬픔에 사로잡혀 있었다.

지금은 빈 곳이 없었다. 대신 아주 거대한 도전이 놓여 있었다. 거대한 산처럼 버티고 있었다. 하지만 오르지 못할 상대는 아니었다. 이번에는 그 산을 넘고, 도전과 싸워야 했다. 왜? 내 정신이, 공포와 정면으로 승부할 수 있다는 믿음이 거기 달려 있으니까.

어쩌면 이전 삶의 장면들이 나를 이 순간까지 이끌고 온 것일지도 모른다. 만약 정말 그렇다면?

우선, 무슨 수를 써서라도 2011년 버진 런던 마라톤에 자리를 얻어야 한다. 그 출발선에 서야만 한다는 미친듯이 압도적인 확신에 사로잡혔다. 게다가 나는 42.1킬로미터를 완주할 수 있을 거라고 생각했다. 달리고, 걷고, 안 되면 기어서라도 결승점을 지날 생각이었다.

내 인생에서 가장 큰 성취가 될 것이다. 죽을 만큼 두렵게도 내가 처음 참가하는 마라톤이라는 점뿐만 아니라 내가 세상에서 가장 큰 두려움(엄마 되기)을 극복한 지 7개월 뒤에 도전한다는 점에서 말이다.

정말로 감당할 수 없는 일을 시작한 건지 의아한, 그런 도전을 결심해야 했다. 엄마가 된 후에 엄청난 크기의 목표를 정했고, 오로지 두렵기 때문에 힘을 얻어야 했다. 마라톤 이외에는 그 무엇도 부족했다.

그래서 나는 2011년 버진 런던 마라톤 공개 추첨에 온라인으로 응모했다. 사실, 내 자신과······ 틸리의 아빠 크리스(본인 모르게)······ 그리고 언니(역시 전혀 몰랐다) 이름으로도 응모했다. 아, 엄마도. 그때 68세였지만. 그중 한 명이라도 자리를 얻는다면 내가 나간다는 계획이었다. 등록 시 신원 확인 과정을 생각하지 못했으니 어리석고 순진한 계획이었다. 정말로 몰랐다(만약 68세의 엄마로 변장을 해야 했대도, 출발선에 서려는 시도는 해봤을 것이다)!

몇 달이 지났고, 답신이 도착했다. '죄송합니다! 당첨되지 못했으며······'라는 런던 마라톤의 거절 잡지가 위로의 뜻으로 동봉한 엄청나게 큰 러닝 재킷과 함께 도착했다. 아아아 젠장. 크리스는 안도했다. 엄마와 언니도 마찬가지였다.

자리를 얻을 확률이 이제 50퍼센트로 줄었지만, 나는 혹시라도,

정말 혹시라도 그물을 통과할 가능성에 매달렸다. 맹목적인 희망이라고 불러도 좋다. 윌리 윙카의 골든 티켓이 모두 주인을 찾아갔다고 믿었지만, 찰리에게 무슨 일이 생겼는지 보라구! 나는 막연한 가능성에 매달렸다.

"오늘은 우편물 없어?"

몹시 심드렁한 척, 크리스에게 물었다.

"없어. 내게 몇 통 온 거랑 수도세 고지서뿐이야."

크리스는 내가 무엇을 찾는지 잘 알면서 이렇게 대답했다.

우리는 일주일가량 비슷한 일과를 거쳤고, 그러다가 그것이 도착했다. 내가 먼저 아래층에 내려갔다. 셀로판지를 통해 글자가 또렷이 보였다. '축하함……' 그거면 충분했다.

"하하 젠장! 이거 봐! 못 믿을 거야. 아아아아아아아악! 젠장 젠장 젠장! 믿을 수가 없어! 내가 붙었어! 자리를 얻었다구! 들어갔어!"

나는 거실과 주방, 위아래 층을 사방팔방 뛰어다니며(정확히는 뒤뚱거리며) 외쳤다.

판에 박힌 말을 좋아하는 아빠는 늘 "행운은 용감한 자의 것이다"라고 말했다. 그러니 아마 운명이 내 터무니없고 야심찬 계획을 지지해주기로 한 모양이었다. 몇 년 전 닭장 창고 개조 때와 마찬가지로.

믿을 수가 없었다. 런던 마라톤에 참가할 수 있게 되었다. 크리스는 처음에는 놀라더니, 내 소망이 이루어진 데 약간 겁을 먹은 것 같았다. 내 어마어마한 목표 즉 시간과 헌신, 에너지와 집중력을 요구할 목표는 이제 현실이 되었다. 정말로 실현되고 있었다.

나는 '축하합니다! 당첨되셨습니다!' 잡지를 들고 앞표지부터 뒤표지까지 읽었다…… 50번이나.

어쩌다
슈퍼우먼이······?

32세,

엄마가 된 지 2주

2010년 10월

임신 과정은 끝없이 긴 장시간 비행(기내식이나 영화 상영도 없이)을 견디는 것 같았지만, 우리는 마침내 목적지에 다다랐고 2010년 9월 22일 오후 9시 10분에 틸리가 태어났다.

새로운 의무가 생겨나고, 새로운 삶의 초점이 생겼다. 임신 후 예전의 나로 돌아가 다시 나로 존재하는 것은 엄청나게 높은 산을 오르는 과정이 될 것이다. 지금 당장은 모든 것이 굉장히 주눅 드는 일이다.

딸아이는 아직 몇 주밖에 안 되었고 내 도전은 이제 막 시작되었지만 이번에는 전보다 더 건강하고, 빠르고, 강인해지고 싶다.

엄마가 되는 것이 내 체력과 달리기, 신체와 자신감을 타협해야 하는 이유가 뭘까?

그렇다는 생각을 받아들이지 않겠다.

틸리는 걸어 다니는 인큐베이터인 내게서 아주 한참동안 달래 나오게 해야 했다. 정확히 말하면, 강제 퇴거시켜야 했다. 지역 산부인과 병동(혹은 수용소)에서 나흘간의 짧은 휴가를 가진 뒤, 우리는 마침내 귀가할 수 있었다. 여전히 자유의 몸은 아니었지만. 나는 계속 일을 하다가 임신 38주에 운동 레슨을 그만두었다. 6주 뒤에는 다시 일하러 돌아가기로 했다.

세상에! 해방되었다! 자유다! 온갖 항생제와 진통제를 처방받

았고, '휴식'(아직도 이 말이 싫다)을 취하라는 말을 들었다. 아래는 커다란 코너 소파* 크기로 부어올랐다. 다리를 800미터쯤 벌리지 않고도 걸을 수 있는 날이 다시 올지 모르겠다.

너무나 오랫동안 내 몸에 갇혀 살아온 나는 우리의 첫 산책을 나가겠다고 자신만만하게 선언했다. *해방이다!*

현관문 밖으로 한 발을 이미 내디딘 뒤 위층에 대고 외쳤다.

"좋아, 크리스. 나갔다 올게. 틸리도 데려가. 곧 올 거야."

크리스는 3층의 서재 발코니에서 내다보았다.

"정말 나갈 수 있겠어, 레이치? 정말로? 집에 온 지 하루밖에 안 됐는데 벌써 무거운 유모차에 아기를 태우고 산을 오른다고? 아직 제대로 걷지도 못하잖아!"

"응! 물론 할 수 있지! 정말이야, 별일 없을 거야!"

설득력을 발휘하기 위해 한 옥타브 높은 목소리로 말했다. 사실, 내가 현관에서 나가지 못한다면 흰 제복을 입은 남자들의 방문을 받게 될 지경이었다. 크리스는 차라리 그 가능성을 염려하는 편이 나았다.

"굳이 가겠다면."

크리스는 위층의 자신만의 소중한 공간으로 들어가면서 이렇게

• **코너 소파** ㄱ자형 소파를 말한다 ― 편집자 주

중얼거렸다.

우리는 아주 가파른 언덕 꼭대기에서 들판과 닭장 피트니스 스튜디오를 연 전원 상가 지역을 내려다보며 살았다. 까르륵거리는 아기를 싸개로 꽁꽁 싸맨 뒤, 나는 문으로 향했다. 우리는 함께 행복한 마음으로 너무나 가파른 길을 내려갔다. 제정신을 찾아서.

나도 빠르게 걷는 것을 알고 있었다. 유모차가 내리막으로 내려가는 속도를 제어하려니 무게가 1톤은 되는 것 같았지만, 다시 움직일 수 있는 것, 마침내 자유가 된 것이 너무나 좋았다. 다시 집으로 돌아가 갇히는 건 생각하기도 싫어서 그냥 계속 걸었다.

약효가 좋았던 모양이다. 일직선으로 걷지는 못했지만 큰 통증은 느끼지 않았다. 아니, 통증을 느꼈는지 몰라도 자유와 움직임이 합쳐져 발생하는 행복감이 아주 효과적인 진통제였나 보다.

우리는 상가 지역을 한 바퀴 돌았고, 나는 돌아서 그 가파른 언덕으로 튼튼한 유모차를 밀었다. 증기기관차처럼 헉헉거리면서 가장 가파른 고개를 올라갔다. 머리를 숙이고, 유모차에 팔을 끼우고 다리로 밀었다. 목 뒷덜미에 땀이 흐르는 것이 느껴졌다. 너무 힘겨웠지만, 상관하지 않았다. 자유를 위해 치러야 하는 작은 대가였다.

그날 밤 나는 통증에 잠에서 깼다. 봉합한 곳이 터지고 '코너 소파' 부분 전체가 악화되면서 이차 감염이 일어난 것이었다.

"이게 다 당신이 어리석게 굴어서야!"

항생제와 진통제를 받으러 다시 병원으로 돌아가면서 크리스가 지친 목소리로 말했다. 풀려난 지 몇 시간 만에 우리 셋이 다시 비참한 병동에 앉게 되자 나는 절망해서 울었다. 크리스의 말이 옳았다. 이번에는 전부 내 탓이었다.

의사가 상처를 진찰할 때 아파서 얼굴을 찡그렸다. 이런 상태가 되기까지 내가 무슨 짓을 했는지 도저히 말할 수 없었다. 의사가 바로 몇 시간 전, 퇴원 직전에 와서 치료를 해주었는데 말이다.

새벽 2시쯤 봉합이 끝나고 다시 약기운이 돌자 우리는 졸린 상태로 병원에서 다시 나왔다.

"잠깐! 틸리의 카시트를 고정시키지 않았어!"

틸리의 조그만 신생아용 카시트를 워치독 품질 보증 안전장치에 연결하지 않아 이리저리 흔들리는 것을 문득 깨닫고 나는 비명을 질렀다. 크리스가 차를 세우고 우리는 짜증나는 안전벨트와 씨름을 한 뒤 다시 어색한 침묵 속에서 망할 언덕을 올라 집으로 향했다. 나는 차에서 조심스레 내리면서 이렇게 생각했다. 이번에는 올바르게 행동할 수 있을까?

정직한 대답을 할 수 있을 만큼 내 자신을 믿기는 하는지 알 수 없었다.

출산 후 엉망이 된 몸으로 마라톤 준비를 하는 데까지 겨우 7개월밖에 여유가 없었고, 나는 2011년 4월 런던 마라톤의 출발선에 서기 위해 필사적으로 노력했다.

이미 스튜디오 운동에 엄마와 아기 운동 레슨을 넣어두었고 임신 초기에 정신건강 및 마라톤 훈련 계획도 정해두었다. 이것이 일종의 새로운 론칭이라고 생각했고, 새 레슨을 알리면 좋을 것 같아 지역 신문 기자를 스튜디오에 불러서 변화 내용을 이야기했다.

기자는 내 스튜디오 앞에 차를 세우고 갓 세차한 고급 사양 레인지 로버의 문을 열었다.

"안녕하세요, 레이첼! 만나서 반가워요! 와, 정말 멋진 곳이군요!"

그녀는 환하게 웃으면서 스튜디오를 살펴보고 아름다운 경치를 감상했다.

그녀는 내가 자신을 맞이하기 위해서 일주일 내내 쓸고 닦고 거울을 닦고 쿠션을 두드려댄 것을 몰랐다. 우리는 폭신하고 편한 의자에 앉아서 이야기를 나눴다. 나는 어린 시절 겪은 체중 문제와 그로 인해 왜곡된 몸 관념을 가졌던 이야기를 했다. 그녀는 적절한 곳에서 웃어주며 받아 적고 고개를 끄덕였으며 알아볼 수 없는 곳에 줄을 치기도 했다.

"이야기해줘서 고마워요, 레이첼. 정말 즐거웠어요!"

그녀는 깔끔한 사륜구동 자동차의 창문을 열고 이렇게 말했다.

"잘되면 다음 주 금요일 신문에 게재될 거예요. 여성 섹션에요. 그럼 잘 지내요!"

그 말과 함께 그녀는 떠났다.

젠장, 내가 무슨 말을 한 거지? 새로 생긴 기자 친구가 내 특수

닭장 피트니스 스튜디오에서 떠나는 것을 보며 생각했다. 내가 그렇게 재미있을 리는 없는데?

금요일이 왔고 나는 일찍 달려 나가 그 신문을 구했다. 1면에 나와 틸리의 커다란 사진이 실려 있었다. *1면이라니!* 내 자신과 내 사업, 내 능력에 대해 완전히 사기를 친 것이 아닐까 생각하며 침을 꿀꺽 삼켰다.

미친 듯이 신문 페이지를 넘겨 그 기자가 말한 여성 섹션을 찾았다. 내가 나왔다. 나에 대한 기사가 한복판에 두 페이지나 실려 있었다. 보잘 것 없는 나에 대해서. 나와 딸의 사진들이 나붙어 있었다. 스포츠 유모차에 틸리를 싣고 달리는 사진. 틸리를 아기 띠에 넣어 안고 삼두근 단련을 하는 사진. 어딘가 숲에서 달리는 척하는 사진들. 나, 나, 빌어먹을 나. 젠장! 내가 무슨 짓을 한 거지? 2면 기사에 붙은 헤드라인을 보고는 다시 침을 꿀꺽 삼켰다.

"슈퍼우먼 첫 아이의 엄마가 되어 산후 운동 맞춤 서비스를 운영하면서 런던 마라톤을 준비하다!"

젠장! 내가 무슨 짓을 한 거지? 이건 내가 알지도 못하는 사람이라고! 내가 뭐라고 했기에!

집으로 돌아와서 기사 내용을 곰곰이 살펴보았다. 슈퍼우먼?! 슈퍼우먼이라는 소린 왜 나온 거지? 대체 그게 누군데?

기사를 반복해서 읽으며 나와 닮은 점이 있는지 찾아보았고 나르시시스트에 자기중심적인 멍청이가 된 느낌을 지우려고 애썼다.

기자는 내 배경과 런던 마라톤을 완주하고자 하는 계획을 내 예상보다 훨씬 더 멋지게 꾸며놓았다.

자부심과 창피함이 동시에 나를 채웠지만, 한 가지는 확실했다. 이 마라톤을 꼭 완주해야 한다는 것. 새로 사귄 기자 친구 덕분에 나는 그 사실을 사람들 앞에 선언한 셈이었다. *젠장. 이제 빠져나갈 길이 없어, 레이치!* 변명도 없고, 퇴로도 없다. 2011년 4월 런던에서 출발선에 서겠다는 약속을, 더군다나 완주하겠다는 약속을 지켜야 했다.

그게 어떻게 가능할 것인지, 거기까지 가는 데 무엇이 필요할지는 생각하지 못했다. 그저 무슨 일이 있더라도 그렇게 하리라는 생각뿐이었다.

내겐 운동화가
필요하다는 것

    정말, 정말로 힘든 겨울이었다. 눈이 그치지 않았다. 점점 더 크고 탐스러운 눈송이가 내려 고요하고 심란한 겨울 풍경에 쌓여갔다. 우리는 곧 언덕 꼭대기 집에 고립되었다. 벽난로에서 장작을 태우고 그득한 창고에서 위로가 되는 탄수화물을 꺼내 배를 채우며 자연이 저절로 녹아들 때까지 기다리는 사람도 있을 것이다. 하지만 난 아니다. 나는 내키지 않지만 아기 양육 장치로서 임무를 방금 마쳤고, 자유를 갈구했다. 밖에 나가고 싶어 견딜 수 없었고 몸이 운동을 열망했다. 훈련도 필요했다. 시간이 흘러가고 카운트다운 시계가 째깍거리기 시작했다. 마라톤이 다가오니 준비를 해야 했다. 그날은 아무리 눈을 치워도 도움이 되지 않았다.

자연이 벌써부터 나를 방해하는 것처럼 느껴졌다. 배관이 얼어붙자 집에 물이 나오지 않았다. 눈과 얼음 덕분에 달리기란 우스울 지경이 되어버리자 춥고, 지치고, 짜증이 났다. 아직 나만의 잡탕 마라톤 훈련 계획을 시작도 안 했는데 말이다. 스튜디오 운동도 날씨 탓에 영향을 받고 있었고, 피트니스 업계에서 '가뭄 시기'라고 부르는 크리스마스가 코앞에 다가오면서 나는 어둡고 우울한 심연 속으로 전속력으로 곤두박질치지 않으려면 어떻게 해야 할까 생각하면서 빙빙 돌고 있었다.

나의 정신 건강을 위협하는 침팬지들이 언제든 무대에 난입해 재미있을 법한 공연을 망칠 기회만 엿보고 있는 것 같았다. 그런 사태를 막아주는 것은 세 가지뿐임을 알고 있었다.

그건 운동과 달리기, 자유로서, 서로 뗄 수 없는 관계이자 매끄럽게 치환될 수 있었다. 운동, 달리기, 자유. 운동, 달리기, 자유. 숨을 쉬려면 공기가 필요하듯이 내겐 그것들이 필요했다.

게다가 나는 심각한 폐쇄공포증에 시달리고 있었다.

'여기서 나가야만 해. 이 공간에 갇혀 있다가는 미쳐버릴 거야!'

마음속으로는 어째서 이렇게 답답한지 어떤 논리나 이성적인 이유를 간절히 찾으면서도 크리스를 붙잡고 엉엉 울었다.

"대체 저 속에서 마라톤 훈련을 어떻게 하라는 거야?"

나는 겉보기에는 아무런 해도 없지만 소리 없이 사람의 기를 빨아가는 창밖 광경을 가리키며 울부짖었다.

질문은 그가 아니라 내가 풀어야 했다. 그에겐 해답이 없고 그가 답을 내놓아야 할 이유도 없다는 걸 나도 알았다. 모든 것이 완벽하게 압도적이었다. 운동화는커녕 부츠를 신고도 밖에 나갈 수가 없는데. 대체 이 눈은 언제 그칠 셈이지?

틸리를 젖소 무늬 담요에 쌌다.

"크리스."

위층에 대고 외쳤다.

"스튜디오에 다녀올게. 러닝머신에서라도 좀 달려야겠어. 틸스도 데려가. 분위기도 한번 바꿔줘야지."

몇 주밖에 안 된 틸스가 주위 분위기에 신경을 쓸지 확신은 없었지만, 적어도 1~2시간 색이 다른 벽을 보며 똥을 누고 자도 될 것 같았다.

"하지만 차에 눈이 쌓였어. 빠져나갈 수가 없어!"

크리스가 3층 다락방 서재(집 전체에서 아기의 영향을 받지 않는 곳은 우습게도 거기뿐이었다)에서 아래층을 향해 외쳤다. 나는 그가 거기서 행복하다는 걸 알고 있었다. 그는 제대로 된 커피만 마실 수 있으면 그곳에서 며칠이고 견딜 수 있었다. 일종의 인내심 같다.

"다리가 있잖아. 걸어서 갈 거야."

나는 또 하나의 장애물에 짜증이 나서 외쳤다.

크리스가 3층 계단을 내려와서 반대하기 전에 틸스와 나는 긴 극지방 탐험이라도 가는 사람마냥 옷을 입고 눈보라 속으로 나섰다.

일단 닭장 창고 피트니스 스튜디오에 내려온 뒤, 러닝머신의 전원을 켜고 음악을 틀고 틸스를 담요에서 풀어놓았다. 틸스는 밝은색 베이비 매트 주위를 버둥거리면서 돌아다니며 까르륵거렸고, 나는 내 몸에 달리는 법을 상기시키려고 노력했다.

그리고 달렸다. 모든 것이 훨씬 더 밝게 느껴지기 시작했다. 더 이상 춥지 않았다. 엔도르핀이 마법을 발휘하고 머릿속의 침팬지 무리가 조용해지자 상황을 객관적으로 볼 수 있었다. 운동과 달리기, 자유가 합쳐져서 일으킨 마술 덕분이었다. *운동, 달리기, 자유.*

"우린 할 수 있어, 틸스! 할 수 있다고!"

아이팟으로 요란하게 틀어놓은 90년대 댄스 음악이 울려 퍼지는 가운데, 나는 딸에게 외쳤다.

틸스는 즐겁게 까르륵거리더니 바지를 적셨다. 또.

러닝머신을 마친 뒤 눈 쌓인 가파른 언덕을 올라 따뜻한 난롯불로 향했다. 내 세상이 무한히 행복한 곳으로 느껴졌다. 울지 않는 아기와 함께 소파에 앉아서 텔레비전에서 체비 체이스의 바보 같은 크리스마스 영화를 틀어놓고 크리스마스트리의 불빛이 반짝이는 것을 보았다. 전에는 그것이 반짝이는지조차 몰랐다.

"어땠어? 걱정되던 참이었는데!"

크리스가 집 꼭대기의 서재에서 계단을 천천히 내려오면서 말했다. *정말로 지금껏 내내 거기 있었던 걸까?* 어떻게 그가 미치지 않는지 이해할 수 없었다.

"좋았어. 고마워!"

나는 훨씬 더 밝은 목소리로 대답했지만, 얼마나 기분이 좋아졌는지, 이유가 무엇인지 말로 표현할 수 없는 것에 답답함을 느꼈다.

"틸스도 잘 있었어. 스튜디오에서 매트를 굴러다니는 걸 좋아하던데. 틸스도 여기 갇혀 있는 게 미칠 것 같았나 봐!"

그는 이해하지 못한다는 걸 알았다. 어떻게 이해하겠는가? 나는 비밀의 열쇠를, 그가 함께할 수 없는 행복한 장소를 찾은 것 같았다. 그리고 그곳을 잊을 수 없었다. 잊기도 싫었다. 이미 이 사실이 우리 두 사람의 세상에 간극을 만들고 있었다. 얼음덩어리가 움직여 새로운 대륙을 만들듯이. 돌이킬 수 없는 일이었다.

나는 머릿속에 이렇게 기록해두었다. *(앞으로도 또 분명히 그러겠지만)* 오늘 아침처럼 상황이 걷잡을 수 없이 돌아가면 얼마나 쉽게 해결할 수 있는지 기억해. *운동, 달리기, 자유.*

2011년 마라톤 훈련 스케줄

· 2010년 12월

1번 레이스: 산타 5km

2번 레이스: 핫 토디 10km

· 2011년 1월

3번 레이스: 프레스턴 10km

4번 레이스: 펠 레이스(고지) 11.2km

- **2011년 2월**

5번 레이스: 그레이트 노스 웨스트 하프 마라톤 21km

- **2011년 3월**

6번 레이스: 트림펠 32.1km

7번 레이스: 킬로마톤 26.2km

8번 레이스: 스펜 32.1km

- **2011년 4월**

버진 런던 마라톤 42.1km

1번 레이스:
산타클로스 달리기

2010년 12월 초

이제 틸스는 10주가 되었고 이 망할 놈의 눈이 더 내리기 전에 첫 번째 레이스 준비를 할 시간이 되었다.

사실, 5km짜리 산타 달리기는 런던 마라톤에 그다지 진지한 준비 과정이 되지는 않겠지만, 지난겨울 임신 초기에 언니와 함께 어이없는 하프 마라톤을 완주한 이후 처음으로 참가하는 공식 대회였다.

힘들었지만 굉장히 재미있었다. 5km밖에 안 되는 걸 알고 있었지만, 이런 계기가 필요했다. 또 임신 초기에 정한 목표를 이루기 위해서는 진지한 훈련이 필요하다는 사실도 기억하게 되었다.

모두에게 맞는 원 사이즈 산타클로스 옷(게다가 온몸이 근질거렸다)을 입고서 달리는 내내 커다란 산타 바지를 붙잡고 까끌거리는 산타 수염을 긁어대면서도 나는 적당한 기록을 냈다. 더욱 중요한 것은, 크리스를 이겼다는 것이다! 뼈아픈 패배일 것이다.

그 망할 싸구려 펠트 옷이 방해만 안 했으면, 발을 디딜 때마다 바지가 발목까지 내려가려고 하지 않았다면, 몇 분은 더 빨리 들어왔을 것이다.

어쨌든, 다음 목표는 10km 대회이고, 가렵기만 한 무대 의상을 핑계로 삼을 수도 없을 것이다. 자, 덤벼라!

나는 순진하게도 임신 기간 동안 달리기 대회 일정을 검색해보고, 아무런 근거도 없이 손수 짠 마라톤 훈련 계획에 도움이 될 것 같으면 무조건 등록했다. 집에서 가까운 대회도 있었고, 최초의 유인우주선에 맞먹는 실행 계획이 필요한 대회도 있었고, 죄다 나가기 위해 전력을 다했다. 내 계획이 세상에서 가장 발달된 빈틈없는 마라톤 훈련 계획은 아니지만, 어쨌든 시작이었다.

레이스 참가. 이것이 내게 동기를 부여하고 스케줄을 잡아줄 예정이었다. 첫 마라톤으로 가는 길에 작은 목표가 여러 개 생길 것이고, 그러면 긴장을 다스리는 법부터 대회 전후 영양공급과 타이밍 등 대회 전반에 익숙해질 것 같았다.

일반 대회에 참가하면 시간이 지나면서 마라톤에 집중할 수 있다. 게다가 내가 훈련하고 발전하는 과정을 점검하는 가장 좋은 방법이었다. 다른 식으로는, 현실 속에서 게을러지는 내 몸에 그 이상을 요구할 방법이 없었다. 계속해서 대회가 있다는 두려움이 들어야 신체적으로나 정신적으로나 마라톤에 대비할 것임을 알고 있었다.

블로그도 도움이 되었다. 출산 후 마라톤 여정에 대해 블로그에 기록하기로 했다. 앞으로 몇 달 동안 내가 등록한 이런저런 대회 덕분에, 가벼운 마음으로 끼적이는 우스꽝스러운 단상 이상의 진지한 사색거리가 생길지도 몰랐다. 별 이야기를 다 담게 될 것이고 '마라톤 훈련 계획'과는 전혀 다른 종류의 흥미로운 여정이 되리라. 이 기록은 고객이나 읽고자 하는 모든 이와 나눌 수 있을 것 같았다.

그때는 달리기 클럽 회원이 아니었고, 클럽에 가입 안 하고 지낸 지 몇 년째였다. 지금 내 목표의 성취 여부는 오로지 내 책임이었다. 그러고 싶었다. 나만이 만들 수 있는 단일 트랙 같았다. 내 의지와 결심에만 달려 있는 독특한 임무라고 여겼다. 마라톤의 외롭고 힘겨운 여정에서 극복 수단을 찾아내는 것이 나 혼자라고 생각했다.

달리기는 나만 아는 행복한 장소였고 남과 나누고 싶지 않았다. 엄마, 스튜디오 오너, 누군가의 파트너, 책임감 있는 딸이라는 내 역할로부터 잠시 벗어나기 위해 가는 곳이 바로 달리기였다. 엄마가 되면서 내게는 막중한 책임이 생겼다. 진짜로 심각한 책임이었으며 그로 인해 답을 구할 수 없는 질문들이 머리에서 떠나지 않았다. 이 끊임없이 떠오르는 힘겨운 질문이 멈추는 순간이 바로 밖에서 달릴 때였다. 그 순간을 마치 신성한 것처럼 소중히 여겼다.

궁극적으로 엄마가 되는 것은 모든 걸 바꿔놓았다. 내가 엄마가될 수 있음을 스스로 증명해야 하는 것처럼, 마라톤을 완주할 수 있다는 사실을 스스로에게 증명해야 했다. 하나를 성공하면 다른 하나도 성취할 수 있으리라는 가느다란 희망을 갖게 되는 것이다. 그래서나는 달리기에 점점 더 의존하게 되었다.

폭풍 속으로의
자유

2010년 12월말

오늘 아침 일찍, 그냥 침대에 누워 커다란 흰 빵에 베이컨을 끼워 샌드위치를 만들어 먹고 일요일 아침이니 틸스를 꼭 끌어안고 있으면 안 될까 싶었다. 얼마나 그러고 싶었는지 모른다.

언덕 꼭대기에서 창밖을 바라보니 시커먼 먹구름이 세찬 비를 뿌리는 아마겟돈*의 광경이 펼쳐져 있어 가슴이 철렁했다. 게다가 구름은 강풍까지 동반하고 있었다.

믿음이 안 가는 자기계발서 같은 소리지만, 바깥 상황이 아무리 엉망이라 하더라도 계획을 지키는 것이 베이컨 샌드위치가 주는 짧은 위로보다 훨씬 큰 만족감을 준다는 것을 나도 알고 있었다. 그러니 그 순간 내게는 갈등할 이유가 전혀 없었다.

나는 크랙 로드를 달리기로 했다. 우리집 바로 앞에 있는 그 길은 잉글랜드에서 가장 긴 비탈길이며 8.8킬로에 걸쳐 해발 295미터까지 올라간다. 비탈을 오르는 내내 미친 듯이 불어오는 맞바람과 싸웠고 몇 분 만에 머리부터 발끝까지 흠뻑 젖었다. 대자연이 펼쳐지고 휴대폰 수신이 끝나는 지점에서 돌아서서 속도를 높여 집으로 왔다.

오르막과 사투를 벌이는 동안에는 대체 무슨 짓을 하고 있나 싶었지만 내리막을 내려오면서는 멋진 기분이라는 것을 깨달았다! 그 어떤 고급 마사지를 받았을 때보다 내 얼굴은 더 생기 있고 탱탱해졌다. 온몸이 살아 있는 느낌이었고 강풍과 비에 피부는 간질거렸다. 게다가 베이컨 샌드위치가 정말로 먹고 싶어졌다.

그래서 오늘 "왜?"라는 질문이 숱하게 떠올랐지만, 결국

• **아마겟돈** 기독교 세계에서 선과 악의 세력이 싸우는 최후의 전쟁터를 이른다 ─ 편집자 주

누워서 빈둥거리기를 희생한 것은 사실 희생이 아니었음을 깨달았다.

힘들기는 했지만 보람 있었다.

참, 달리기 후에 맛보는 베이컨 샌드위치는 세상에서 가장 맛있는 음식이었다.

"뭐? 이 와중에 나간다고? 비가 쏟아지고 돌풍이 불고 있다고!"

크리스는 머리 세 개 달린 괴물을 본 사람처럼 경계하는 눈빛으로 나를 보며 말했다.

"게다가 지금은 일요일 아침이잖아. 그냥 쉬면서 우리랑 놀아. 내가 좋은 커피를 끓이고 있으니까. 다음에 나가. 그래봤자 겨우 달리기잖아……."

"안 돼. 나가야 해. 어쨌든 비 좀 뿌린다고 도망칠 순 없어."

나는 그의 말이 옳다는 사실을 모르는 척 대답했다. 사실 밖에는 폭우가 내리고 있었다.

"게다가 마라톤 당일에 날씨가 이렇지 않다는 보장이 있어? 장마 중에 42.1킬로를 달릴 수도 있으니까, 적응 훈련을 해두는 게 낫지!"

크리스는 내가 미쳤다고 생각했을지 모른다. 어쩌면 나는 정말 미쳤을지도 모른다. 그의 표정은 왜 그런 날씨에 현관문을 나서려는지 전혀 이해하지 못하고 있었다. 나도 대답을 알지 못했다. 아는 것이라고는 목표를 꼭 이루겠다는 의지뿐이었다. 일단 달리기를 시작하고 엔도르핀이 솟구치고 베이컨 샌드위치를 먹을 자격을 얻자 기분이 너무 좋았다. 또 가끔은, 아니 사실은 대부분의 경우에 '쉬운 답'이 정답이 아니라는 것도 알고 있었다. 어쩌면 드디어 교훈을 얻는 셈이었다.

이것만으로도 충분한 동기가 되지만, 이제 프로잭을 먹지 않기에 달리기가 필요했다. 내가 들어온 '엄마 역할'이라는 낯설고 새로운 곳은 아직도 외계 행성처럼 느껴졌다. 가장 필요한 순간에 달리기가 내게 찾아왔다고 느껴졌다. 그 움직임에는 뭔가 있었다. 신비롭게도, 이전까지만 해도 머리를 압도하던 일들이 감당할 수 있는 것으로 보였다. 달리기는 내 경계심을 풀어주었다. 생각을 진정시켜 주었다.

발버둥치는 내 작은 살덩어리가 아무것도 모르는 채 내놓는 도전이 앞을 가로막을 때도, 주저앉아 방구석에 숨고 싶지 않다는 뜻이었다. 달리기는 내게 집중할 곳, 숨 쉴 틈이 되어주었다. 달리기가 없었더라면 다시 병원으로 찾아가 우울증 약을 처방받았을 거다. 달리기 덕분에 짜증나는 사소한 일들을 모두 감당할 수 있었다. 달리기는 또한 로제 와인을 끊게 해주었고, 라디에이터에 마스 초콜릿 바를 녹이지 않게 해주었다.

하지만 나도 이유는 알 수 없었다. 왜 지금일까? 전에도 띄엄띄엄 평생 달리기를 했는데! 왜 갑자기 달리기가 절실해졌을까? 어째서 달리기에 내 정신건강이 좌우되는 걸까? 전에는 그런 적이 없었다.

대답을 알 수 없었다. 달리기는 여기, 지금, 바로 이때 내게 필요했다. 어쩌면 다른 설명이 필요하지 않을지도 모른다. 그저 어느 때보다도 지금 달리기가 필요함을 아는 것으로 충분할지도 모른다. 전에도 달리기에 대해 고민해보았다. 달리기가 무엇인지, 달리기가 내게 줄 수 있는 것이 무엇인지 안다고 생각하기도 했다. 하지만 아무것도 몰랐다. 지구상의 공룡을 멸종시킨 거대한 운석처럼 임신과 출산이 가지고 온 어마어마한 충격에 나는 달리기가 내게 무엇이며 얼마나 더 소중한 것이 될 수 있는지 깨닫게 되었다.

그와 동시에, 완전한 판도의 변화로 내가 다른 사람이 되어간다는 것이 느껴지면 진정한 슬픔이 엄습했다. 크리스가 겨우 1년 전쯤에 발견했다고 생각하는 파트너는 당시에는 그런 깨달음을 모르는 사람이었다. 그녀는 로제 와인과 소린(밀가루에 엿기름을 첨가해 쫀득하게 씹히는 덩어리 빵으로 유명한 스낵 회사—옮긴이) 건강식품, 베이컨 샌드위치와 일요일 아침의 빈둥거리기로 만족하는 사람이었다. 하지만 그녀는 이제 존재하지 않았다. 나는 더 이상 그녀가 아니었다. 다시는 닫을 수 없는 비밀의 문이 열린 느낌이었다. 비극은, 나 혼자서 그 문을 통과했고 크리스는 뒤에 남았다는 것이다.

나는 혼자였다.

출산 후 마라톤 여정에서 매우 초기이긴 했지만, 이미 이 변화를 돌이킬 수 없음을 알고 있었다. 딸의 탄생과 함께 나도 새로 태어났다. 새로운 목표와 소원과 함께. 어쩌면 어머니가 되기로 결심한 순간, 내게 잠재되어 있던 다른 소원도 뚜껑을 열고 튀어나온 것 같았다. 대체 왜 내가 이걸 못 하는 거지? 왜 추위, 어둠, 바람, 눈, 우박, 심지어 폭우 속에서는 달릴 수 없는 거지? 왜 한 번도 해보지 못한 대회에 나가서 전에는 상상도 못한 거리를 달릴 수 없는 거지? 왜 마라톤을 바라볼 수 없는 거지?

그래서 나는 훈련 계획의 일부로 도전거리를 정했다. 내가 도저히 편안하다고 여길 수 없는 장애물을 넘는 것.

다음 목표: 산지에서의 10km 레이스……. 얼음과 눈에 미끄러지며.

2번 레이스:
찜통 달리기

눈을 뜨고도 대회가 열릴 것인지 알 수 없었다. 크리스마스 직후였고, 우습게도 '핫 토디(독한 술에 설탕과 뜨거운 물을 넣어 만든 술—옮긴이 주)'라는 이름을 붙인 10km 레이스였다. 처음 절반은 가파른 오르막이고 다음 절반은 결승점까지 미끄러운 내리막이었다. 녹은 눈과 꽁꽁 언 얼음이 산기슭을 덮고 있었다. 도로는 겨우 차가 다닐 정도였고, 오로지 그 이유에서 나는 내키지 않는 마음으로 대회에 나갔다.

날씨는 매섭게 추웠다. 뭘 입지? 알 수 없었다. 그럼 안전한 게 좋으니 따뜻하게 입어야지. 혹시 모르니까. 그래서 옷을 겹쳐 입었다. 핼리팩스 캣츠 바에 처음 간 날이 기억나는가? 이 대회는 꼭 그때 같았다. 달리기 대회 복장으로 '많으면 많을수록 좋다'는 접근 방식을 취했다. 입은 옷은 다음과 같다.

- 발목까지 오는 발열 레깅스: 확인
- 긴팔 발열 상의: 확인
- 긴팔 발열 상의 위에 티셔츠: 확인
- 긴팔 발열 상의 위에 티셔츠 위에 방수 재킷(너무 추워서 비가
올 리 없었지만): 확인
- 엄마의 손뜨개(달리기용 아님) 니트 모자: 확인
- 장갑 두 켤레: 확인
- 발열 양말 두 켤레(운동화가 너무 작게 느껴짐): 확인

에스키모 복장 같았다.

"됐다. 그럼 출발."

나는 영하의 극지방 복장을
하고 거실로 뒤뚱뒤뚱 걸어갔다.

"잘되길 바랄게."

크리스는 내게 눈길도 안 주
고서 말했다.

"참, 당신 돌아오면 우리 가족
이 올 테니까, 너무 늦지 마. 응?"

크리스와 틸스가 집에 있는

것이 다행이었다. 그렇게 하는 편이 쉬웠다. 그들이 대회에 함께 와서 응원해주면 더 좋을까? 대답하기 어려웠다.

그 후 몇 주, 몇 달 동안 나는 양극단을 모두 경험했다.

내가 바라지 않은 것은, 최근 자칭 '달리기 홀아비'가 된 파트너와 갓난아기에게 내 훈련 스케줄을 강요하는 느낌이었다. 크리스는 사실 집에 있고 싶은데도 억지로 유모차를 끌고 기저귀가방을 들고 다니면서 응원하는 척하고, 어색하게 "나 진짜 괜찮아!"라는 대화를 나누고 싶어 하지 않았고, 나도 무언의 저항이 주는 부담을 느끼고 싶지 않았다. 객관적으로 말해, 대부분의 사람들이 갓난아기를 한겨울에 끌고 다니는 복잡한 문제를 겪느니 활활 타는 벽난로 앞에 있고 싶을 것이다.

후반부에 참가하는 대회에는 크리스와 틸스도 함께하기로 했다. 내 딸이 결승점에서 나를 기다린다는 기쁨과, 말없이 억울한 불편함이 뒤섞이는 경험이 되었다. 이는 잘 어울리지 않는 조합이었고, 어떤 균형도 이룰 수 없는 것이었다.

이날 내가 진심으로 원치 않은 것은 문을 나서는 순간 시간에 대한 압박을 받는 것이었다. 진짜 달리기 주자들 사이에서 출전하면서 불필요한 불안까지 껴안고 싶지 않았다.

진짜 주자들은 핫 토디 대회에 나보다 훨씬 먼저 도착해 있었다. 대체 이 많은 사람들이 어디서 온 걸까? 게다가, 걱정스럽게도 그들은 진짜 달리기 선수처럼 보였다.

나는 아무 뒷골목에 차를 버리고 발열 운동복을 겹겹이 껴입은 채 참가 번호를 받기 위해 대회 본부로 곧장 향했다. 제 시간에 출발선에 서야 했기에 날듯이 본부 문을 열고 들어가다가, 내 스튜디오의 피트니스 트레이너 한 명과 마주쳤다.

"안녕하세요, 레이치! 오늘 대회에 나오는지 몰랐네요!"

"안녕하세요, 헬렌!"

나는 우연한 만남에 놀라서 외쳤다.

"아, 마지막 순간에 신청을 냈거든요."

거짓말을 했다. 나는 대회에 나온다고 아무에게도 말하지 않았다. 아무도 보고 싶지 않고, 아무와도 마주치고 싶지 않고, 아무하고도 대화를 나누고 싶지 않았기 때문이다. 이 시점에서 투명인간이 되는 것은 최고의 초능력이었을 것이다.

헬렌은 당연히 놀란 표정으로 미소를 지었고, 친절하게도 내 발열 달리기 복장을 못 본 체해주었다. 그녀는 짧은 반바지와 얇은 민소매 상의만 입고 있는데 나는 엄마가 손뜨개로 만든 찻주전자 덮개 같은 모자를 쓰고 땀을 뻘뻘 흘리는 것을 깨닫고 새빨갛게 달아올랐다.

"음, 잘하세요! 결승점에서 만날까요? 행운을 빌어요!"

헬렌은 이렇게 말하고 딱 붙는 민소매 상의에 참가 번호를 깔끔하게 붙이고서 밖으로 나갔다.

나는 실내를 살펴보았다. 아무도 두껍게 껴입지 않았다. 손뜨개

모자를 쓰고 세 겹의 상의를 입은 사람은 아무도 없었다. 불현듯 내가 있을 자리가 아니라는 생각이 들면서 메스꺼울 지경이었다. 도저히 못하겠어. 옷 입는 법도 모르잖아! 개 잡는 사람에게 코너로 몰린 길 잃은 개마냥, 어쩔 줄 몰랐다. 하지만 매섭게 춥다고! 그렇게 스스로를 설득했다. 아직 땅에는 얼음이랑 눈이 있고 바깥은 극지방 같다니까! 대체 이 사람들은 뭐하는 사람들이지? 나는 17겹의 발열 운동복이 필요하다고…….

한편 내 머릿속의 침팬지가 멋대로 귀에 속삭이기 시작했다. 넌 더 빠르고, 더 날씬하고, 더 '개인 트레이너다워야' 해. 그게 뭔진 모르지만. 넌 달리기 선수가 아니야, 레이치. 주위를 봐! 넌 달리기 선수처럼 옷도 입지 않았잖아! 넌 이 '진짜' 달리기 선수들과 달라. 여기서 대체 뭘 하는 거니?

그리고 침팬지와 싸우기 시작하기도 전에, 빵! 우리는 출발했고, 나는 곧장 갑갑한 옷에 짓눌려 땀을 흘리기 시작했다. 내가 끝까지 달릴 가능성이 있을까? 조금이라도? 희망이 없었다. 느리게 뛰던 속도는 곧 답답하게 터벅터벅 걷는 속도로 변했다. 어쩌면 이건 완전히 능력 밖인지도 몰라. 내 꼴을 봐! 살얼음판 거리를, 걸어 다니는 빨래건조대 꼴을 하고 터벅거리다니.

산 앞에 도착했을 때는 머릿속의 침팬지가 끝없이 반복하는 주문 때문에 녹초가 되어버렸다.

미끄러지고 자빠지며 결국 결승점에 들어갔을 때, 얇은 민소매 상의를 입은 진짜 달리기 선수들은 몇 시간 전에 결승점을 통과한 뒤였다. 혹은 내 머릿속의 악마가 그렇다고 했다. 그들은 삼삼오오 클럽 이름이 붙은 옷을 입고서 개인 기록과 도로의 얼음 문제를 가지고 담소를 나누고 있었다.

"그래요. 그게 내 분당 킬로 속도에서 최소한 9초는 떼어간 것 같네요."

내가 버려놓은 차로 터덜터덜 돌아가고 있을 때, 먹어도 살 안 찌는 체질의 멀쑥한 참가자가 클럽 친구에게 이렇게 말했다. 땀범벅이 된 털모자 밑에서 머리가 너무나 가려웠다.

기온이 어떻든지 대회에는 이런 차림으로 나가지 말자고 머릿속에 메모해두었다. 적어도 저들과 비슷한 척은 할 수 있으니까. 다음에는 차라리 저체온증에 걸리고 말겠다.

일단 창피함이 가시고, 귀소 본능이 작동하기 시작하자 안도감이 밀려들었다. 순식간에 17겹의 옷을 껴입고 흘린 땀은 아무렇지도 않았다. 그저 딸아이가 있는 집으로 돌아가고 싶었다. 이런 빠른 감정 기복에는 곧 익숙해졌다.

차를 타고 출발했다. 집을 향해, 더 이상의 굴욕이 없는 곳으로.

"안녕, 나 왔어!"

나는 현관문을 열고 들어가면서 위층에 대고 외쳤다.

"엄청난 악몽이었어! 초특급으로 빠른 클럽 선수들이 죄다 민소매랑 반바지를 입고 나왔어! 길이 얼마나 험했는지 몰라!"

크리스가 내가 얼마나 고생했는지 자세히 듣고 싶어하는 상대인 것처럼 나는 떠들어댔다.

그는 그렇지 않았다.

"그래."

그는 그만하면 됐다는 듯이 대답했다.

"틸리가 계속 보챘어. 우리 가족이 오는 중이야. 15분 뒤면 도착할 건데, 당신 준비되겠어?"

나는 땀에 젖은 발열 운동복을 내려다보았다.

"아, 웅. 그럼…… 샤워는 안 할래. 썻고 얼른 옷을 갈아입을게."

나는 뭔가 사과하듯 웅얼거렸다. 무엇을 사과하는지는 알 수 없었지만.

그 과정에 나는 점점 더 익숙해졌다.

"틸스는 이제 괜찮은 것 같네. 왜 그랬어?"

나는 '죄의식'이라고 또렷이 적힌 표지판이 앞에 보이는 것을 애써 피하며 물었다.

"이제 좀 나아졌어. 2시간 동안 지옥이었어. 당신이 나가는 순간 칭얼거리기 시작하더니 계속이었어. 죽을 것 같았어!"

크리스는 표정만큼 비참한 목소리로 말했다.

'목적지: 죄의식'은 피해, 레이치. 거긴 가지 마. 머릿속으로 부정적이고 자학적인 골목을 향해 치달으면서도 이렇게 다짐했다. 피해, 피해. 경로를 바꿔. 코스를 변경해.

"아, 지금부턴 내가 맡을게."

나는 훨씬 더 명랑한 목소리를 내려고 애쓰며 대답했다.

반갑지 않은 죄책감이 머릿속으로 스며들어서, 뭔가 해냈다는 아주 작은 만족감과 뒤늦게 분비되는 엔도르핀과 함께 뒤섞이는 것을 막을 수가 없었다.

"이제 괜찮은 것 같네."

틸리가 주먹이 입에 얼마나 들어가는지 만족스럽게 실험하는 것을 보고 내가 말했다. 나는 아기를 안고 대회에 대해 이야기하기 시작했다. 아기는 까르륵거리며 내게 침방울을 불어줬다. 적어도 인정받는 느낌이었다.

온갖 상충되는 감정 중에서, 출발선에 가서 달리기 클럽의 민소매 상의를 입은 선수들 틈바구니에 섰다는 것만으로도 자부심이 느껴졌다. 그들을 한 번 보고서 그대로 돌아올 수도 있었는데 말이다.

그리고 마침내 마라톤으로의 여정을 시작한 느낌이 들었다. 혹독한 겨울과 언덕 꼭대기 집에 갇혀버린 것이 불만스러움에도 불구하고.

다이어리를 보고 침을 꿀꺽 삼켰다. 앞으로의 대회들은, 내 꿈인 런던 마라톤에 가까워질수록 거리와 무게를 더해갈 것이다.

3번 레이스:
차가운 틈

"프레스턴? 하필이면 왜 망할 프레스턴이야?"

크리스가 불평했다.

"으음, 대회가 거기서 열리니까!"

나는 둔한 척 대답했다.

다시 일요일이었고, 그건 우리 집에서 하나만을 의미했다. 달리기의 날 혹은 엄마의 대회 날. 이번에도 베이컨 샌드위치는 희생되었고, 따뜻한 집에 틸스와 아빠를 두고서 대회로 출발해야 했다.

"그럼 차로 1시간을 가서 집에서 쉽게 달릴 수 있는 거리보다 짧은 거리를 달리고 다시 1시간을 차로 돌아온다는 거야? 대체 말이 되는 소리야?"

크리스는 논리가 없다며 화를 냈다. 나는 싸워봐야 질 거라는 사실을 감지했다.

"대회 거리랑은 상관없어."

너무나 당연한 사실을 과장하며 말했다.

"대회라고. 집에서 혼자 달리는 거랑은 완전히 달라."

이미 잘난 체하는 대답에 "흥!"을 덧붙이고 싶은 걸 간신히 참았다.

그가 왜 이해를 못하는지 알 수 없었다. *내가 이기적인 걸까?* 짐을 싸고 문을 열고 뜨거운 커피를 담은 보온병만을 친구 삼아 어둡고 을씨년스럽고 고요한 아침을 향해 나섰다. 엄마의 의무와 죄책감과 싸우며 무거운 마음으로 차에 탔다. *이 마라톤이 정말 가치 있는 일일까, 아니면 자기만족에 빠져 자존심을 세우려는 여정일까?* 나 역시 의아해졌다.

이런저런 대회에 혼자 참가하는 것이 곧 제 2의 천성이 된 것 같았다. 보통 내 마음속에서는 이런 대화가 오갔다.

나는 망하고 있어.

그럼 어때? 그건 정상이야.

하지만 어떻게 될지 모르잖아.

그것도 어때서? 그걸 누가 알아.

못하면 어쩌지?

음, 네게도 다른 사람과 똑같은 확률이 있어.

내가 그렇게 용감한지 모르겠어.

넌 항상 그렇게 말하지만, 어쨌든 나가잖아. 그러면 됐어.

대회마다 이전 대회와는 전혀 다른 경험이었다. 길 찾는 능력 부족에서부터 악천후, 험난한 코스, 예측불허의 참가자 수에 이르기까지, 대회가 어떨지 예상하기를 그만둔 지도 한참 되었다.

하지만 크리스의 말에도 일리는 있었다. 집에서 그와 같은(혹은 더 먼) 거리를 쉽게 달릴 수 있었을 텐데, 왜 프레스턴까지 144.8킬로나 가서 상대적으로 짧은 거리의 대회에 참가하려는 걸까? 사실 이유가 꽤 많다.

달리기는 내 자신에게 도전하게 해주었다. 여기서는 항상 빠른 속도가 보장되었고, 많은 선수들이 달리기 클럽의 운동복을 장착하고 노련한 프로의 모습으로 나왔다. 이렇게 빠른 선수들을 따라 달리며, 내 자신도 '진짜 달리기 선수'라고 부를 수 있으리라는 소망을 어떻게 버린단 말인가? 잘 아는 동네 코스에서 달리는 것보다, 대회에서 훨씬 더 빨리 달릴 수 있다는 것을 알았다. 이것은 런던 마라톤 연습에 중요한 요소였고, 나의 단독 훈련에도 좋았다.

정확히 측정한 거리와 완벽하게 준비된 코스, 다른 여러 참가자들과 정확한 출발점과 결승점이 있는 대회에 나가기로 결심하고 돈을 지불하는 것은 멋진 동기부여가 되었다. 정해진 거리를 달리고 일찌감치 포기할 핑계를 찾지 않는 것(마치면 흰 빵에 베이컨을 넣은 샌드위치를 먹기로 약속하는 것도 그중 하나다)뿐만 아니라, 주위의 다른 더 빠른 주자들과 보조를 맞추고 그럼으로써 혼자일 때보다 더 멀리, 더 힘들여 노력하는 것은 인간의 본성이다. 실제로 그런 효과가 있는 것 같았다.

나는 혼자 차를 몰고 대회에 참가하는 일에 익숙해졌고 또 좋아하게 됐다. 나만의 시간. 미지근한 커피를 마시며 생각하고, 정리하고, 고민하는 시간이었다. 가끔 음악을 듣기도 했지만, 주로 아무것도 켜지 않았다. 그 고요가 얼마나 좋았는지 모른다.

매 대회가 끝나면 아주 조금씩 앞으로 나아가는 것을 느꼈고, 자신감과 체력을 최대로 끌어올려 마라톤 목표에 다가가고자 했다.

하지만 한 가지 공통점이 생기고 있었다. 대회가 끝난 뒤 여지없이 새로운 질주, 집으로의 질주가 시작되었다. 결승점을 지나자마자 또 하나의 시계가 째깍거렸다. 인간으로서 가능한 한 빠르게 집으로 돌아가 엄마의 의무를 다시 담당하는 것이다. 마치 새총 고무줄에 영영 붙어버린 것처럼, 뒤로 당겨지는 느낌이었다.

어서 딸을 보고 싶긴 했지만, 돌아가야 한다는 불필요한, 큰 압박이 싫었다. 마치 어서 집으로 돌아가 돌봐야 하는 짐덩이를 놓아두고 온 것 같았다. 마라톤 훈련을 위해 받고 있는 지지와 냉혹한 현실 사이의 간극이 점점 더 넓어지면서, 부담은 더 커지기 시작했다. 소리 없이 입을 다물고 있는 코끼리 한 마리가 우리 집에 확연히 들어

찼다. 그것은 내 달리기에 대한 크리스의 반감이었다.

우리 집에서는 '달리기'라는 말이 입에 담지 못할 말이 되어가고 있었다. 가능하면 그 말을 쓰지 않으려고 했다. 남몰래 폭식하는 사람처럼, 그것을 들리지도, 보이지도 않는 곳에 숨기려 노력했다. '다음 대회'에 대한 대화가 두려워서 각오를 해야 했다. *그가 어떻게 반응할까? 그가 뭐라고 할까? 그가 뭐라고 안 할까?*

다음에는 내가 얼마나 자기중심적이라고 느끼게 될까?

달리기는 나를 바꾸고 있었고, 우리 사이도 바꾸고 있었다. 얼어붙은 땅에 지구온난화가 영향을 미치듯이, 우리 땅덩어리는 움직이고 있었다. 그리고 프로잭 없는 단단한 새 땅에 서는 법을 배우면서도, 발밑에서 얼음이 갈라지는 소리가 들렸다.

4번 레이스:
공포의 언덕 오르기

차에서 내리고 싶지 않았다.

"나 대체 여기서 뭐하는 거지?"

소리 내어 내게 물었다. 주위를 둘러보니 바로 몇 주 전 핫 토디 대회에서 마주쳤던 깡마른 민소매 운동복 착용자들이 보였다. 그때는 영하의 기온에서 달렸을지 모르지만, 적어도 길에서 달렸다. *이건 대체 뭐람?*

고지대 대회의 '고지대' 부분이 어떻게 생겼을지 생각해본 적이 없었다. 이것이었다. 내 앞의 땅에서 거대한 둔덕이 튀어나와 있었다. 언덕보다 컸다. 산보다는 작고. *아아아. 그럼 저게 바로 고지구나.* 믿을 수 없는 일이지만, 곧장 차로 달려가서 숨지 않았다.

나는 완전히 외계인이 된 느낌이었고, 다른 주자들이 나를 보며 이렇게 생각할 것 같았다.

'대체 저 여자는 여기서 뭐하는 거지? 고지 달리기를 하는 사람이 아니잖아! 저 모습을 봐! 대회를 잘못 찾아온 것 같은데!'

이 대회는 가파른 진흙길을 따라서 거대한 언덕 두 곳을 오르는 코스였으므로 런던 마라톤 훈련으로는 좀 괴상한 시도였다. 내가 알기로 런던 마라톤에는 가파르고 미끄러운 진흙탕 코스는 없었다. 하지만 혹시 아는가? 내가 잘못 알고 있을지도 모르지. 그렇다면 어째서 이것이 마라톤 훈련 계획에 들어왔느냐? 그건 간단하다. 두려움을 극복하기 위한 훈련이었다. 내가 할 수 없으리라는 두려움.

그렇지 않다는 걸 스스로에게 증명해야 했다. 시작 전에 터무니없이 긴장했다. 빌어먹게 큰 언덕 말고는 무엇을 만나게 될지 알 수 없었다. 다만 믿을 수 없이 큰 도전임을 느꼈다.

과연 무자비한 코스였고, 주위가 숨 막히게 아름답긴 했지만 영영 끝나지 않을 것 같았다. 오르막은 다리에 생전 처음 느끼는 통증을 선사했고, 내리막에서는 사악한 기슭에서 미끄러져 마라톤의 꿈을 이루기 전에 부상을 당할까 두려워 죽을 것 같았다. 진흙, 찰흙, 자갈 비탈을 가로질러, 조심스레 깡충거리며 내려왔다. 더 무서운 비탈길에서는 다른 '진짜 달리기 선수들'이 나를 앞질러 가도록 멈추기도 했지만, 평지에서는 (놀랍게도)그들을 많이 따라잡았다.

다행히 아래로 다 내려올 때쯤 비탈이 완만해졌고, 부드러운 농장길을 따라 결승점으로 들어갈 수 있었다. 다리에 감각이 돌아오고 허리를 세울 수 있다는 자신감이 생기면서 공포심도 마침내 줄어들었다. 끝이 다가왔고, 나는 전율했다. 참가하고, 완주하고, 꼴찌가 아닌 데 전율했다.

머릿속 침팬지가 잔인하게 재잘대는 소리와도 싸워 이겼다. 적어도 나는 대회에 나갔고, 시도했다. *다른 건 몰라도, 그것만큼은 칭찬해야 하지 않을까?* 모든 참가자들이 내가 어울리지 않는 대회에 나왔다고 수근대는 시나리오, 그건 오직 내 머릿속에서 일어난 일이었다. 나는 일등은 아니었지만, 꼴찌도 아니었다. 게다가 꼴찌였으면 어떠랴? 두려움과 정면으로 맞서 싸운 것을 스스로 칭찬한다. 그게 오늘 대회의 목적이었다. 거리나 지형이 아니라.

처음엔 아프고 두려웠지만, 끝나고 나니 날아갈 것 같았다. 해냈다는 사실에 들떠 집으로 달려갔다. 언덕은 절대 달려 올라갈 수 없다고 믿었던 시절이 있었다. 고지 달리기 대회는 고사하고, 아무리 경사가 완만한 곳이라 해도.

엔도르핀이 머리를 가득 채워 자동차에서 둥둥 떠다니는 기분이 들었고, 음악을 크게 틀어놓고 노래를 부르며 집으로 갔다. 할 수 있어. 젠장 할 수 있다고! 자신감이 솟아오르며 흥분을 억누를 수 없었다. 이제 다음 주말 도로 하프 마라톤에 나갈 준비가 되었다. 고지 대회와 전혀 다른 상대임을 알고 있지만, 오늘 새롭게 내 자신에게 도전했으니 승리할 것 같았다.

레이첼 : 머릿속의 침팬지 = 1 : 0

그날 밤, 자신감에 가득 찬 나는 신상품 고지 러닝화를 주문했다. 나는 어떤 사람이 된 걸까? 악마를 상자에 가두고 나서 이렇게 생각했다.

언덕아 나와라!

다음 목표: 도로 하프 마라톤 대회.

5번 레이스:
눈물도, 안 괜찮음도 숨기고

우리는 모두 차에 올라탔다.

"아기 갈아입힐 옷 전부 챙겼어?"

나는 들어줄 사람이 있다면 누구에게든지(내 자신에게도) 물었다.

"그리고 바닷가가 엄청 추우면 입힐 암소 무늬 우주복도?"

머릿속의 신입 엄마 확인 리스트가 터무니없이 빙빙 도는 와중에 제대로 생각할 수도 없었다. *아, 그리고 작은 문제가 또 있었지. 9시 30분에 시작하는 그레이트 노스 웨스트 하프 마라톤 말이야.* 속으로 이렇게 생각했다. *하지만 그건 지금 감히 입에 담을 수도 없어. 크리스는 아침형 인간이 아니니까 말이야.* 아직 해가 뜨지도 않은 시각이었고, 그것만으로도 크리스는 폭발할 수 있었다.

스트레스가 벌써 쌓이기 시작하면서 내 혈관에 코르티솔이 흐르고 있었을 것이다. 함께 흥분을 나누거나 담소를 나누어 대회 직전의 긴장을 덜어주는 일은 없었다. 여기까지만 해도 얼마나 멀리 왔는지 이야기해주며 격려하는 일도 없었다. 나는 조심스레 입을 다물고 오늘과 이 대회가 내게 갖는 모든 의미를 속으로 생각하고 있었다.

이 대회는 중요하게 느껴졌다. 마라톤까지 절반 지점이었다. 이 대회를 치르면 런던 마라톤의 가능성을 점칠 수 있을 것이고 다음 7주간의 내 모습을 그릴 수 있었다. 오늘 *"네가 해냈어, 레이치. 할 수 있지?"*라는 긍정적인 주문을 외며 결승점을 통과할까? 아니면 빨리도 작동하는 머릿속의 위험 평가자에게 이런 경고를 보낼 것인가? *"아니, 미안하지만 레이첼. 이번에는 너무 멀었어. 해낼 가능성이 없어."*

전혀 알 수 없었다.

블랙풀까지 가는 길은 고단했다. 잡담을 나누고 싶었지만, 시시한 대답이 귀에 들어오지 않았다. 머릿속으로는 미친 듯 종이를 구겨 쓰레기통에 던져 넣으면서도, 침착하고 편안한 척 보이려고 열심히 노력했다. 그 여행의 목적을 잠시 잊기 위해서라면 뭐라도 할 수 있을 것 같았다. 결국 그는 대회 이야기를 꺼냈다.

"아, 하프 마라톤? 솔직히 그건 생각도 안 하고 있었네."

나는 거짓말을 했다.

"할 수 있는 만큼만 할 거야. 사실 그것 말고는 방법이 없잖아.

안 그래?"

크리스는 자동차 오디오로 음악을 틀었다. *젠장. 재즈다. 나는 재즈가 싫다.*

나는 말없이 자동차 시트에 몸을 기대고 다른 곳을 생각하려고 애썼다. 내가 앞둔 대회를 터무니없이 자유롭게 걱정할 수 있는 곳. 제대로 흉내 내지도 못하는 종이인형을 연기할 필요 없이 불안과 싸울 수 있는 곳. 크리스의 잘못은 아니었다. 그는 진심으로 이해하지 못했으니까.

해안에 도착해 차를 세우자마자 나는 간절히 달아나고 싶었다. 다급한 메시지를 텔레파시로 크리스에게 전해보았다. *여기서 부모로서 내 의무를 2시간만 버리고 대회 전 불안 관리 모드로 들어가면 안 될까?*

계획대로 전달되지 않았다. 그렇게 간단히 해결된 적은 없었다. 다른 주자들이 편안한 표정으로 주위를 돌아다니는 것이 보였다. 그들은 이미 참가 번호를 받아 티셔츠와 딱 붙는 민소매 상의에 예쁘게 붙이고 있었다. 군인의 탄창 벨트처럼, 허리에 에너지 젤을 가지런히 붙이는 사람도 있었다. 젤은 장거리 달리기에 필요한 포도당을 제공해주지만 하프 마라톤에 젤이 열다섯 개나 필요할까? 상당히 회의적인 생각이 들었지만, 다시 엄마의 의무로 돌아갔다. 이제 퇴근해야 했다.

불안 관리는 훈련 계획에서 큰 부분을 차지했다. 나는 대회 직전에 매우 긴장했고 가상의 벽에 갇혀 점점 거칠어지는 내면의 전쟁을 어떻게 잠재울지 알 수 없었다. 대회는, 불안의 세계에 몸을 담그고 '제정신'이라는 이름의 작은 배에 꼭 붙어서 파도를 타는 법을 배우는 방편이었다. 대회는 프로잭이라는 생명줄을 잡지 않고도 급류를 타는 능력을 배우는 데 꼭 필요했다.

마라톤 여정은 어느 모로 보나 신체적일 뿐 아니라 정신적이기도 했다. 임신 후라 몸도 힘들었지만, 정신 훈련이 훨씬 더 힘들게 느껴졌다. 정신보다도 오히려 몸이 먼저 발전하고 있을 거라 생각하면 신체 능력에 대해 작은 위로가 되었다. 정신적으로는 그만큼 자신이 없었다.

"당신이 달리는 동안 우린 뭘 할까?"

크리스가 멍하니 물었고 틸스는 따뜻한 젖소 무늬 우주복을 입고서 평화롭게 주먹을 빨고 있었다. 그들을 2시간 동안 놔두고 내가 다른 일에 바빠 적당한 오락거리를 제공하지 못했다는 데 대한 죄책감과 싸워야 한다고 생각하니 가슴이 철렁했다. *정말이지 이게 얼마나 더 어려워져야 하는 걸까?*

마침내 다른 주자들이 모두 출발점에 모이는 것이 분명해지자 나도 떠날 차례가 되었다.

"자. 이제 가봐야겠어."

여전히 수면 아래서는 미친 듯이 노를 저으면서도 겉으로는 평정의 화신처럼 굴었다. 한참 전에 아드레날린은 바닥나고 없었다. 나는 출발점으로 나서면서 그 순간까지 아침에 있었던 일 전부를 머릿속에서 비우려고 했다.

출발 전 3분 동안, 머릿속의 침팬지를 굴복시키고 하프 마라톤의 생존 전략을 기억했다. 앞으로 달리게 될 21킬로를 4.8킬로씩 4구간으로 나눌 것이다. *1구간이 끝나면, 다음 구간으로, 결승점까지 최후의 1.8킬로가 남는다.* 너무나 쉽게 느껴졌다. 그 후로도 똑같은 대회 계획을 사용해왔다.

첫 4.8킬로 구간이 왔고, 별일 없이 지났다. 1구간 끝. 2구간 시작. 하지만 2구간은 그렇게 잘되지 않았다. 코스를 따라 뒤로 돌아 해안의 강한 맞바람을 맞았고 오른쪽 골반의 굴근(관절 양쪽의 뼈 사이의 각도를 줄이는 근육 ─ 옮긴이)이 불평하기 시작했다. 편하지 않았다. 오른쪽 다리를 들 때마다 한껏 늘인 고무줄을 몇 센티 더 늘이는 것처럼 통증이 달렸다. *젠장! 오늘 아침에 그만큼 힘들었으면 됐지!* 발을 디딜 때마다 오른쪽의 약해진 고무줄 같은 골반 굴근에 압박이 가해졌다. *젠장. 이제 겨우 6.4킬로째인데! 대체 어떻게 하지?*

수학을 잘한 적은 없지만, 어떻게든 14.6킬로를 더 달려야 한다는 것은 계산할 수 있었다. 머릿속은 이미 절망의 나락으로 빠져들었다. *겨우 하프 마라톤이라고. 이게 아무리 힘들어도, 전체 마라톤은 훨씬 더 힘들 거야.* 예상했던 것보다 훨씬 더 심하게, 정신적으로 육체적으로 싸워야 한다는 것을 깨닫자 가슴이 무너졌다.

'이건 공평하지 못해.'

나는 스스로에게 속수무책으로 항의했다.

'이런 식이 되어서는 안 돼. 내 계획대로가 아니라고.'

하지만 부정적이고 도움이 안 되는 혼잣말은 멈춰야 했다. 그게 지금 내게 무슨 도움이 되겠어? 다른 아이디어가 떠오르지 않자, 나는 계속해서 한쪽 발을 다른 쪽 발 앞에 두었다. 거리가 끝없이 느껴졌고 맞바람은 잔인하고 심술궂었다. 관중들은 내가 왜 앞으로 나가기 힘겨워하는지 알지 못했다. 너무나 간절히 멈추고 싶었지만 그 선택은 허용하지 않을 생각이었다.

결승점에 닿지 못한다면 런던 마라톤 출발점에 서기 7주 전에 패배하는 셈이었다. 이제 의지의 대결이었다. 내 의지가 더 강했다. 나는 이겨야 했다.

마지막 1.8킬로가 남았고 평생 가장 긴 거리처럼 느껴졌다. 영겁 같은 시간이 흐른 뒤 결승점이 무심하게 등장했다. 시계에서 내 고통의 시간이 째깍거리며 더해지는 것이 보였다. 컴퓨터 스크린에서 숫자가 2:00:00로 넘어갔다. 마치 가운뎃손가락을 들어 보이는 셈이었다. 시계가 뻔뻔스럽게 2시간 표시를 넘기기 전에 결승점을 기어서라도 지났다면 조금이라도 기분이 나았을지 모른다. 대신 나는 완전히 패배한 기분이었다. 처절한 고통 속에서 하프 마라톤을 겨우 달렸는데, 종래에는 기분 나쁜 시계에게 조롱당하다니.

아팠다. 지치고 망가진 느낌이었다. 대회는 끝났고 결승점을 겨우 지났다. 드디어 달리기를 멈춰도 된다는 안도감을 30초 동안 느끼고 나자, 다음은 불안과 염려가 가득 찼다. *정말 끔찍했는데, 겨우 하프 마라톤이었어! 그걸 어떻게 다시 달리지? 7주 만에 마라톤을 어떻게 완주하지? 게다가 도저히 못하겠다는 말을 사람들에게 어떻게 하지? 정말로 할 수 없으면 어쩌지?* 나는 허물어졌고, 지치고 부어서는 양 뺨에 눈물을 줄줄 흘리며 흐느꼈다.

사람들 사이에서 낯익은 젖소 무늬 우주복이 보였다. 가족이 거기 있었다. 나는 짠 눈물을 삼키고 집을 찾아가는 비둘기처럼 달려갔다.

"밖에 있기엔 틸스가 너무 추울 것 같아서 호텔에서 커피 한잔 하고 왔어."

크리스는 내가 다리를 저는 것도, 우는 것도 알아차리지 못하고 말했다.

"이렇게 추울지 몰랐네. 게다가 이 주위에는 할 일도 별로 없잖아?"

진담으로 하는 말인지 알 수가 없었다.

진담이었다.

"틸스는 좀 피곤해하네. 정말 한참 걸리더라! 참, 잘했어."

그는 내게 영혼 없이 말했다.

하프 마라톤의 고난이 끝난 지 며칠 뒤 쓴 다이어리 내용은 다음과 같다.

2011년 2월
틸리 4개월,
2011년 버진 런던 마라톤까지 7주

음, 햇볕 속에서 해안을 따라 즐거운 대회가 될 줄 알았는데, 신체적으로 그다지 좋은 상태가 아니라는 것을 깨달으면서 상심한 대회가 되었다. 남은 기간 동안 달리기 연습을 더 하겠지만, 마라톤에 나가기 위해서는 큰 도움 내지는 기적이 필요할 것 같다.

소염제를 처방받았고, 크리스의 의료보험의 도움을 받아 집중 물리치료를 예약했다. 몇 주 후에 부상 없이 런던 마라톤에서 달리는 목표를 달성하기 위해 할 수 있는 일은 다 해볼 요량이다. 내가 아는 것은 아직도 결심이 확고하다는 것뿐이다. 지금 겪는 감정은 도중에 나타난 또 하나의 장애물일 뿐이고, 나는 길을 찾을 것이다.

목요일 오전 첫 물리치료가 잘 되기를 바란다. 그 다음에 이번 주말 내 평생 최초의 32.1킬로 대회 출전에 대해 결정을 내릴 것이다…… 꿀꺽!

6번 레이스:
그저 한 발을 다른 발 앞에

이번 대회, 트림펠 32.1킬로 경주는 크리스와 6개월 된 딸까지 모두 함께 가는 가족 나들이였다. 차에 유모차, 먹을 것, 음료, 기저귀, 심지어 피크닉 바구니까지 가득 채운 뒤 출발했다.

나는 그전까지는 32.1킬로를 달려본 적이 없었다. 대회는 고사하고 말이다. 당연히 긴장했다. 경험해보지 못한 두려운 거리뿐만 아니라 골반 굴근 때문에 더욱 그랬다. 다만 이전 주말의 하프 마라톤 재앙을 겪은 후라서 마음의 부담은 좀 덜었다. 더 이상 잃을 게 없었기 때문이다. 골반 굴근은 견디거나 견디지 못하거나 둘 중 하나일 것이다. 복잡할 것 없었다.

지난 한 주 동안 밤낮으로 지루한 물리치료 연습을 꿋꿋이 했고, 초콜릿이라도 되는 것처럼 소염제를 입에 털어 넣었다. 그리고 기도했다. *설마 이게 내 마라톤 여정의 끝은 아니겠지?*

이 대회는 내게 대단히 중요했다. 오른쪽 골반 굴근 문제를 고려하면 대회는 생각조차 하지 말라는 조언을 무릅쓰고 나가는 것이었다. 하지만 솔직히, 전문가가 어떤 조언을 하더라도 나갈 생각이었다. 이 대회는 런던 마라톤에 대비해서 32.1킬로라는 고지에 처음으로 도전하는 기회였다. 출발선에 서고 싶었고, 그래야 했다.

이제 목표까지 5주밖에 남지 않았으니까…….

다행히 햇볕이 나고 있어서 우리 모두 기분이 좋았다. 본부는 랭커셔의 스포츠 센터였고, 대회는 거기 딸린 육상 트랙에서 시작했다. 80미터 정도의 트랙을 한 바퀴 도는 것을 관중이 지켜볼 수 있으니, '가족 친화적인' 면모를 가졌다고 할 수 있다. 그건 그렇다 하더라도, 6개월 아기를 데리고 관람하기는 쉽지 않았다. 이번에는 나도 인정해야 했다. 나보다 크리스에게 더 힘든 시간이 될 수 있었다. 어쩌면 오늘은 내 일이 더 쉬울지도 몰랐다.

출발 신호가 울렸고 우리는 함께 천천히 트랙을 돌았다. 고개를 들고 모퉁이를 돌아 사라지는 나를 지켜보는 작은 응원단을 향해 미소 짓고 손을 흔들었다. 8킬로 뒤, 사이클 경로를 따라 달린 후 다시 구불거리는 랭커셔의 길로 사라질 때 그들은 또다시 나를 보게 될 예정이었다.

20.9킬로에 다다르고 작은 안도의 한숨을 내쉬었다. *휴! 아직 달*

리고 있네…… *그리고 통증도 거의 없어!* 지난 주 대회 때 느꼈던 찌르는 듯한 통증을 느끼지 않고 하프 마라톤 거리를 주파했다. 이미 약해진 골반 굴근이 지친 느낌은 들었지만, 적어도 하프 마라톤 지점에 도달한 것이 감사했다.

얼마 지나지 않아 형광색의 24.1킬로 표지가 보였고, 처음으로 피로가 느껴졌다. 한 걸음마다 속도가 느려지는 것이 느껴졌고, '이를 악물고 기력을 짜내는' 익숙한 모드로 진입했다. 앞을 보니 내가 달팽이 속도로 달리고 있는 이 길이 영영 끝나지 않을 것처럼 보였다. *한 발을 다른 발 앞에 놓는 거야, 레이치. 그냥 한 발을 다른 발 앞에 놓기만 해.* 머릿속의 코치는 이제 와서 실패하게 두지 않을 생각이었다.

마침내 나올 때 건넌 다리가 보였고, 너무나 반가운 30.5킬로 표지가 시야에 들어왔다. *좋아, 이제 거의 다 왔어! 조금만 더 가, 레이치. 네가 해냈어!*

갑자기, 관람객들이 돌아와 육상 트랙 입구 주위에 모여 있는 것이 보였다. 틸리의 빨간 유모차와 젖소 무늬 유모차 담요가 보였다. 그 광경은 내게 큰 응원이 되었고 나는 버텼다. 마지막으로 망할 한 바퀴가 남았고, 그러면 끝이라는 것을 알았다. 이제 달리기를 멈출 수 있다는 걸.

결승점을 지나며 시계를 보았다. 3시간 5분. *젠장! 그렇게 나쁘지 않아!* 이 대회의 기록이 어떻게 될지는 전혀 알 수 없었다. 대회는커녕 32.1킬로를 달려본 적도 없었으니, 이건 전혀 모르는 영역이었다.

그리고 마라톤 여정을 거치는 동안 처음으로 나는 '진짜' 달리기 선수라는 느낌이 들기 시작했다. *진짜 달리기 선수라는 사람들도 결국 나와 전혀 다른 종이 아닐지도……?*

핫 토디 10km에서 나는 코미디 같았고, 고지 대회에서는 불청객 같았다. 지난주 하프 마라톤에서는 절뚝이며 결승점을 지났는데, 오늘은, 나도 이곳의 일부인 것 같았다. 엉뚱한 데 와 있다는 기분이 들지 않았다. 내가 모르는 외계 행성에, 전혀 다른 유전자 조합을 가진 종족과 함께 있는 느낌이 아니었다.

마라톤의 마지막 9.6킬로가 어떤 느낌일지 전혀 모르는 상태이고 오늘 32.1킬로를 마친 뒤에는 한 발자국도 달리기 힘들었다. 하지만 조금이라도 희망이 생기니 좋았다. 특히 지난 주말에 겪었던 처절한 좌절과는 전혀 다른 기분이었으니까.

이런 생각이 들지 않을 수 없었다. *드디어 내게도 달리기 선수다운 경력이 생긴 걸까?*

2011년 3월
틸리 5개월,
2011년 버진 런던 마라톤까지 4주

이제 내게 달리기는 무엇일까? 내 목표는 이제 겨우 4주 남은 마라톤보다 훨씬 더 큰 것이다. 이 목표는 나를 변화시키고 있다. 아니 이미 변화시켰다. 달리기는 무엇인가? 취미인가? 그렇다. 하지만 단순히 그것만은 아니다. 취미는 선택할 수도 있고 그만둘 수도 있다. 취미라면 내 존재를 유지시키는 영양 공급관처럼 느껴지지는 않을 것이다.

이렇게 될 줄은 몰랐다. 달리기는 내가 살아 있는 것을 느끼게 해준다. 내게 명약이자 명상이다. 응급실 제세동기처럼 달리기는 충격을 주어 살아나게 한다. 내 세포를 채워주고 머리에 엔도르핀을 제공한다. 나는 달리기 중독자일까? 정기적으로 그 치료를 받지 않으면 아마 마른 화병의 튤립처럼 말라죽을 것이다.

이렇게 될 줄은 예상하지 못했다. 달리기가 무엇인지, 내가 누군지 안다고 생각했다. 하지만 이 마라톤 여정은 나를 생각지도 못한 사람으로 바꾸어놓고 있다.

어떻게 몰랐을까?

힘들다. 가끔은 정말로 힘들다. 하지만 진정한 기쁨을 맛보고 있다. 아픔과 불만, 눈물과 함께 환희의 순간이 온다.

이건 지금까지 내가 해본 것 중에서 가장 힘든 일이다. 물론 엄마가 되는 것까지 포함해서다. 하지만 행복하다. 나는 나아가고 있다. 프로잭이나 술이 없는 곳, 무모한 짓이나 폭식이 없는 곳, 최대한의 노력과 순전한 기쁨만이 있는 곳으로.

어떻게 몰랐을까?

7번 레이스:
젖어버린 라이크라 레깅스

그녀는 또다시 런던 마라톤 준비로 바보 같은 대회에 나간다. 하품……

런던 마라톤의 꿈까지 몇 주밖에 남지 않은 상태에서 나는 휴식을 원했다. 감정이 롤러코스터를 탄 것처럼 순전한 환희에서 기진맥진한 공포까지 가차없이 내달리고 있었다.

이 대회도 그중 하나였다. 킬로마톤은 '미터 마라톤'이라고 홍보했다. 우리는 26.2킬로미터를 달리게 되었다. 여러모로 두려웠다. 피로했다. 달리기 자체는 말할 것도 없고, 계획, 조종, 실행 작전, 헌신, 이동, 불안에 시달리느라 지쳐 있었다. 이번만큼은 나도 왜 이 일을 하고 있는지 상기해야 했다.

영혼 없는 산업 단지와 자동차 주차장 주위로 끝없이 빙글빙글 도는 코스였다. 그리고 이 변소 같은 대회에 잘 어울리게도, 나는 마지막 400미터에서 바지를 적시고 말았다. 그렇다. 옷을 입은 채로 오줌을 지린 거다. 결승점이 눈앞에 있었지만, 그때가 되니 체면을 차리고 싶은 의욕이 모조리 사라졌다. 나를 변호하자면, 무더운 날이었는데도 나는 어리석게 달리기용 타이츠를 입었다. 몸 어딘가에서 힘이 빠지고 뜨뜻한 소변이 딱 붙은 레깅스를 따라 흐르는 것을 느끼는 순간, 결승점이 눈앞에 보였지만 다 소용없다 싶었다.

젖어서 묵직해진 라이크라 레깅스를 입은 채 완전히 지쳐 서 있던 나는 한 가지만 생각했다. 언제 끝날까? 끝내고 싶다.

마라톤 같은 것을 위해 훈련하는 데 드는 헌신과 희생을 사람들이 정말로 이해할까? 적어도 난 너무나 무지하고 순진했다. 이건 생각했던 것보다 더 힘들었다. 이 훈련에 필요한 것들을 냉정하게 적어보겠다.

이동: 시간과 비용 모두. 대회와 행사는 매주 전국 각지에서 벌어진다. 대회 참여는 마라톤 훈련에서 필수적인 부분이었고 나는 평생 처음으로 주유비를 그렇게 많이 썼다. 이제는 웨스트요크셔와 동해안의 모든 휴게소를 잘 알게 되었다.

비용: 마라톤 꿈에는 상당한 돈이 들어갔다. 대회 참가비, 호텔비, 기차표, 외식비, 주유비, 대낮에 강도짓을 하는 휴게소에서 사는 커피 값, 스포츠 젤, 운동복은 말할 것도 없다. 그 모든 것들이 더해

지면 상당한 액수가 되었다. 내 목표를 이루는 데 몇 백 파운드가 사라졌는지 짐작하기도 싫었다. 나는 아무리 간절하더라도 대회 후 집으로 가는 길에 5파운드짜리 커피를 사 먹는 일에는 절대 반대이다.

가정에 미치는 영향: 독신에 자녀가 없는 경우가 아니라면 마라톤 훈련은 가정 생활에 큰 영향을 미칠 것이다. 이 여정을 시작할 때 그럴 줄은 알고 있었지만 얼마나 힘들지까지는 예상하지 못했다.

화요일과 목요일 저녁 시간은 대부분 달리기에 쓰고 있다. 주중에 훈련도 하지 않고 주말 대회에 나가서 32.1킬로를 달릴 수는 없다. 훈련 시간이 가족과의 시간을 갉아먹는 것 역시 치러야 하는 큰 대가이다. 주말마다 정교한 실행 계획을 세워야 했다. *모두가 나와 함께 대회까지 가는 것이 좋을까, 아니면 혼자 가는 게 좋을까? 틸리 아빠가 내가 달리는 동안 최대 3시간 동안 틸리를 돌봐줄까? 그리고 돌아오는 동안 나는 즐거운 지옥을 경험하게 될까?* 이 모든 질문에 대답하기는 쉽지 않다.

때로 날씨가 근사하기도 하고 완전히 쓰레기 같기도 하다. 가족 지향적인 멋진 구경거리를 제공하는 대회도 있고, 그저 아무것도 없이 휑한 곳도 있다. 어떤 대회가 어떤 범주에 속하는지 예측하기 어려웠다. 삶과 마찬가지로 가장 평범해 보이는 대회가 가장 짜릿하기도 했다. 추측은 그만둔 지 한참 되었다.

가차없는 아기들: 틸리는 정말 순한 아이였고, 지금도 그렇지만 그 애조차도 엄마의 대회 스케줄에 따라 고속도로 여행을 하는 동안

짜증을 부리곤 했다. 차에 갇히는 게 싫다고 울어대는 소리에 우리는 차를 세우고 무릎을 꿇기도 했다. 그럴 수 없을 때는 틸리가 지르는 비명소리와 함께 차에 갇혀 도로를 달려야 했다.

사교 생활: *친구? 무슨 친구?* 다른 의무가 없는 시간에는 훈련만 주로 진행한 형편이라 시간이 너무나 부족했다. 친구를 만나 커피 한잔 하거나 안부를 나누는 일은 금세 사라졌다. 그렇다고 내가 완전히 은둔자가 된 건 아니지만, 거의 비슷했다. 어떤 친구들은 내 계획을 굉장히 잘 이해해준 반면, 다른 친구들은 그렇지 않았다. 이것 역시 내가 기꺼이 치른 대가의 일부였다. 이해를 못한다면, 그들 문제이지 내 문제가 아니었다.

크리스와의 관계: 이건 심각했다. 댐 벽에 수리할 수 없는 균열이 조금씩 나타나더니 결국 물이 흘러나왔다. 우리의 '주말 여행'은 로맨틱한 것이 아니었다. 크리스는 여행용 요람을 장착하느라 바빴고 나는 오전 6시 30분 출발에 대비해 이어 플러그를 끼고 싱글 베드에 누워 있었다. 그리고 저녁엔 9시까지 홀로 잠을 청했다. 똑같은 싱글 베드에서. 어떤 파트너에게도 쉬운 일은 아니었겠지만, 아무리 애를 써도 '이유'를 이해할 수 없는 파트너에게는 더욱 힘든 일이었다. 그는 달리기가 맞지 않았다. 하지만, 나 역시 우리가 만났을 때는 달리기가 맞지 않았다. *뭐가 변한 걸까?*

모든 것이 변했다.

그가 나를 언젠가는 이해해줄지, 우리가 편안하게 서로 지지해주게 될지 의문이었다. 언젠가는 서로가 품은 전혀 다른 꿈을 받아들이게 될까?

그러지 않으리라는 사실이 점점 더 분명해지고 있었다.

8번 레이스:
죽을 것 같을 때 1킬로 더

이 대회에 참가하는 것은 운을 시험하는 짓이었다. 언덕이 많은 스펜의 32.1킬로 구간을 살펴보고 있으니, 어느 곳도 쉬워 보이지 않았다. 그럼에도 불구하고 참가 결심을 지키기로 했다.

평지 32.1킬로미터 대회를 완주할 수 있음을 스스로 증명했다. 그런데 해발 335미터까지 굽이치는 언덕으로 이루어진 32.1킬로란 어떨까? 흐음. 이것은 큰 의문이었다. 지금은 신체적 정신적 능력의 끄트머리에 있었고, 마라톤은 몇 주밖에 남지 않았다.

주위를 둘러보았다. 세미프로 선수나 적어도 달리기 광신도처럼 생긴 사람들뿐이었다. 나는 어느 쪽도 아니었다. 그렇다. 달리기에 대한 애정이 뿌리 내리고 빠르게 성장하고 있었지만, 스펜 대회에 참가하는 90퍼센트의 사람들에 비하면 나는 분명 시험 삼아 해보는 편에 속했다. 이번에도 나는 불청객 아마추어라는 느낌이 들었다. 바로 일주일 전쯤 어리석게도 내가 달리기 경력을 쌓은 모양이라고 생각했지만, 잔인하게도 이 대회는 나를 원래 자리로 되돌려놓았다.

16킬로에서 달리기를 멈추고 집에 전화를 걸었다.

"못하겠어."

크리스에게 징징거렸다.

"정말 못하겠어. 진짜야. 너무 힘들어. 언덕 때문에 죽겠어!"

나는 길가에서 울었고, 다른 진짜 달리기 선수들은 지나쳐갔다. 다리가 아프고 오금이 터질 것 같고 불쌍한 골반 굴근은 오로지 한 발을 땅에서 떼어 다른 발 앞에 놓는 데 집중하고 있었다.

"내가 어쩌길 바라는데? 난 틸리랑 같이 있다고. 가서 당신을 데려올 순 없잖아?"

그의 말이 옳았다. 탈출 카드를 찾는 간절한 심정으로 집에 전화를 했지만, 그런 건 없었다. 유난히 힘든 정신적 고통으로 나는 무너져버렸다. 당연히 전화를 받은 크리스에게는 기적의 대답이 없었다. 16킬로는 달렸지만, **또 16킬로를** 달려야 한다는 사실이 너무나 무서웠다! *어떻게 더 달리지?* 오르막에서 한 걸음 옮길 때마다 죽을 것 같았다. 전부 감당하기 어려웠는데 나는 혼자였다.

다른 방법이 없었기에 천천히 터벅거리며 걸었다. 모두가 나를 추월하는 것 같았다. 사람들이 양옆으로 지나쳐갔다. *이놈의 대회에*

서 나를 추월하지 않는 사람이 하나라도 있을까? 더 앞질러 갈 사람 없어요? 마치 독수리 떼가 노리는 다친 동물이 된 것 같았다.

20.9킬로째, 어깨너머를 보았다. 서서히 내게 다가오는 남자가 보였다. 다시 보았다. 그는 어깨에 터무니없이 무거운 배낭을 메고서 한 발자국씩 나를 향해 다가오고 있었다. 어떻게 저걸 메고 달리지? 게다가 더욱 우울한 것은, 어떻게 저걸 메고 나보다 빨리 달릴 수가 있지? 그가 마침내 나를 따라잡았을 때, 꼭 물어보고 싶었다.

"안녕하세요."

적어도 그는 말을 할 줄 알았다.

"힘들군요, 그렇죠?"

"네, 오늘 좀 힘드네요."

나는 불쌍한 눈빛으로 그를 쳐다보며 헉헉거렸다.

"3주 뒤에 마라톤 드 사블에 나가려고 훈련 중이에요."

그가 아무렇지도 않게 말했다. 아아아! 내 자비 출판 친구 클라이브 고트가 나갔던 그 대회! 엿새 동안 필요한 물품을 모두 운반하며 무시무시한 더위 속에서 사막을 가로지르는 241.4킬로 대회를 떠올렸다.

이 무명의 슈퍼맨이 다가와서 친절하게 말을 걸어주다니, 문득 내 자신이 허약하고 비참하게 느껴졌다. 짐과 나는 1킬로 정도 꾸준히 함께 달렸다. 그는 기다리고 있는 다른 경기에 대해서도 이야기해주었다. 캐나다의 철인 경기와 브라세이의 '열흘 간 열 번의 마라톤' 대회도 있었다. 나는 침을 꿀꺽 삼켰다. 그의 고단한 대회 스케줄 이야기를 듣고 나니 더 이상 미적대는 것을 자존심이 허락하지 않았다. 온몸 구석구석이 발을 멈추고 기권하길 원했지만, 도저히 그럴 수가 없었다.

짐은 빨리 달리지 않았지만 계속 나아갔고, 덕분에 나도 계속 나아갈 수 있었다. 그다음 1킬로 정도 달리면서 그는 소박한 초강력 지구력 달리기 선수가 된 배경을 이야기해주었다.

"아, 난 운동이 안 맞아요!"

내가 자꾸 물어보니 그가 웃으며 말했다.

"버스 잡으려고 달려가지도 못했던 시절이 있었어요. 학교에서 뚱보라고 놀림을 받았죠. 처음에는 작은 목표를 잡고 점점 더 큰 목표를 정하다 보니 여기까지 오게 되었어요."

그는 활짝 웃으면서 나를 쳐다보았다.

믿을 수가 없었다. 꼭 나처럼 짐도 '슈퍼 운동선수'가 아니었던 것이다. 학교 시절 스포츠를 싫어하는 통통한 아이였던 것도 나와 같았다.

이 대회 동안 내가 제정신인지 동기가 무엇인지 너무나 여러 번 질문했지만 짐 덕분에 완주했다. 오늘의 미친 짓은 몇 가지 흥미로운 질문을 가져왔다. *왜 이걸 하는 걸까? 주목받기 위해서? 칭찬받기 위해서? 허영심에? 이게 건강에 도움이 되는 도전이기는 한 걸까, 아니면 자학적인 마조히즘일까?*

런던 마라톤의 꿈을 이루는 과정 중 가장 길고 험난한 이 대회에서 소박한 슈퍼맨 짐 옆에서 달린 경험은 영감을 주었다. 그는 결승점까지 한 발을 다른 발 앞에 디디는 것 이외에는 아무런 초능력이 없었다. 자신이 생각했던 것보다 더 많은 것을 성취할 수 있다는 사실을 스스로 증명하고 싶은, 놀랍지만 평범한 사람이었다. 나는 그 느낌에 공감했고, 그 순간 그를 이해했다.

계속해서 한 발을 다른 발 앞에 두었고 그의 뒤를 따랐다. 문득 이 대회에 나온 이유를 깨달았다. 순간 모든 것이 아주 단순하고 명료해졌다. 짐처럼 나도 내가 꿈꾸지 못한 일을 해낼 수 있음을 스스로 증명하고 있는 것이다. 그러니 내 동기는 염려했던 것만큼 이기적이거나 피학적이지 않았다. 참으로 다행이다!

2011년 4월
틸리 6개월,
2011년 버진 런던 마라톤까지 2주

틸리가 태어난 이후로 프로잭을 먹지 않았다. 무슨 영문인지 그 사실이 문득 떠올랐다. 프로잭을 다시 먹어야 한다는 느낌도 없다니, 믿을 수가 없다.

매일 아침 눈을 뜨면 그날 내가 무사하리라는 사실을 다짐

받기 위해서 우울증 약을 입에 털어 넣곤 했다. 약물이 그렇게 만들어줄 거라고.

임신 전에는 정신건강을 위한 약을 먹지 못하게 된다는 생각에 겁을 먹었다. 내 약점을 너무 잘 알았기에.

도와줄 우울증 약도 없이 9개월 동안 호르몬과의 전쟁을 어떻게 버틸 수 있을까? 엄마가 되어 새로운 책임을 진다는 두려움이 기생충처럼 날 잡아먹을 때는 어떻게 할까?

이해심 많은 주치의 셰퍼드 선생님에게 물어볼 것이 수없이 많았다. 프로잭을 얼마나 빨리 재복용할 수 있나요? 효과는 얼마나 빨리 있을까요? 언제 나를 구원해줄까요?

정말 두려웠다. 크리스와 나는 임신 전에 그 문제에 대해 어른다운 대화도 나눴다. 경험해보지 못한 사람에게 우울증을 설명하기란 언제나 어렵다. 약이 정말로 필요한지 의아해하는 사람, 좀 더 밝은 세계관을 갖고 그냥 더 행복해지기로 선택할 수는 없는지 궁금해하는 사람에게 말이다.

우울증이 어떤 느낌인지 어떻게 설명할까? 사실, 모든 것이 좋아야 할 때 우울증은 더 심해지고, 상충되는 감정이 충돌을 일으킨다. 아니, 나만 그럴지도 모른다. 그건 선택이 아니다. 하지만…… 지금은 뭔가 이상한 일이 벌어졌다. 왜 내게 사랑하는 프로젝이 필요 없어진 걸까? 왜 아침마다 그것이 가장 먼저 떠오르지 않을까? 왜 더 이상 프로젝을 먹지 않는 것이 두렵지 않을까? 어떻게 우울증 약 없이 살고 있을까?

마라톤에서 달리는 목표는 내 정신건강에 대한 염려와, 프로젝 없이 날 통제할 수 있는 능력에 영향을 준 것 같다. 다른 어떤 것도 할 수 없는 일을 달리기는 어떻게 해낸 걸까?

이제 마라톤이 코앞으로 다가왔다. 2주 남았다. 돌이켜보면 이미 얼마나 많은 것을 성취했는지 믿을 수 없다. 출발점에 서기도 전이지만 가능하다고 생각해본 적 없는 일들을 해냈다. 상상도 못한 일들에 도전했다. 완전히 패배했다고 느끼고 울기도 했다. 발열 운동복을 입고 바보가 된 기분이 들기도 했지만 다시 출발점에 섰다.

예전에 안주하던 곳에서 너무나 멀리까지 행복하게 벗어났다. 내 자신에 대한 믿음에 큰 도움을 받았다. 지금 거울에서 나를 마주보고 있는 사람은 누군가? 그녀가 마음에 든다. 그녀가 자랑스럽고, 마라톤이 어찌 되든 계속되기를 바란다.

목적지보다 과정이 더 중요하다고들 한다. 아직 거기 도착하진 못했지만, 이 마라톤 여정이 내게 무엇을 해주었는지는 알고 있다. 나는 자유롭다. 우울증 약으로부터 자유롭고, 말로 표현할 수 없는 성취감과 만족감으로 가득 차 있다.

왜 이걸 더 일찍 발견하지 못했을까?

왜 이제야 확실히 알게 된 걸까?

고지가 눈앞에……

32세

2011년 4월

런던 마라톤

마침내 마라톤이다. 몇 달 동안의 준비와 온갖 좋은 대회, 나쁜 대회, 아주 더럽게 추한 대회를 거친 끝에.

평생 달린 것보다 지난 6개월 동안 달린 양이 더 많았다. 이 마라톤을 대비하는 훈련을 하다 달리기를 진지하게 받아들이게 되었다.

그리고 지금 여기, 이 마라톤 여정을 마치기 위해 런던으로 가는 중이다. 기차 안 자리에 다른 참가자들과 그들이 이끌고 온 사람들에 둘러싸여 어떻게 될지 생각하고 있다. 어떤 일이 벌어질까? 우리가 저마다의 도전에서 승리하고 떠나게 될까? 아니면 무너질까? 여기 모인 우리가 모두 같은 생각을 하고 있다는 건 알 수 있다. 일요일에 우리는 어떻게 될까? 그날 어떤 일이 생기든지, 승리했음을 깨닫고 있었다.

본래의 마라톤 목표에서 생겨난 가장 뜻밖의 부산물로서, 달리기는 나를 구원했다. 달리기는 임신과 출산에 사로잡혀 있던 내 몸을 되찾게 해주었다. 달리기는 내 머릿속을 뒤죽박죽으로 만들어놓고 평온한 생각을 엎어놓으려는 놈들을 길들일 새로운 무기를 내주었다.

나처럼 달리고자 하는 욕구를 이해하는 사람들을 만났다. 초콜릿 빵과 제대로 내린 커피 대신 일요일 아침의 16킬로 달리기를 선택하는 사람들(혹은 적어도 달리기가 끝난 뒤에 그것을 먹는 사람들!)이 존재한다는 사실도 알게 되었다.

이제 알 수 있다. 이유를 알고 있다. 어쩌면 진짜 레이스는 여기까지 온 과정이지 마라톤 자체가 아닐지도 모른다.

오늘은 금요일이고 이틀 뒤면 마라톤은 끝나 있을 것이다.

앞으로 며칠 동안 어떤 일이 일어날지 궁금하다. 어서 알고 싶다.

현관 밖으로 나온 나는 확고한 발걸음으로 바퀴 달린 가방을 밀며 빠르게 걷기 시작했다. 크리스는 그렇게 서두르지 않는 눈치였다. 햇빛이 밝게 비추는 가운데 우리는 작은 시골길을 따라 내려가 마을 기차역으로 갔다.

틸리가 할머니 댁에서 주말을 보내도록 계획하는 일은 작은 부대를 옮기는 것과 맞먹었다. 우리 둘은 이 준비에 빠뜨렸을지 모르는 온갖 필수품을 서로에게 묻고 챙겼다.

"기차표 한 번만 더 확인해도 될까?"

내가 집에서 나온 지 100미터도 안 되어서 물었다.

"휴! 다 있어. C열차 23, 24번 좌석이야."

나는 발걸음을 내딛기 전에 이렇게 중얼거렸다. 크리스는 별로 관심이 없어 보였다. 나는 달리기에 필요한 물품도 모두 머릿속으로 확인했다. 반바지? 확인. 상의? 확인. 달리기 벨트? 확인. 젤? 확인.

운동화? 젠장, 운동화를 챙겼나? 다시 걸음을 멈추고 확인했다.

마침내 출발할 수 있었다.

자리에 앉은 뒤 열차 안을 둘러보았다. 일요일에 마라톤에 참가하는 사람이 또 있을까? 궁금했다. 머릿속으로 누가 마라톤에 나가는지, 누가 응원하는 파트너 혹은 달리기 과부인지 맞히는 게임을 해보았다. 멍하니 긴장한 표정은 '주자'라는 뜻일까? 어쩌면 그럴지도. 사람들의 대화에서도 많은 것을 알 수 있었다. 다른 세상에 들어온 것 같았다. 완전히 새로운 언어를 쓰는 곳으로.

"응, 폼 롤러로 해미(뒷다리 관절 부분의 힘줄—옮긴이) 문질렀어."

트랙수트를 입은 남자가 달리기 동료에게 이렇게 말했다. 그의 상의는 작년 마라톤 때 받은 것이었다. 그는 전에도 참가한 경험이 있는 사람이었다.

"파틀렉(속도와 노면의 형태를 달리하면서 뛰는 훈련법—옮긴이)을 하면서 매주 거리를 늘리다가 휴지기를 가졌는데 정말이지 해미가 겨울 내내 말썽이었어."

그가 말했다. 뭐라고? 폼 롤러로 해미를 문질러? 돼지고기 구이 얘기를 하는 건가? 게다가 파틀렉이라니? 막연히 천천히 달리기와 전속력 달리기를 섞어서 하는 훈련이라는 건 들어서 알고 있었다. 가로등 사이를 미친 듯이 달리고 그것이 마라톤 훈련에 적당한지 살펴보는 모습이 상상됐다. 그리고 거리를 그냥 늘린다고? 내가 뭘 모르는 건 아니겠지.

다행히 휴지기에 대해서는 나도 들어보았다. 2주 동안 대회도, 오래 달리기도 없이 지냈다. 어쩌면 나도 그렇게 마라톤에 무식한 불청객은 아닐지 모른다……

런던에 도착하니 마라톤 직전의 기대감에 들뜬 분위기가 감돌았다.

"좋아. 우선 호텔에 짐을 내려놓고 엑스포로 가자. 참가 번호를 받아야 하니까."

나는 딴 데 정신이 팔린 듯 살짝 흥분한 목소리로 크리스에게 말했다. 마라톤 엑스포에는 한 번도 가본 적이 없다. 흐음……. *버진 런던 마라톤 로고가 붙은 운동용품을 파는 매장이 몇 개 있나 보지?* 거기에 대해서는 별로 생각하지 않았다.

도클랜즈 라이트 철도의 플랫폼을 가득 메운 사람들을 뚫고 나와 마침내 엑스포에 다다랐다.

"헐! 미쳤나 봐!"

내가 너무 크게 소리를 질러 두어 명이 쓴웃음을 날렸다. 사람들이 얼마나 많은지 그곳의 규모를 믿을 수가 없었다. 대단했다!

엑스포의 문으로 들어가면서, 찰리가 윌리 웡카의 초콜릿 공장에 처음 발을 디딜 때 어땠을지 알게 되었다. 달리기와 관련된 모든 것이 오감을 자극했다. 풍선으로 만든 결승점에 거대한 글자로 〈내가 달리는 이유〉라는 시가 적혀 있었다. 그 광경에 뒷덜미에 소름이 끼쳤다. 나도 여기 참가하는 거야. 침을 꿀꺽 삼켰다. 내 자리를 얻었고, 정말로 나도 이곳의 일부가 되었어!

올해는 이 대회를 텔레비전으로 보는 게 아니다. 온갖 토핑을 곁들인 핫 초콜릿에 킷캣 초콜릿을 담그면서 브랜든 포스터가 '달리는 코뿔소' 마스코트 로니에 대해 해설하는 내용을 듣거나 새로운 사회자가 왜 거기 와 있는지도 모르는 유명인들을 뒤쫓는 걸 구경하지 않을 것이다. 올해 나는 거기 함께할 것이다. *왔다! 정말로 왔어!*

사방에 사람들이 가득했다. 그들은 새빨간 VLM 더플 백을 가지고 나와는 달리 목적지가 분명하다는 듯이 이리저리 돌아다녔다. *어디로 갈까? 뭘 하지?*

모퉁이를 돌자 일 잘하게 생긴 직원들이 자리 잡고 있는 등록 데스크가 늘어서 있었다.

"안녕하세요."

친절하고 나이 지긋한 신사가 자기 데스크로 나를 맞이했다.

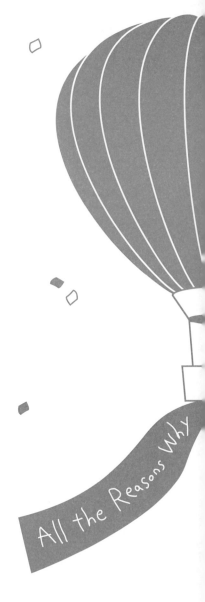

"아, 음, 안녕하세요."

나는 갑자기 어쩔 줄 몰라서 이렇게 대답했다.

"신분증 있나요?"

그가 참을성 있게 나를 향해 미소를 지었다. 보나마나 나는 마라톤에 처음 나온 사람이었다.

"아, 네. 물론이죠."

순진하게 놀란 목소리로 이렇게 대답하고는 재빨리 여권과 등록서류를 찾았다. 대체 뭘 묻길 기다린 거야.

"좋아요, 고마워요."

그는 내게도 새빨간 VLM 더플백을 건네고 내 참가 번호도 내주었다. 9389번.

"저기 저 신사에게 가면 기록 칩을 받을 수 있어요."

바로 런던 마라톤의 공식 시작부터 결승점까지 정확히 몇 시간, 몇 분, 몇 초가 걸렸는지 측정해주는 도구였다. 나는 다시 침을 꿀꺽 삼켰다.

"멋진 시간 보내요. 그리고 내일 행운을 빌어요!"

그는 관대하게 웃으며 이렇게 말했다. 그 상냥한 태도에 이상하게 마음이 놓였다.

젠장, 정말 조직을 잘 해놨네! 몇 달 전 온갖 가족 이름으로 순진하게 추첨 신청을 했던 일이 떠올랐다. 문득 내가 만약 신분증도 없이 엄마(68세 여성)인 척 저 자리에 나타났다면 어땠을까 상상해보았다. 얼마나 바보 같았을까. 이렇게 되어 정말 다행이었다. 비록 계획이 아니라 우연 덕분이긴 했지만.

클럽 라 산타로부터 최신 브랜드의 코코넛워터에 이르는 온갖 것을 홍보하는 열일곱 개의 가방과 내 새빨간 VLM 더플백을 들고서 우리는 또 한 차례 모퉁이를 돌았다.

"어머나! 여기 좀 봐!"

우리가 달리기 쇼핑 유토피아로 곧장 진입하는 순간, 나도 모르게 소리내어 외쳤다. 영리하게 홍보하는 아디다스 슬로건 위로 손으로 쓴 행운의 메시지가 벽 하나를 가득 메우고 있는 것이 보였다. 나도 대회의 일부가 된 느낌이었다.

"이 벽에 메시지를 적는 거 사진 찍어줘. 크리스."

마라톤 추억을 하나라도 더 간직하고 싶어서 이렇게 부탁했다. 1센티쯤 되는 빈 자리를 찾아서 조그만 글씨로 적었다.

"이 대회는 너를 위해서란다, 틸스. 엄마가 ×××"

버진 런던 마라톤 브랜드의 화려한 달리기 장비가 끝없이 늘어서 있는 것을 보고 나는 다시 초콜릿 공장 앞의 찰리가 되었다. 크리스가 계획에 없던 돈을 쓰는 30분이 될 거라는 생각에 진땀 흘리는 것을 벌써 느낄 수 있었다. 나는 집업 상의를 선택했다. 너무 큰 사이즈로 하나밖에 남지 않았지만, 그래도 갖고 싶었다.

"그리고 틸스에게 줄 마라톤 곰 인형도 살래."

2킬로쯤 되는 줄이 끝나고 마침내 카운터에 도착했을 때, 내가 말했다.

오감을 자극하는 엑스포에서 나오자 크리스는 이 마라톤 회전 목마에서 소외감을 느끼는 것이 분명했고, 그래서 우리는 간절히 필요한 신선한 공기를 찾아 밖으로 나왔다.

"엄청났어, 그렇지? 호텔로 갈까?"

나는 출발점에 서기도 전에 기진맥진하지 않으려고 이렇게 물었다.

이제 하룻밤만 더 자면…….

런던 마라톤,
디데이

2011년 4월 17일

방금 잠에서 깨어났고, 마침내 그날이 왔다! 오늘이 바로 대회 날이다! 어제까지만 해도 엑스포에서 마라톤 달리기의 세계로 뛰어들 때까지 실감이 나지 않았는데 말이다.

어젯밤에 모든 준비물을 챙겨두었다.

• 민소매 상의에 참가 번호를 붙였다(상의를 바꾸고 붙이기를 일곱 번 반복했다).

• 탄창 벨트에 메슥거리는 에너지 젤을 아주 많이 붙였다(배치를 열 번 반복했다).

• 시계와 아이팟을 충전했다(둘 다 최소한 다섯 번 확인했다).

• 짐 버스에 실을 가방을 챙겼다(아마 백 번쯤 다시 챙기고 확인했다).

• 오늘 아침 마라톤을 위해 머리를 묶을 끈과 양말을 꺼내놓았다(양말을 두 번 바꾸고 가장 적당한 헤어스타일에 대해서 1시간가량 고민했다).

그 무엇도 우연에 맡기지 않았다. 모두 최소한 열두 번쯤 철저하게 확인하고 또 확인했다. 색색의 출발 지역을 포함해서 코스 지도를 연구했다. 공식 출발점에 모일 주자가 4만 명이 넘기 때문에 빨강, 파랑, 초록 출발점이 따로 있다. 번호에 따라 출발점을 배정받는다. 나는 파랑이다. 지하철 서클 라인과 디스트릭트 라인의 노선도 익혀두었다. 전혀 모르는 것들이기 때문인지, 모든 것이 군사 작전 계획처럼 느껴진다. 빠뜨려서 우연에 맡기는 일이 있어서는 안 된다.

지금은 너무나 이른 시각이지만 벌써 이상하게 말똥말똥하다. 빨리 마라톤을 시작하고 싶다. 내려가서 아침식사를 먼저 해야 하지만, 별로 식욕이 없다. 내 체중에 맞먹는 데니시 패스트리를 먹어치우지 않으면 크리스가 실망하겠지만, 내 몸이 원하는 건 내가 안다. 이런 시각에는 진한 커피와 잼을 바른 토스트 한 쪽이면 충분하고도 남는다. 시작 전에 1시간가량 기다릴 때에 대비해서 바나나를 가져갈 거다…….

좋다. 크리스가 마침내 일어나서 준비를 했으니, 우리는 출발한다. 돌아오면 마라톤은 끝나 있을 것이고, 우리는 이 특별한 여정이 어떻게 막을 내리는지 알게 될 것이다.

해내지 못할 거라 생각하는 온갖 믿음과 싸우기 위해 나아갈 참이다.

출발…….

아침식사는 괴로웠다. 식당에는 조심스러운 마라톤 참가자들과 잠에서 덜 깬 응원팀이 가득했다. 42.1킬로 달리기 준비에 알맞은 식사를 하는 우리와 잠에서 깨어보려고 이른 아침 시나몬 빵을 우적거리는 그들 사이의 차이는 극명했다. 우리 테이블도 마찬가지였다.

나는 잼을 바른 통밀 빵 한 조각도 제대로 씹지 못하며 조심스럽게 말없이 앉아 있었다. 커피는 내가 보통 마시는 것보다 굉장히 진했고, 마치 로켓 연료 같은 맛이 났다.

"정말 그거만 먹어?"

크리스는 통통한 크로와상을 조심스레 잘라 소포장 버터를 두껍게 바르면서 물었다.

"응. 토스트랑 커피면 돼. 시작 전에 한참 기다려야 하니까, 바나나 같은 걸 좀 먹을 수도 있어. 지금은 못 먹겠어."

뱃속이 공중제비를 넘는 것 같았다. 설명해야 하는 것이 너무나 피곤했다.

크리스는 일부러 최대한 느으으으리게 행동하는 걸까? 궁금했다. 내가 마라톤에 나가는 걸 모르는 걸까? 시작까지 얼마나 걸릴지 모르는데, 이미 신경이 곤두설 대로 곤두서 있다고. 어서 거기 가고 싶어.

우리는 마침내 호텔 로비에서 벗어나 전철역으로 향하는 마라톤 주자들 사이에 휩쓸렸다. 휴! 생각보다 쉽겠네! 마라톤 출발점을 찾는 것보다 피하는 것이 훨씬 더 어렵다는 사실을 곧 깨달았고, 우리는 그렇게 끝없이 늘어선 빨간 가방의 주자들 사이에 합류했다.

런던 마라톤은 사람들 구경하기에 세상에서 가장 좋은 장소일 것이다. 지하철에 사람들이 들어차기 시작하면서 주위를 둘러보며 다른 참가자들을 살펴보았다. 왜 이들은 여기 온 걸까? 내 앞에 앉은 미국인 부부는 어린 아들과 조용히 대화를 하고 있었다. 아이는 여행을 많이 해본 성숙한 8세나 9세로 보였다. 스포츠를 좋아하는 엄마가 마라톤에 참가하는 동안 분별 있는 아들은 응원해주는 아빠와 함께 기다리는 모양이었다. 엄마는 전에 여러 번 마라톤에 참가해본 듯 자신감을 뿜어냈다. 이건 그들의 평상시 같았다. 어떤 기분일지 궁금하지 않을 수 없었다.

지하철이 삐걱거리며 흔들릴 때 머리 위의 손잡이를 붙잡고 서 있으니 나이 지긋한 아주머니 한 분이 나를 쳐다보았다. 밝은 색색의 티셔츠와 새빨간 짐가방 사이에서 그녀의 베이지색 재킷은 약간 어색하게 느껴졌다. 나는 미소를 지었다. 그녀는 상냥한 표정으로 나를 쳐다보더니 손을 내밀었다.

"자요. 무슨 자선 모금을 하는지 모르겠지만, 이것도 넣어줘요."

그녀는 나직하게 말하면서 내 손에 10파운드 지폐를 쥐어주었다.

"어머나! 정말요? 정말 그러길 바라세요?"

순간 그녀의 관대함에 놀라기도 했고, 전혀 모르는 타인의 손에 오로지 직감과 신뢰를 따라 10파운드 지폐를 쥐어준 것을 믿을 수 없었다. 자선 모금을 위해 달리는 게 아니라고 설명해서 그녀의 기분을 상하게 하고 싶지 않아서 고맙다고 하고 그 돈을 '영웅들을 위한 모금'에 기부했다.

사방에서 마라톤이 사람들을 하나로 모아주고, 연결고리를 만들어주었다.

"따뜻할 거 같군요, 오늘은!"

마라톤 선배가 옆에 앉아 긴장해서 가방을 꼭 끌어안고 있는 어린 참가자에게 이렇게 말했다.

지하철에서 내린 뒤 한 번 더 인파에 휩쓸렸다. 인산인해를 이룬 사람들 틈바구니에서 다른 일은 할 수 없었다. 우리는 마법처럼 움직이는 색과 움직임 속으로 완벽하게 섞여 들었다. BBC가 일요일 아침 마라톤 중계할 때, 오버헤드 카메라가 빙빙 돌며 촬영한 수천 명의 평범한 영웅들이 동시에 움직이는 광경을 보면서 지낸 세월이 떠올랐다. 커다란 사라 리 더블 초콜릿 케이크를 먹으며 텔레비전을 보던 기억이 났다. 공허하고 외롭게 칼로리를 흡입하며 공중 촬영 영상을 보았던 때가. 그러나 카메라로는 그곳의 분위기를 제대로 포착하지 못했다.

나도 이번만큼은 옆에서 구경하는 것이 아니었다. *나도 여기 왔다! 정말로 왔다!* 긍정과 움직임, 색의 물결 사이를 헤엄치는 동안 심장이 노래했다.

여기저기서 주고받는 대화 소리가 들렸고, 흥분과 경계, 희망이 빈 공간을 채웠다. 어쩐지 나뭇잎은 더 푸르게 보였다. 하늘은 이상하게 더 파랗게 보였다. 모든 것이 총천연색으로 빛나는 것 같았다. 어딜 보아도 색이 더 밝고, 더 쨍하고, 더 또렷하고, 더 맑게 느껴졌다. 이제 나도 하나가 된 장면 속으로 점점 더 깊이 끌려갔다. 파란색 출발점에 빨리 다가갈수록 더 좋았다.

"좋아. 이제 나 혼자 할게!"

크리스에게 당연한 소리를 했다.

"행운을 빌어줘. 참, 그리고 가기 전에 번호 단 모습 한 번 더 사진 찍어줄 수 있어?"

그리고 다행히 나는 혼자가 되었다. 주위의 활기찬 광경을 둘러보았다. 열기구! 와아! 저것 좀 봐! 열기구를 그렇게 많이 보긴 처음이었다. 불길이 바구니에서 커다란 버진 액티브 빨간 풍선으로 치솟았고, 커다란 루코제이드 스포츠 음료 병 모양의 풍선이 옆에서 둥둥 떠가고 있었다. 마치 카니발 같았다. 밝고, 좋고, 가능한 모든 것의 페스티벌 같았다. 살아 있음을 축하하는 축제 같았다. 전에 참가해본 어떤 대회, 어떤 장소와도 달랐다.

이제 기다리는 것 이외에 뭘 하지? 사람들을 구경하며 기다려야지. 출발 신호가 울릴 때까지 기다리다가 생애 첫 마라톤에서 달릴 것이다. 집에서 할머니 할아버지와 지내는 틸리가 생각났다. 그들도 텔레비전에서 내가 달리는 걸 볼까? 틸리는 아기인걸. 몇 년이 지나야 이게 무엇인지, 무슨 의미인지 알겠지만, 그래도 언젠가는 알게 될 거다.

천천히 걸어 다녔다. 화장실에 가려고 줄도 섰다. 모두 딱히 할 일도 없고 나랑 같은 모양이었다. 수천 가지 자선 모금 조끼에 무엇이 적혀 있는지 다 읽어볼 수도 없었다. 무늬 없는 연두색 티셔츠를 입은 남자가 내 옆을 지나갔다. 등에는 '아버지를 위해'라고 적혀 있었다. 그의 불쌍한 아버지에게 무슨 일이 있던 걸까? 궁금했다.

점점 더워졌다. 어쩌면 사람들과 깃발, 풍선, 사람 구경, 기다림에 모두 정신이 팔려 있었던 모양이다. 지하철의 아저씨 말이 옳았을지도 모른다. 정말로 더운 날일지도 모른다. 그런데 뭐, 지금은 그걸 걱정할 때가 아니지. 시간이 정말로 다 되기 전에 출발점에 들어가야 해.

나는 공업용 축사처럼 생긴 장애물을 건넜다. 우리가 바로 소였다. 우리에 갇혀 앞에 놓인 42.1킬로에서 닥칠 운명을 기다리고 있었다. 거리뿐 아니라 더위와도 싸워야 한다는 사실이 분명해졌다. 주위의 다른 참가자들에게서 흘러나오는 체온을 느낄 수 있었다. 공기가 답답하고 숨 막혔다. 열기와 싸구려 데오도런트, 긴장해서 뀌는 방귀가 저마다의 특징을 유지하면서도 서로 뒤엉키고 있었다.

"처음이에요?"

수줍어 보이는 여자가 이리저리 부딪치다가 내게 말했다.

"네. 맞아요. 굉장하네요. 그렇죠?"

조심스러운 사람끼리 동질감을 느끼려고 이렇게 말했다.

"반갑네요! 나도 처음이에요……."

그녀는 침묵이 깨어지자 마음이 편한 것 같았다.

"원하는 기록이 있어요?"

응? 무슨 소리지? 무사히 마치고는 싶지만, 기록이라니? 지금으로선 너무 당찬 포부인데. 이놈의 마라톤을 완주할 수 있는지도 모른다고! 내 상상력은 거기까지 닿지 않았다.

"아, 아뇨. 그렇진 않아요. 돌아올 수만 있으면 좋겠어요!"

나는 이렇게 대답했고…… 진심이었다.

미처 정신을 차리기도 전에 출발 신호가 울렸고 우리는 달렸다. 앞으로 펼쳐질 거리와 시간을 생각하며 각오를 하는 동안 내 혈관에 아드레날린이 흘렀다. 잠깐. 아무도 안 달리잖아! 공식 출발 지점(시간 기록 칩이 가동되어 42.1킬로까지 시간을 측정하기 시작하는 곳)까지는 800미터나 남았는데, 사람들은 아직 발을 움직이지도 않아! 출발지점까지는 느려 터진 단체 걷기 같았고, 김이 좀 빠졌다. 달리기를 시작하고 런던 시 전역에 펼쳐진 42.1킬로의 거리를 줄여나가고 싶은 사람들이 다같이 불평하는 소리도 들렸다.

마침내 출발점에 다다랐지만 좁은 길에 사람이 많으니 정체가 심했다. 빠른 참가자들이 발에 밟힐 사람들 주위를 피해 달리면서 뒤꿈치를 차기도 하고 도로경계석을 뛰어넘는 사람도 있었다.

첫 1킬로는 공간을 찾기 위한 대혼란이었다. 나는 버려진 물통을 밟고 옆의 남자에게 부딪치기도 했다. 그는 내가 도로에 고꾸라질 참에 팔을 꽉 잡아주었다.

"죄송해요! 죄송해요. 정말 죄송해요."

나는 그가 짜증내며 한숨 쉴 거라고 예상하며 미소를 지었지만, 환한 웃음에 깜짝 놀랐다.

좋아. 이제 정말 출발이다. 8~9킬로 지나자 참가자들이 흩어지면서 달리기 흐름과 리듬을 찾을 수 있었다. 첫 몇 킬로는 알아차리기도 전에 지나가버렸다. *지금까진 아주 좋아!* 나는 일정한 속도로 달리면서 이렇게 다짐했다.

커다란 형광색 핑크 붕대처럼 왼쪽 팔에 붙여놓은 무거운 아이팟에서 상의를 거쳐 늘어져 있는 이어폰 선이 성가셨다. 신체적인 불편함은 무시하고, 퀸의 〈돈 스탑 미 나우〉를 반복해서 틀어놓고 동기를 얻는 데 집중하려고 했다. 처음 얼마 동안은 효과가 있었는데……그러다가 심각하게 성가시기 시작했다.

헐! 저거 이완 토머스(영국의 육상선수―옮긴이)*인가? 그러네! 그 사람이야!* 나는 벨트를 뒤져 휴대전화를 꺼내서 달리는 셀카를 찍어보려고 했다. 비록 속도를 줄여 걷는 셈이 되었고 길에서 지그재그로 움직이긴 했지만, 찰칵! 해냈다. *방금 이완 토머스를 추월했어! 그 사람 달리기 참 못하네!* 나는 득의양양한 허세로 내 자신을 독려했다.

24.1킬로 무렵, 그것이 닥치기 시작했다. 젠장, 힘들다. 그때까지는 사람들과 유명인, 햇볕과 카니발 분위기에 정신이 팔렸다. 몸이 불평을 하며 별로 즐겁지 않다고 하자, 그 모든 것이 이제 무의미해졌다. *레이치, 훈련 때의 달리기를 기억해. 이거보다 더 힘든 것도 했잖아. 끝나지 않을 줄 알았던 끔찍한 32.1킬로 대회 기억해? 그랬지만, 넌 해냈지. 계속 갔잖아. 스펜 대회에서 바닥일 때 옆에서 달려준 짐이란 남자 기억해? 그도 계속 갔어. 그러니까 너도 그렇게 할 거야. 그냥 계속 가라고.*

어떤 남자가 내 앞에서 비틀거리더니 길을 가로질러 휘청거렸다. *어머나! 왜 저러지?* 술에 취한 사람 같았다. 거리와 더위가 사람들을 지치게 하고 있었다. 다시 보니 그는 길 반대편 장벽 옆에 주저앉았다.

"물 좀 줘요!"

어떤 여자가 잠시 그를 부축하면서 외쳤다.

"괜찮아요, 마크. 괜찮아요. 물 좀 구해줄게요. 괜찮을 거예요."

그녀는 옷에 적힌 것을 보고 그의 이름을 알아낸 것이다. 나는 계속 달렸다.

30.5킬로 표시를 지나자마자 온갖 생각이 머릿속에 쳐들어왔다. 이제는 심리전이 시작된 것이다. *아직 12킬로나 더 달려야 해, 레이치. 더 달려야 한다고! 어떻게 12킬로를 더 달릴래? ……하지만 겨우 12킬로잖아. 물론 더 달릴 수 있지. 다리가 계속 가줄까? 계속 가지*

400

못하면 어쩌지? 12라는 숫자에 집착하면서 그것을 감당할 수 있는 부분으로 나누어보았다. 3 곱하기 4킬로. 4 곱하기 3킬로. 하지만 어떻게 쪼개어보아도 여전히 12킬로가 남아 있었다.

다음 모퉁이를 도는 순간, 사람들이 열광했다.

"달려요, 윌!"

그다음에는 좀 더 대놓고 "저것 봐! 윌 영(영국의 〈팝 아이돌〉 대회 우승자이며 싱어 송 라이터—옮긴이)이야!"라고 외치는 소리가 코스 주위의 관람객 사이에 퍼져나갔다. 나는 검은 반바지에 검은 상의를 입고(차분하게 세련된 팝스타답게), 세상에서 제일 큰 헤드폰을 쓰고, '난 팝스타가 아니야, 정말로!'라고 외치는 커다란 선글라스를 쓴 남자가 내 옆에서 달리고 있었다. 유명인처럼 보이지 않으려고 열심히 연기하는 유명인 같았다. 효과가 있었다. 그는 꾸준히 달리고 있었다. 젠장. 방금 윌 영을 추월했어! 왜 이것이 그렇게 큰 성과로 느껴졌는지는 모르겠다. 윌 영은 마라톤은 차치하고 버스를 잡으러 달려갈 일도 없을지 모르는데.

나는 어이없을 정도로 마라톤에 맞지 않는 장비를 꺼내들고 또다시 지그재그로 걸어가면서 셀카를 찍으며 유명인을 만난 순간을 포착했다. 아이팟 선은 완전히 엉켜버려서 팔을 흔들 때마다 이어폰이 귀에서 빠져나왔다. 첨단 장비를 정리하기 위해 멈췄다. 젠장. 이렇게 성가실 가치가 없네. 헤드폰을 벨트에 쑤셔 넣고 나자, 음악도 끝나고 퀸의 응원가도 끝났다.

주위에서 사람들이 정신을 잃거나 술 취한 사람마냥 비틀거리는 무서운 광경이 계속되었다. 내가 아직도 서서 아직도 안정된 상태로 달리고 있다는 사실이 믿어지지 않았다! 32.1킬로 표시를 넘자마자 서서 김빠진 홈 메이드 콜라를 크게 한 모금 마셨다. 물에 콜라 맛의 전해질 알약을 두어 개 섞어 대회 중에 손실된 염분을 대체해주는 음료였다. 이전 대회에서 우연히 공짜 샘플을 몇 개 받아 마셨는데, 그것이 나를 탈수와 열사병에서 구해주고 마라톤에서 완주하게 해줄 수도 있다는 건 전혀 몰랐다.

또 물병을 놓아둔 곳마다 잠시 서서 물을 조금씩 마셨고, 정말로 심하게 더울 때는 기회가 있을 때마다 물로 몸을 적셨다. 그래도 더위는 가차없었다.

마지막 9.6킬로 구간에 들어섰다. 1킬로 지날 때마다 거리 표시가 더 멀어지는 것 같았다. 다음 번 표시가 나타나면 나머지 거리를 힘겹게 줄여나가며 기를 썼다. 킬로를 세는 것이 얼마나 힘들 수 있을까? 얼마나 오래 걸릴 수 있을까? 얼마나 고통스러울 수 있을까? 나는 곧 알게 되었다.

훈련 중 32.1킬로 대회에 두 번 나갔지만 그 이상은 달려본 적이 없었다. 경험 많은 사람들은 어떤 마라톤이든지 전반전은 32.1킬로 지점까지라고 한다. 남은 후반전이 지독하다. 나는 첫 마라톤의 진짜 후반전을 시작할 참이었고, 내 바퀴가 빠져나가려고 했다. 한 번도 경험해보지 않은 일이었다. 전에는 이렇게 멀리, 이런 무더위 속에서 달려본 적이 없었다. 전에는 내 몸에 이런 것을 청한 적도, 요구한 적도 없었다. 모든 것이 고역이었다. 내 골반 굴근 기억하는가? 그것들은 짐을 싸서 집으로 가려고 했다. 다리는 찢어지는 것처럼 아팠다. 발은 안 맞는 샌들을 신고 뜨거운 석탄 위를 달리는 것 같았다. 도로를 디딜 때마다 발가락의 물집이 부어오르는 것이 느껴졌다. 엄지발톱이 아슬아슬하게 매달려 있음을, 결승점이 지난 뒤까지 버티지 못할 것임을 알 수 있었다.

35.4킬로에서 멈췄다. *젠장. 이 상황에서 내 자신에게 괜찮을 거라고 어떻게 말하지? 이 일을 마칠 수 있는 거야?* 사람들이 도와줬다.

"이봐요! 지금 와서 멈출 순 없잖아요! 거의 다 왔어요!"

어떤 남자가 내 어깨를 두드려주었다.

"힘내요!"

어떤 여자가 외쳤다. 내게 하는 말이었다.

"9389번! 멈추지 말아요! 계속 달려요!"

열성적인 십 대 아이가 내게 외쳤다. *그건 내 번호였다!* 다시 달려야 했다. 더 이상 멈췄다가는 다시 시작할 수 없을 것 같았다. 다시 움직여야 한다는 생각에 다리는 호전적으로 저항했다. *얘들아, 힘내. 나랑 함께 가자. 너희들이 지친 건 알지만, 이걸 마쳐야만 해.* 나는 삐걱이며 다리를 다시 들어 움직였다.

40킬로가 시야에 들어왔다. *세. 상. 에. 거의 다 왔어!* 다시 잠시

쉬러 멈춰야 했다. *2킬로만 더. 딱 1킬로만 더. 그러면 돼, 레이치. 마지막 노력이야.* **딱 1킬로만 더**······.

엄청난 인파를 보았다. 얼굴은 하나도 보이지 않았다. 색깔과 소음이 뒤죽박죽 섞여 벽을 이루고 있었다. 세 줄의 코스는 런던의 상징이었지만, 아무것도 보이지 않았다. 소리는 들렸다. 멈추지 말라는 소리. 언제 끝나지? 1초마다 다리는 그만두겠다고 성화였다.

결승점이 안 보여. 결승점이 어디지? 1킬로가 어느 정도 거리이며 어떤 느낌인지 잠시 잊어버렸다. 어떤 남자가 비틀거리며 나를 지나쳐 마지막 남은 힘을 다해 결승점으로 다가가고 있었다. 다리들이 나를 버렸고, 나는 그와 함께 뛸 수 없었다. 간판에 '앞으로 800미터' 라고 적혀 있었다. *좋아. 알았어. 이건 할 수 있어. 가자, 다리야! 800 미터밖에 안 남았다고. 우린 할 수 있어!* 모퉁이를 돌았다. *또 그놈의 모퉁이! 젠장! 800미터가 얼마나 먼 거야?*

그리고 그것이 나타났다. 결승점이 보였다. 400미터······ 그리고 200미터······ 더 큰 소음. 선의의 함성. 격려의 고함. 유니언 잭이 자랑스레 휘날리고 있었다. 몰 전체를 가로질러, 붉은 현수막이 펼쳐져 있었다. 기록 시계가 째깍거리는 가운데 나는 온힘을 다해 결승점을 통과했다.

FINISH

결승선

    빨간 줄무늬 매트 위로 상체를 숙였고, 다리가 말 그대로 꺾이면서 눈물이 나왔다. 마침내 시계에서 정지 버튼을 누를 수 있었다. 7개월 그리고 4시간 25분 뒤, 나는 달리기를 멈출 수 있었다.

에필로그

달리기와 나. 우린 확실히 첫눈에 사랑에 빠진 사이가 아니었다. 첫 데이트가 그다지 근사하지도 않았다. 사실, 처음에 우리는 서로 별로 좋아하지도 않았다. 십 대 내내 운동화를 신으면 굴욕만 경험했던 나는 언젠가 마라톤을 완주하리라 상상할 수도 없었다. 그리고 나는 그것을 다시, 또다시 하게 되었다. 내가 결국 숨 쉬기 위해 필요한 공기처럼 달리기를 필요로 하고 사랑에 빠지게 될 줄 예측할 수 없었다.

초기에는 비록 매일의 힘겨운 의무인 달리기를 싫어하긴 했지만, 그래도 가느다란 빛을 보았다. 고통이 충분히 가시고 경치의 아름다움을 보고 살갗에 느껴지는 햇볕의 따스함을 흡수할 때, 아주 작은 빛이 깜빡이며 보였다. 좋은 기억 저장소에 예상치 못한 순간들이 모이기 시작했다. 내키지 않는 마음으로 억수처럼 퍼붓는 진눈깨비 속으로 달려 나갔지만 상쾌하게 활력을 얻어 돌아왔을 때. 억지로 나간 뒤 들인 노력에 대한 자부심과 끝난 것에 대한 후련함을 느끼며 집에 돌아왔을 때. 이유는 알 수 없지만 더 차분하고 더 행복해진 것을 느끼면서 말이다. 어쩌면 프로젝의 효과였을지도 모르지만, 그 이상의 무엇이 있었다.

출산 후 런던 마라톤 목표는 달리기가 무엇인지, 내게 무슨 의미인지 규정해주었다. 이전에는 가볍게 좋아했던 것이 훨씬 더 깊은 연결고리로 발전했고, 그 세월 동안 달리기가 내게 준 것과 내게 줄 수 있는 것을 이해하고 감사하게 되었다. 내 기쁨이자 정신 건강이 된 달리기에 대한 존중과 고마움이 생겨났다.

불행히도 달리기는 나와 크리스 사이에 종지부를 찍게 만들었지만, 앞으로의 행복을 위해 각자의 길을 탐색하게 해주었다. 나는 달리기 소울 메이트 개브를 만났고 우리는 석양을 향해 함께 달렸다. 가끔은 속이 메스꺼울 정도로 느끼한 해피엔딩도 있다.

우리는 함께 달리고, 함께 대회에 나간다. 우리는 서로를 동정하며 절뚝이는 발걸음으로 계단을 내려간다. 우리는 춥고 비 내리는 아침, 정말이지 그러고 싶지 않을 때 서로를 침대에서 끌어낸다. 우리는 함께 축하하고 계획대로 상황이 돌아가지 않을 때 서로를 동정한다. 우리는 돌아가며 훈련을 받으면서 딸들을 돌보고 각자 달릴 때도 늘 함께이다. 우리 사이는 그렇다.

그리고 우리는 새로운 장에 도달한다. 자유. 바로 그거다. 완전한 자유. 진정한 자유를 누리고 진심으로 원한 삶을 이루고 나자 나는 날아오르기 시작했다. 믿을 수 없었다. 족쇄에서 풀려나 방금 되살아난 기분이었다. 듀라셀 건전지 토끼가 배터리를 버리고 직접 플러그를 끼운 것 같았다. 내 자유는 타인이 아닌 내 기준에 따라 삶을 이룬 데서 비롯했다. 달리기 모험과 성취, 최고 기록, 메달, 기록, 대회, 상이 축하받는 삶 말이다.

하지만 한 가지는 확실히 해두자. 이 책은 단순히 달리기에 관한 것만은 아니다. 투쟁과 투쟁 중에 발견하는 즐거움에 관한 책이다. 영혼을 만족시키는 단순한 즐거움과 만족감. 그것은 내가 시도해본 온갖 단기적인 해결책보다 더 위대하다.

나는 행복이 더 큰 집, 더 많은 물건을 넣어둘 여분의 방을 갖는데서 비롯한다고 배웠다. 더 멋진 차, 명품 핸드백, 구두. 그런 것은 모두 가졌지만, 여전히 공허했다. 그 행복은 너무나 덧없었다. 내가 놓치고 있는 것은 내가 사랑하는 것, 내가 할 수 있는 것, 내가 될 수 있는 것에 대한 믿음을 발견하는 데서 비롯되는 깊은 만족감이었다.

그런 발견이 쉽지 않다는 것도 깨달았다. 아마 달리기가 내게 그렇게 깊은 즐거움을 주는 까닭은, 우리를 괴롭히는 두려움과 의심에 맞서는 경험과 비슷해서일 거다. 최근 몇 년 동안은 성공했지만, 난 이룰 수 없을 거라고, 내 목표가 능력 밖의 것이라고 믿게 만드는 머릿속의 잔인한 침팬지들의 괴롭힘에 계속 맞서야 했다.

그들의 속삭임이 옳은 적은 없었다.

결과와 무관하게, 출발점에 나가지 않는 편이 훨씬 더 쉬운데도 거기 나갈 수 있고, 나갈 것임을 스스로에게 증명하는 데서 발견하는 깊은 만족감. 침팬지들이 결코 이길 수 없음을 몇 번이고 스스로에게 증명하는 것. 그들은 아주 오랫동안 나를 세뇌시켰지만 말이다.

상황이 제대로 돌아가지 않을 때, 물 흐르듯 흘러가지 않을 때, 몸이 불편하다고 비명을 질러댈 때, 목표에 거의 다 왔지만 아직은 아닐 때, 결승점 앞에서 추월당할 때, 모든 것이 아프고, 따갑고, 괴로울 때도 매달려야 할 때, 결승점을 통과하지도 못했을 때, 이 모든 것이 성공을 그토록 달콤하게 만들어준다.

나는 달리기 속에는 삶과 마찬가지로 빛과 어둠의 조화가 내재되어 있음을 알게 되었다. 승리와 역경, 성공과 실패, 기쁨과 고통. 살아 있음을 온전히 느끼기 위해서는 두 가지가 다 필요하다는 깨달음을 얻었다.

나는 20년 넘게 자신에 대한 의심과 싸우고 갈등했다. 결국 내가 받은 가장 큰 보상은 시도할 만큼 용감하다는 사실을 인정하게 된 것이다. 내 불안을 이겨낼 방법을 찾고, 패배하지 않는 것. 실패의 두려움, 바보처럼 보이는 것에 대한 두려움, 고통의 두려움을 극복하고 궁극적으로 "넌 할 수 없어"라는 머릿속의 목소리보다 더 강해지는 것.

응, 실제로 나는 할 수 있으니까……

2011년 나는 4시간 25분의 기록으로 런던 마라톤을 완주했다. 나만의 목표를 이룬 것에 기뻐서 어쩔 줄 몰랐다. 하지만 더 잘하고 싶었다. 더 잘할 수 있다는 것을 알았다.

2012년에 또 한 번 추첨에 당첨되어 3시간 50분 몇 초(몇 초는 중요하다. 이유는 곧 알게 될 것이다)의 기록으로 결승점을 통과했다.

그 시절 런던 마라톤의 내 연령 대비 우수 기록이 3시간 50분이었다. 그런 것이 존재하는지 몰랐다. 다시 내 기록을 보았다. 헐! 겨우 몇 초밖에 안 늦었네! 더 잘할 수 있다는 걸 알았다. 더 훈련하고 연습하고 노력하면 그 기준에 도달할 수 있다고 믿었다.

그래서 대회 책임자 브래셔 씨에게 편지를 썼다. 내게 참가 기회만 준다면, 3시간 50분이라는 기록을 깰 수 있다고 확신한다고 설명했다.

스태프 한 명이 답장을 보냈다. 불행히도 '그리고 몇 초'는 너무 많은 시간이라는 것이다. 그녀는 내 기록을 조금 깎아준다면, 숱한 사람들이 '몇 초'를 깎아달라고 몰려들 것이고, 그러면 연령 대비 우수 기록 신청 절차를 제대로 관리할 수 없다고 설명했다. 나는 실망했지만, 그들의 입장을 이해하고 존중했다. 그렇다면 더 열심히 노력하고 더 잘하는 수밖에 없었다.

2013년 런던 마라톤 참가 자격을 얻지 못했다. 추첨의 신이 나를 버렸다. 대신 에든버러 마라톤에 참가했다. 나는 그때까지도 브래셔 씨에게 내 말이 옳았으며 더 잘할 수 있음을 증명하고 싶었다. 그해 나는 선열에 시달려서 체중 감소를 겪었고, 기록은 고사하고 마라톤을 완주할 수 있을지도 아슬아슬했다. 에든버러 코스 내내 힘들었고, 3시간 45분 그리고 몇 초(이번에도 이 몇 초는 결정적이다. 이유는 알게 될 것이다)의 기록에 결승점을 기듯이 통과했다.

브래셔 씨께.

제가 에든버러 마라톤을 3시간 45분 몇 초의 기록으로 완주했음을 알려드리려고 이 편지를 씁니다. 작년에 제가 버진 런던 마라톤을 3시간 50분 몇 초의 기록으로 마친 뒤에 편지 드린 것을 기억하실지도 모르겠네요.

에든버러에서 결승점을 통과하고 시계를 보았을 때, 버진 런던 마라톤 2014년 연령 대비 우수 기록을 낸 것을 믿을 수가 없었습니다. 그런데 버진 런던 마라톤 웹사이트를 다시 보니 제가 모르는 사이에 시간이 바뀐 것을 알았습니다.

제 연령대의 우수 기록 시간이 3시간 50분에서 3시간 45분으로 바뀐 것을 보고 너무나 절망했습니다. 이런 줄 알았다면 더 열심히 노력해서 몇 초를 단축시켰을 테니까요.

하지만 다시 한 번 제가 이 기준에 부합한다는 것을 증명할 기회를 주시길 바라며 이 편지를 드립니다.

레이첼 컬린 올림

그러니까, 나는 두 번이나 아슬아슬하게 낙방했다. 두 번씩이나 연령 대비 우수 기록에서 몇 초가 늦은 것이다. 두 번이나 런던 마라톤 대회 책임자에게 편지를 써서 그 작은 회전문을 통과하는 기회를 얻게 해달라고 부탁했다.

그가 답장을 보냈다. 이번에는 직접 썼다.

컬린 씨께.

편지 감사합니다. 2014년 버진 런던 마라톤에 참가할 수 있게 해드려 기쁩니다. 제 비서가 이 건에 대해 연락을 취할 겁니다.

행운을 빕니다.

휴 드림

그렇다. 나는 참가하게 되었다.

2014년 다시 참가해 열심히 달렸다. 3시간 30분 정도의 기록을 희망하고 있었고, 그 속도로 출발했다. 난 더 열심히 노력했고 놀랍게도 3분 22초에 결승점을 통과했다. 지난 두 해 동안은 스스로 쌓은 한계의 장벽 탓에 연령 대비 우수 기록 부근에 머물렀고 그로 인해 브래셔 씨에게 편지를 써야 했지만, 마침내 장벽을 부수고 말았다.

그에게 다시 편지를 쓸 필요는 없었지만, 어쨌든 썼다. 연령 대비 우수 기록을 내며 내 힘으로 참가 자격을 증명할 기회를 주어 감사하다는 인사를 했다.

2015년에도 참가해 3시간 17분에 완주했다. 이 글을 쓰는 현재 그것이 나의 런던 마라톤 최고 기록이다. 혹시 아는가. 언젠가 3시간 이하의 기록 내기를 꿈꾸어도 될지.

어쨌거나 나는 그 후로 연령 대비 우수 기록 참가 자격을 계속 유지하고 있다.

2017년 5월

달리기에 대한 나의 애정과 헌신을 선언하게 되어 기쁘기 한량없다. 때로 우리 사이가 힘들기도 하지만, 내가 달리기를 필요로 한다는 것을 충분히 인정한다. 우리가 멀어질 수도 있지만, 나는 달리기를 사랑한다. 힘들어질 때마다 달리기로 돌아간다. 좋을 때는 달리기와 함께 축하한다.

그러므로 아주 감상적인 결혼식 연설이나 인생극장의 애절한 장면처럼 보일 위험이 있음에도 한번 적어보겠다. 내가 달리기를 사랑하는 이유는 다음과 같다.

내가 가본 여러 장소 때문에

내가 본 것들 때문에

내가 만난 사람들 때문에

내가 울음을 터뜨린 횟수 때문에

물 흐르듯이 순조로운 순간 때문에

코미디 같은 순간 때문에

주말여행 때문에

열기(추위는 별로다) 때문에

사진과 셀카 때문에

사귄 친구들 때문에

내가 느끼는 자부심 때문에

얼굴에 닿는 바람 때문에

내가 느끼는 평화 때문에

내가 배운 교훈 때문에

메달 때문에

트로피(그렇다. 꽤 많다) 때문에

신문 기사 때문에

무작위로 이루어지는 연결고리 때문에

내가 할 수 있음을 증명하기 때문에

남의 눈에 띌 수 있기 때문에

내 몸을 받아들이는 법을 배우기 때문에

1킬로 더 가는 법을 배우기 때문에

가슴이 터져라 뛰는 심장을 느끼기 때문에

끝나면 느끼는 안도감 때문에

모든 '왜'를 '왜 안 돼'로 바꾸기 때문에

내가 받는 응원 때문에

내가 느끼는 사랑 때문에

"엄마, 달려!"라고 응원하는 어린 딸 때문에

내 소울 메이트를 발견했기 때문에

용기를 느끼기 때문에

살아 있음을 느끼기 때문에

즐거움 때문에

자유 때문에

성취감 때문에

가능한 것에 대한 믿음 때문에

내 자신에 대한 믿음 때문에

내 이야기이기 때문에.

감사의 글

이 여정을 거치는 동안 다음 분들이 선사한 놀라운 지지와 격려, 기여에 깊이 감사드린다.

그 오랜 세월 동안 시달린 정신 건강 문제와 싸우고 마침내 이겨낸 엄마께. 끝없이 격려해주시고 내 능력을 믿어주신 데 감사드린다.

선의와 품위, 보호의 헌신이신 아빠께(비록 '왜'인지는 이해하지 못하시지만).

그간 내 이야기에서 각자의 역할을 맡아준 모든 친구들에게. 특히 아름다운 네스에 대해 언급하도록 허락해준 모린 아주머니와 폴 아저씨께. 우리 모두 여전히 네스를 그리워하고 있어요.

내 곁에서 달리며 고락을 함께 해온 상냥한 친구, 헬렌과 애드

리언에게. 날마다 영웅의 모습을 상기시켜주는 톰과 셰릴에게. 여러분이 슬픔 속에서 보여준 강인함은 내게 무한한 영감을 주었답니다.

달리는 동안 격려해준 모든 이들에게 큰 감사를 드린다. 특히 달리면서 미소를 지을 수 있다는 것을 내게 알려준 팻에게! 늘 내게 환호해주고 소리쳐주는 달리기 커뮤니티의 모든 친구와 동료들에게. 특히 스타인랜드 라이언즈와 핼리팩스 해리어스 회원들에게. 자기가 누군지 다들 알고 있죠. 그리고 런던에서 응원해준 웬디 아주머니와 빌 아저씨께. 참고로 말씀드리면 전 폴라만큼 빠르지 않아요!

날마다 출석해서 공헌하는 것이 무엇인지 알려준 자선단체 쓰리웨이즈의 여러분께. 훌륭한 분들이다. 미쳐 돌아가는 상황 속에서도 끝없이 웃어준 데니브, 컬럼, 크리스탄에게 특별히 감사드린다. 미쳤다는 말이 나왔으니, 부상과 좌절 중에 (보통 백조 포즈로)내가 실성하지 않도록 지켜준 요가 스승 리앤에게 감사드린다. 재능을 나눠주셔서 고마워요.

정말이지 놀라운 편집자 베스 에이넌에게 엄청난 감사를 드린다. 내 이야기가 그 운명의 날 그녀의 메일함에 도착한 이후로 내내 가차 없이 몰아붙여 주었다. 프로젝트의 결실을 보기까지 끝없는 헌신과 에너지, 열정을 부어주셔서 고마워요, 베스. 백만 번을 고쳐 쓰고, 검토하고 수정하는 과정에서 당신이 없었다면 이 여정을 상상도 못했을 거예요. 응원해주고, 포옹해주고, 내 글과 내게 보여준 절대적인 믿음에 감사드려요. 또 내 이야기를 전할 기회를 주시고 그것이

가능하도록 노력해준 블링크 출판사 분들께 감사를 전합니다.

나를 산더미 같은 원고에서 건져내어 숨 돌릴 공간을 준 탁월한 문학에이전트 조 벨에게 감사드린다. 웃음을 터뜨릴 수 있게 해줘서 고마워요. 나는 아마 좀 더 곁에서 어슬렁거릴 거예요.

나와 틸리를 가족으로 받아주고, 가족처럼 대해주고, 옆에서 우리 모두를 응원해준 안젤라, 게리, 팀, 레이치에게 감사를 전한다.

그리고 내가 알지도 못한 자신감을 보여주고 찾을 줄 몰랐던 힘을 알려주고 상상도 못한 사랑을 안겨준 남편이자 소울 메이트 개브에게 사랑과 진심 어린 감사를 전한다. 날마다 소리 내어 웃게 해주어서, 나를 믿어주고 사랑해주고 확신을 가져주어서 고마워요. 무엇보다도, 내가 나 자신으로서 살 수 있게 해주어서, 나라는 이유로 사랑해주어서 고마워요.

마지막으로, 우리 예쁜 딸 틸리에게 내게 '이유'가 되어준 데 감사한다. 너는 내가 처음으로 마라톤에 참가한 이유이고 내가 이 책을 쓰게 된 이유란다. 너는 내가 날마다 더 열심히 노력하는 이유야. 널 하늘만큼 사랑해.

내가 혼자 달리는 이유

초판 1쇄 인쇄 2019년 8월 9일 **초판 1쇄 발행** 2019년 8월 16일

지은이 레이첼 앤 컬런
옮긴이 이나경
펴낸이 연준혁

출판 2본부 이사 이진영
출판 3분사 분사장 오유미
책임편집 송혜선
디자인 studio213ho

펴낸곳 (주)위즈덤하우스 미디어그룹 **출판등록** 2000년 5월 23일 제13-1071호
주소 경기도 고양시 일산동구 정발산로 43-20 센트럴프라자 6층
전화 031)936-4000 **팩스** 031)903-3893 **홈페이지** www.wisdomhouse.co.kr

값 15,000원 ISBN 979-11-90182-90-4 (03840)

이 도서의 국립중앙도서관 출판예정도서목록(CIP)은
서지정보유통지원시스템 홈페이지(http://seoji.nl.go.kr)와
국가자료종합목록시스템(http://www.nl.go.kr/kolisnet)에서
이용하실 수 있습니다. (CIP제어번호 : CIP2019029158)